हिन्द पॉकेट बुक्स

रामकली

शैलेश मटियानी आधुनिक हिन्दी साहित्य-जगत् में नयी कहानी आन्दोलन के दौर के कहानीकार एवं प्रसिद्ध गद्यकार थे। उन्होंने *बोरीवली से बोरीबन्दर* तथा *मुठभेड़*, जैसे उपन्यास, *चील*, *अर्धांगिनी* जैसी कहानियों के साथ ही अनेक निबंध तथा प्रेरणादायक संस्मरण भी लिखे हैं। उनके हिन्दी साहित्य के प्रति प्रेरणादायक समर्पण व उत्कृष्ट रचनाओं के फलस्वरूप आज भी उत्तराखण्ड सरकार द्वारा उत्तराखण्ड राज्य में पुरस्कार का वितरण होता है।

रामकली

शैलेश मटियानी

हिन्द पॉकेट बुक्स
पेंगुइन रैंडम हाउस इम्प्रिंट

हिन्द पॉकेट बुक्स

यूएसए। कनाडा। यूके। आयरलैंड। ऑस्ट्रेलिया। सिंगापुर
न्यू ज़ीलैंड। भारत। दक्षिण अफ्रीका। चीन

हिन्द पॉकेट बुक्स, पेंगुइन रैंडम हाउस ग्रुप ऑफ़ कम्पनीज़ का हिस्सा है,
जिसका पता global.penguinrandomhouse.com पर मिलेगा

पेंगुइन रैंडम हाउस इंडिया प्रा. लि.,
चौथी मंजिल, कैपिटल टावर -1, एम जी रोड,
गुड़गांव 122 002, हरियाणा, भारत

पेंगुइन
रैंडम हाउस
इंडिया

प्रथम हिन्दी संस्करण पेंगुइन रैंडम हाउस द्वारा 1979 में प्रकाशित
यह हिन्दी संस्करण पेंगुइन रैंडम हाउस द्वारा 2023 में प्रकाशित

10 9 8 7 6 5 4 3 2

इस पुस्तक में व्यक्त विचार लेखक के अपने हैं, जिनका यथासंभव तथ्यात्मक सत्यापन किया गया है, और इस संबंध में प्रकाशक एवं सहयोगी प्रकाशक किसी भी रूप में उत्तरदायी नहीं हैं।

ISBN 9789353490416

मुद्रकः रेप्रो इंडिया लिमिटेड

www.penguin.co.in

FSC www.fsc.org MIX Paper from responsible sources FSC® C047271

This is a legitimate digitally printed version of the book and therefore might not have certain extra finishing on the cover.

रामकली

रामकली कमला पहलवान के तबेले की तरफ निकलना ही चाहती थी कि उसे हरगुन पंडित दिखाई दे गया। सिर पर झब्बर-सी चुटिया। माथे पर अल्पना-सी सुन्दरता में रचा हुआ त्रिपुण्ड। गाढ़े की सिलाईदार बण्डी और उससे काफी नीचे, लगभग घुटनों के ऊपर तक पहुंची हुई गहरे वासंती रंग की जनेऊ। पतली किनारी की सूरजमुखी धोती, एड़ियों तक लहराती हुई और ऐसी उजली, जैसी रायसाहब बेनीप्रसाद वालों के घर में पहनी जाती है।

पंडित ने अचानक ही उसकी ओर देखकर स्वस्ति बांचने की सी मुद्रा में "कहो रामकली, कैसी हो?" पूछ लिया, तो वह चौंक उठी। अपने चौंक उठने की वजह स्वयं उसे समझ में नहीं आई। सर्दियों की सुबह की तत्काल शुरू होती हुई धूप में हरगुन पंडित का भरावदार चेहरा काफी भव्य लग रहा था। रामकली को अचानक ही याद आया कि पहले जब उसका पिता किसना मथुरा में रहता था, कभी-कभार वह अपनी ताई मौसियों में किसी के साथ द्वारिकाधीशजी के मंदिर जाया करती थी। तब उसकी उम्र क्या रही होगी? शायद लगभग बारह-तेरह वर्ष, क्योंकि यह छब्बीसवां लगा है और मथुरा

से यहां इलाहाबाद आए बारह-तेरह साल से कम क्या हुए होंगे।

बचपन और किशोरावस्था की स्मृतियां हथेली पर की रेखाओं की तरह कभी मिटती नहीं हैं। निरंतर ज़्यादा गहरी होती जाती हैं। रामकली को अच्छी तरह याद आ रहा है कि द्वारिकाधीशजी के मंदिर में द्वारिकाधीशजी की प्रतिमा के बाद अगर कोई चीज़ मोहक लगती थी, तो वह थी वहां के पुरोहितों की दिव्य वेशभूषा। वैसी राजसी वेशभूषा कहीं बाहर देखने को नहीं मिलती थी। आंखों को पुरोहितों का वेश और सुदीर्घ गोरे शरीर बिलकुल बांध-से लेते थे। उन्हीं में एक कम उम्र के महाराज भी थे। अंदाज से पंद्रह-सोलह वर्ष उनकी उम्र रही होगी।

इस वक्त हरगुन पंडित को देखकर, एकाएक उस छोटे महाराज की याद क्यों हो आई होगी रामकली को? अपने भीतर की स्मृतियों में ही रहते हुए, रामकली ने धोती का पल्ला सिर पर थोड़ा-सा आगे कर लिया, "पायलागों, हरगुन पंडित! लगता है, गंगाजी से लौटे हो?"

"हां...आ...यह माघ का महीना है न, रामी! इस महीने गंगाजी नहाने का बड़ा पुण्य होता है। लो, थोड़ा आचमन कर लो। ओम् हर-हर-हर—जै गंगा मैया!"

रामकली को स्वयं यह ध्यान नहीं था कि अपनी बात कहने से लेकर हरगुन पंडित की बात सुनने तक में वह लगातार मुस्कराती रही है। हरगुन पंडित ने कहा, "तुम तो, रामकली, देवी की प्रतिमा की तरह सदैव प्रसन्न ही दिखाई देती हो! बसंतवा बड़ा भागवान निकला!"

हरगुन पंडित समर्पित मुद्राओं वाला आदमी है। अपने आगे-पीछे कोई है नहीं, बस्ती वालों से ही घरापा है। सबसे आत्मीयता बनाए रखता है और विनोदी भी है। रामकली से भी मज़ाक करता है अकसर—खास तौर पर बसंता और कमला पहलवान को लेकर। रामकली का भी मन हुआ कि मज़ाक करे। कहे कि 'क्यों, कहो तो

बसंता को छोड़कर तुम्हारे बैठ जाऊ?' लेकिन बोली सिर्फ इतना ही, "जैसा त्रिपुण्ड माथे पर तुम रचाते हो, हरगुन पंडित, हमें तो तुमसे ज़्यादा भागवान कोई दिखता नहीं!"

"सो तो ठीक है'...सो तो ठीक है। जै गंगा मैया!" कहते हुए हरगुन पंडित आगे बढ़ गया।

यह बड़ी विचित्र बात है कि अकसर गप्पें लड़ाने की तैयारी में दिखता हुआ हरगुन पंडित अचानक ही "जै गंगा मैया की' या 'जै रामजी की' बोलकर धीमे से खिसक जाता है।

अब तक रामकली कमला पहलवान के तबेले तक पहुंच गई होती, लेकिन वह खुद नहीं समझ पाई कि इस तरह की सावधानी उसने क्यों अनुभव की। हर गुन पंडित आगे को बढ़ गया, तो रामकली उसे देखती ही रही। लम्बे डग भरते चलते में उजली धोती में से उजागर होती हुई हरगुन पंडित की पिण्डलियों को देखते रहना, न जाने उसे क्यों अच्छा लगता रहा।

हरगुन पंडित आंखों से ओझल हुआ, तो रामकली का सारा ध्यान अपने प्रति केन्द्रित हो गया। बासा धोती में ही वह उठ खड़ी हुई थी और दूध लेने की जल्दी में लोटा लिए चल पड़ी थी। प्रायः वह जल्दी उठ जाती है, लेकिन आज विलम्ब हो गया था। स्टेशन की कोई सवारी पहुंचाकर, फिर वहां से सवारी पकड़ता-छोड़ता बसंतलाल लगभग डेढ़ बजे रात वापस लौटा था। उसको खिलाते और छोटी बच्ची को चुप कराकर सुलाते-सुलाते और भी देर हो गई थी।

रामकली वापस भीतर पहुंची, तो देखा, बच्चे तो अभी भी सोए हैं, लेकिन बसंतलाल जाग चुका है और खटिया पर पड़ा-पड़ा ही बीड़ी पी रहा है। अभी-अभी बाहर देखे हुए हरगुन पंडित के सुन्दरस्वरूप की तुलना में खटिया पर पड़े बीड़ी पीते बसंतलाल को देखना उसे प्रियंकर नहीं लगा। बढ़ी हुई दाढ़ी में बसंतलाल का

चेचक का खाया सांवला चेहरा उसे निहायत बदसूरत लगा और वह तुरंत छोटी कुठरिया की ओर बढ़ गई।

बसंतलाल ने उसे देख लिया था। वहीं से बोला, "रामो, दूध ले आई हो क्या?"

अजब है कि यह आदमी खुद जितना खुरदरा और बदशक्ल है, आवाज़ उतनी ही आत्मीय और संतुलित। लगता है, बोलने वाला कोई दूसरा ही बसंतलाल है।

रामकली जिस तरह से बोली कि 'अभी नहीं लाई जाती हूं,' बसंतलाल ने अनुमान लगा लिया कि वह धोती का पल्ला मुंह में दाबे होगी, शायद ब्लाउज़-पेटीकोट बदल रही हो। वह खटिया पर से उठता हुआ बोला, "अच्छा, तो दूध मैं लेता आऊं...।"

वह खटिया पर से ठीक से उतर भी नहीं पाया था कि रामकली बाहर निकल आई। वह सिर्फ पेटीकोट और ब्लाउज पहने थी और धोती ठीक कर रही थी। बोली, "तुम रहने दो। कहीं गप्प लड़ाते बैठ जाओगे'...। और कमला पहलवान पैसों के लिए भी तो तगादे करेगा? तुमने पिछले महीने देने को कहा था। पिछले ही बकाया अट्ठाईस-उनतीस रुपये बता रहा था...। और तुम सुबह-सुबह उठते हो, तो जरा शऊर से कपड़ा डालकर उठा करो! बच्चे भी जागते होंगे!"

बसंतलाल का उत्साह बैठ चुका था। वह सिगड़ी जलाने की तैयारी में दिखने की कोशिश करता हुआ कमरे से बाहर निकल आया। रामकली ने ठीक से धोती पहनी और फिर बालों पर कंघी की। बड़े चाव से माथे पर चटख लाल बिंदिया लगा लेने के बाद, काजल भी लगाया और तब कहीं यह कहती हुई बाहर निकल गई, "तुम चा की केतली चढ़ा देना। तीन गिलास पानी रखना, छुटकी को भी दूध-चा देंगे। उधर जस्ते के भगोने में रात की सब्ज़ी बची होगी, बड़का उठे, तो गरम कर देना।

रोटी मांगेगा।"

कमला पहलवान का तबेला ज़्यादा फासले पर नहीं है, लेकिन रामकली को आज लगता रहा, जैसे किसी यात्रा पर हो। अचानक ही उसे इस बात का अहसास हुआ कि अगर हरगुन पंडित की तरह नहा-धोकर निकलती, तो और अच्छा लगता। मौसम तो इन दिनों काफी ठंडा है, लेकिन जब कभी वह सुबह-सुबह नहा लेती है, नहाने के पहले आलस जरूर लगता है, लेकिन बाद में शरीर में एक हलका खुलापन-सा महसूस होता है। उसने अकसर इस बात पर ध्यान दिया है कि सुबह तड़के ही नहाती है, तो स्तनों में मद्धिम-मद्धिम-सी ऊष्मा भरी हुई लगती है और नहाने के तुरंत बाद छुटकी को दूध पिलाना अच्छा लगता है।

जब छोटी बच्ची होने को थी, तभी से जिस्म बहुत भर गया था। बड़े बच्चे की बार रामकली का स्वास्थ्य इतना अच्छा नहीं था। उसको तो महीने-भर बाद ही बाहर के दूध पर रखना पड़ा था, जबकि छोटी जब तक सात-आठ महीने की नहीं हो गई, कभी भूले-भटके ही बाहर का दूध देना पड़ा। अब तो साल-भर की होने को आई, लेकिन अभी भी अकसर अघाकर छोड़ देती है-खास तौर पर सुबह-सुबह।

पानी की सतह पर तैरते कलश की तरह अपने-आपमें डूबी-सी चलती रामकली पहलवान के तबेले के बाहर पहुंची, तो देखा, नित्य की ही तरह कमला पहलवान अपने अगल-बगल दूध की बाल्टियां फैलाए बैठा है।

इस बात को रामकली ने भी लक्ष्य किया कि बोलने से पहले कुछ क्षणों तक वह उसे एकटक घूरता ही रह गया है।

कहो, रामकली!" कहने के बाद भी वह एकटक देखता ही

रहा तो रामो ने ध्यान दिया कि बाकी के लोग भी उसीकी ओर देख रहे हैं।

हालांकि सुबह खुले काफी देर हो गई थी और दूध लेने वाले इक्के-दुक्के ही रह गए थे, लेकिन फिर भी उसे लगा, जैसे वह अच्छी-खासी भीड़ के बीच खड़ी है। सिर पर का पल्लू थोड़ा आगे और छाती पर के पल्लू को थोड़ा फैलाते हुए रामकली ने लोटा आगे बढ़ा दिया, "पाव-भर दूध..."

कमला पहलवान ने उसे थोड़ा-सा रुक जाने का संकेत किया और अपेक्षाकृत तेज़ी से दूध लेने वालों को निबटाने लगा। रामकली लोगों की उपस्थिति के बीच अपने-आपको टोहती इस अहसास से गुज़रती रही कि उन्हें जल्दी निबटा डालने की एक उतावली-सी कमला पहलवान के पूरे अस्तित्व में भर गई है। और दूध नापकर देने में वह किंचित् उदारता बरत रहा है।

ग्राहक जा चुके, तो कमला पहलवान ने पास खड़े नौकर को भी चूनी-भूसी संभालने के बहाने कोठरी की तरफ भेज दिया और अब उसके चेहरे और आंखों में इतमीनान झलकने लगा। मुंह में भरी सुर्ती को जीभ से चलाने और खटिया के एक ओर थूकने के बाद, उसने धीमे से रामकली के हाथ से लोटा ले लिया। रामकली से यह छिपा नहीं रहा कि लोटा लेने के बहाने कमला पहलवान ने उसकी अंगुलियों को उनकी पूरी लम्बाई में स्पर्श करने की कोशिश की है।

अनायास ही रामकली के चेहरे पर एक ऊष्मा भर आई और यह साफ-साफ वह खुद ही नहीं समझ पाई कि ऐसा नारी-सुलभ संकोच के कारण हुआ है, कमला पहलवान के लोटा लेने के ढंग के प्रति एतराज की खीज में हुआ है, या कि एक निहायत अमूर्त किस्म की ही सही, उसके आकर्षक औरतपन के प्रति कमला पहलवान के उतावलेपन की रोमांचकता की भूमिका भी इसमें है?

लोटा देने को, शायद, वह भी थोड़ा-सा झुकी होगी। उसने अपनी द्विविधा में से उबरने की आवश्यकता अनुभव की और आवाज़ को काफी संतुलित करते हुए कहा, "रतन के बाबू ने कहा है, पैसा जल्दी ही दे देंगे। अब माघ मेले की सवारियां उठाने लगे हैं। कह रहे थे, बड़ी रकम हो गई है, दो-चार करके क्या दे...!"

"तू भी कहां सुबह-सुबह लेना-देना लेके बैठ गई, रामकली! पचीस-तीस की रकम भी ससुरी कोई ज़िंदा रकम है? इतने का तो मेरी एक ही भैंस एक वक्त के पिन्हाने में छोड़ती है। तू आज आकर खड़ी हुई, तो मैं तेरे हाथ का लोटा कहां देख पाया? तू तो आज ऐसे आई है, जैसे कोई देवी दर्शन देने आई हो! खड़ी क्यों है, तनिक बैठ क्यों नहीं जाती?"

कमला पहलवान ने हथेली से खटिया का एक कोना थपथपाते हुए कहा, तो रामकली नहीं समझ पाई कि आखिर मन में न बैठने की सावधानी के बावजूद वह कैसे धीमे से चारपाई पर बैठ गई। बैठते ही उसे ध्यान आया कि यह बातें लड़ाने का वक्त नहीं है। और, आखिर यों एक ही चारपाई के दूसरे कोने पर बैठकर वह कमला पहलवान से बातें भी क्या करेगी! उसने निहायत तेज़ी से एक झलक कमला पहलवान को देखा और उसे लगा कि इस एक झलक में ही उसने कमला पहलवान को ऊपर उड़ती हुई चील की तरह देख लिया है।

उम्र में कमला पहलवान बसंतलाल से ज़्यादा नीचे नहीं लगता। आंखों के आसपास और माथे पर की मांसपेशियां काफी सख्त हैं, लेकिन बाकी के चेहरे पर कद्दावर जिस्म की चमक भरी रहती है। आंखें आनुपातिक रूप से छोटी और किंचित् भूरापन लिए हुए, मूंछे घनी और तराशदार। सफेद बाल दाढ़ी-मूछ में गिनती के ही होंगे, हालांकि कनपटियों के पास अपेक्षाकृत ज़्यादा। नाक के सिरे पर, बायें पार्श्व में थोड़ा बड़ा-सा मस्सा। हाथ-पांवों की बनावट में

कुश्तीबाज़ो की सी कसावट। होंठ कुछ पतले ही, लेकिन थोड़े फैले हुए। बाईं जांघ पर, घुटने के पास वाले हिस्से में, किसी गहरे-चौड़े घाव का निशान।

निश्चित है कि कमला पहलवान के जिस्म का यह पूरा खाका सिर्फ इस एक क्षण में रामकली ने नहीं देखा होगा, खास। तौर पर इस पफ्त, जबकि कमला पहलवान की लुंगी घुटनों पर से काफी नीचे तक गिरी हुई है—लगभग पांव के पंजों तक। लेकिन पिछले लगभग तीन महीनों का गाहे-बगाहे देखा हुआ इन कुछ क्षणों में एक जगह जुड़ गया है और अब इस वक्त रामकली को साफ-साफ इस बात का अहसास हुआ कि पिछले कुछ अरसे में कमला पहलवान के रवैये में धीरे-धीरे बदलाव आता गया है। उसे याद है, यही कमला पहलवान सिर्फ दो रुपया बकाया रहने पर लगभग डांट रहा था, इस बात को अभी दो महीने भी पूरे नहीं बीते होंगे।

सोचते-सोचते, एक तरह की कड़वाहट-सी रामकली को अनुभव हुई और वह उठ खड़ी हुई, "घर पर लोग चा के इन्तजार में होंगे, इस वक्त हम चलें, कमला पहलवान!"

वह इस आशंका में थी कि कहीं कमला पहलवान अचानक ही हाथ पकड़ कर यों न कहने लगे कि 'तनिक बैठो तो सही, रामकली!' लेकिन कमला पहलवान ने तुरंत लोटे में दूध डालना शुरू कर दिया और भरा लोटा देखते ही रामकली कुछ कहने को हुई थी कि कमला पहलवान बोल उठा, "अब गिराकों के आने का वक्त जाता रहा। तू लेती जा, बाकी हम लोग पी जाएंगे, या खीर डाल देंगे। मुफ्त में न लेना चाहेगी तू, तो हिसाब में डाल दूंगा'...और कमला पहलवान के हंसे बोले का बुरा न मानना। इस ज़िंदगी में आदमी के हंस-बोल लेने के अलावा और कोई सच्चा सुख है नहीं,रामकली! आदमी के भीतर की ठंड बातचीत से ही

कटती है। आज तो तू सचमुच ऐसे वेश में चली आई कि सतोषी माता का रूप याद आ गया! तू कभी संतोषी माता का ब्रत रखती है कि नहीं?"

रामकली ने अनुभव किया, लोटे में भरे दूध को लेकर बहस करने की गुंजाइश कमला पहलवान ने छोड़ी ही नहीं है। उसको लगा, वह मुस्करा देने को बाध्य हो गई है। लोटा संभालते हुए बोली, "हम जैसी गई-बीती जनानियों में संतोषी मैया का रूप न ढूंढा करो, कमला पहलवान! मैया भी नाराज़ होगी, तुम भी धोखा खाओगे!"

जब तक में कमला पहलवान का मुंह खुलने को हुआ, रामकली धोती का पल्ला ठीक से माथे पर चढ़ाते हुए घर की ओर मुड़ गई और काफी फासला उसने तेज़ कदमों से चलकर पार किया।

बस्ती, इस वक्त, लगभग पूरी धूप के बीच थी और अपनी सम्पूर्ण निद्वन्द्वता में घूमते हुए कुत्ते ठंड के पूरी तरह से दूर हो चुकने की प्रतीति करा रहे थे। देशी शराब के गोदाम की ओर से बोतलें लादे आते हुए रिक्शा-ठेले को देखकर रामकली को बसंतलाल की याद हो आई। उसे यह भी याद आया कि जिस रात बसंतलाल पी लेता है, खाना बहुत ज़्यादा खा जाता है। सामान्यतया वह रामकली के खाने-पहनने की काफी चिंता करता है, लेकिन नशे में यह भी भूल जाता है कि रामकली के लिए रोटी बची भी, या नहीं।

यह सचमुच कितना विचित्र है कि बसंतलाल के साथ की गृहस्थी के अभाव रामकली को अब धीरे-धीरे ज़्यादा चुभने लगे हैं, जबकि शादी हुए दस वर्ष हो चुके। अब दो बच्चों की मां बन चुकने के बाद ही यह भी ज़्यादा होने लगा है कि वह बसंतलाल को अपनी उम्र और अपने जिस्म के साथ तौलकर देखने लगी है।

रामकली घर के बाहर पहुंच चुकी थी कि उसे अचानक ही फिर हरगुन पंडित की स्मृति हो आई। गंगा नहाकर लौटते हुए इतने समीप से हरगुन पंडित को आज उसने पहली बार देखा था। उसे याद आया कि जब हरगुन पंडित ने उसपर गंगाजल डाला था, तब उसकी हथेली पर से चंदन की जैसी सुगंध फूट ती लग रही थी। हरगुन पंडित के उजलेपन को देखकर ही तो उसे अपने मैले कपड़ों में होने का अहसास हुआ था। कमला पहलवान ने, शायद, इतने स्वच्छ कपड़ों में पहली बार देखा होगा, क्योंकि प्रायः दूध लेने वह बासा कपड़ों में ही जाती है। कमला पहलवान के संतोषी माता का सा' वेश बनाकर आने वाले प्रसंग को लेकर, अब इस वक्त रामकली को एक आत्म-तृप्ति की सी अनुभूति हुई और उसका मन हुआ कि हरगुन पंडित फिर कभी इसी तरह गंगा नहाकर सुबह-सुबह दिखाई दिया, तो वह उससे कहने की कोशिश करेगी कि 'हरगुन पंडित, जब तुम गंगा नहाकर लौटते हो, तो तुममें द्वारिकाधीशजी के मंदिर के महाराजों का सा रूप उतर आता है!'

एक धीमी मुस्कराहट रामकली के पूरे शरीर में भर गई और भीतर पहुंचते ही रामकली ने दूध के लोटे को ऊपर के आले में रख दिया और सिगड़ी के पास बैठे बीड़ी पीते बसंतलाल से बोली, "तुम उठो, बच्चों को जगा लो। अभी तक सोए ही लगते हैं, हरामी! चा मैं बनाती हूं"

शाम के लगभग पांच बजे रामकली छुटकी को साथ लिए सब्ज़ी बाज़ार की ओर निकलीं। सुबह का गया बसंतलाल अभी वापस लौटा नहीं था। आसपास की कुछ औरतों से बतियाती रामकली निगम चौराहे पर पहुंची, तो सामने से हरगुन पंडित आता दिखाई दे गया।

समीप आने पर देखा कि बण्डी पर रामनामी की तरह की चादर

डाले हुए है और हाथ में कुछ अन्य चीज़ों के साथ अगरबत्ती का पैकेट भी है। रामकली के गौर से देखने में, शायद हरगुन पंडित को जिज्ञासा का आभास मिला। बोला, "मातृपट ओढ़े हुए हूं, रामकली! जैसे रामनामी होती है, उसी तरह। यह संतोषी माता का पट है। इसमें श्रीराम, श्रीराम' की। जगह 'जै संतोषी माता, जे संतोषी माता' छपा है।"

अपनी बात समाप्त करते हुए हरगुन पंडित ने अपने सीने पर से चादर का पल्लू सामने की ओर बढ़ाया, तो रामकली को एकाएक फिर बसंतलाल की याद आई। अब बसंतलाल ने कहना छोड़ दिया है, पहले छाती पर के सफेद बाल निकाल देने को कहता था। तब सिर्फ रामरतन ही हुआ था। रामकली की उम्र मुश्किल से बीस-इक्कीस रही होगी और रामकली को लगता था, उम्र का यह फासला बहुत बड़ा है और उसे अपने चाचा-ताऊ के साथ बैठे हुए होने की सी प्रतीति होती थी। और होती थी, कहीं न जा सकने वाली किस्म की ऊब और खीज।

अचानक ही रामकली को सुबह-सुबह कमला पहलवान की। कही हुई बात याद आई और वह हरगुन पंडित की ओर व्यंग्य से देखती हुई बोली, "रहने दो, हरगुन पंडित! बहुत अंचरा फैलाय के न दिखाओ! तुम शायद हमको अनपढ़ समझते हो! तुम्हारी तरह संकीरत की पोथी-पतरा तो नहीं, लेकिन इतना हम भी बांच लेते हैं...! ये अचानक तुमको संतोषी माता की भगती काहे सूझ गई? तुम भी, हरगुन पंडित, जब जिस देवी मैया की मानता का बस्ती में ज़ोंर देखते हो, उसीकी आरती उतारने लगते हो! पहले तुम अलोपिन मैया के भगत बना करते थे!"

हरगुन पंडित रामकली की तुर्श आवाज से किंचित् हतप्रभसा हो गया। अपने-आपको संभालते हुए बोला, "रामकली, हमारे खातिर तो जैसी अलोपिन; तैसी संतोषी मैया! बाकी तुम जानती हो

कि हमारे पास कोई नौकरी-चाकरी तो है नहीं ना...बस, मैया के ही नाम पर गुज़र चलती है...! अच्छा, सुनो, कल पूनों का नहान पड़ रहा है, संगम नहीं जाओगी?"

"अभी सब्ज़ी खरीदे खातिर निकली हूं, तो रास्ते में कई लोगों ने कहा कि चलोगी, रामकली?' हमारे तो बच्चे ही भी छोटे हैं। अब बस, मौका लगा, तो अमावस का नहान कर लेंगे!"

"अरी, जाके घर में बैठा काजी, उसको कौन करावे राजी! तुम्हारे तो घर में सवारी खड़ी रहती है! बसंता से कहो, सुबह-सुबह रिक्शे से छोड़ दे। बांध तक रिक्शा जाता है, वहां से फर्लांग-दो फर्लांग गंगा मैया रह जाती हैं। हम तो यहीं बस्ती से रोज सुबह पांवों पर चले जाते हैं।"

"अकसर तो तुम सिर्फ दुरोपदी घाट तक जाते हो, हरगुन पंडित!"

"हां सो तो है, लेकिन मुख्य-मुख्य नहान हमेशा संगम पर ही करते हैं। कल तो हम मुंह-अंधेरे ही चले जाएंगे।"

"मुंह-अंधेरे तो बहुत ही ठंड रहती होगी? पीपलवाली मौसी तो बता रही थीं कि अबके मैया दूर, झूंसी से जा लगी हैं, पांवों बहुत चलना पड़ता है।"

"पीपलवाली मौसी की बात तुम भी ले आईं! कहां वह बुढ़िया और कहां तुम...! तुम जैसी तो चार फेरा लगा लें, तो भी न थके! अच्छा, जैरामजी की, चलें!"

"सुनो, हरगुन पंडित, मुंह-अंधेरे ही अगर चलना हो, तो क्या हम भी नही आवें? बच्चे बड़ी देर से उठते हैं सर्दियों में। तब तक में तो हम लौट आवेंगी?"

हरगुन पंडित ने कल्पना भी नहीं की थी कि रामकली इतने आकस्मिक रूप से नहाने को तैयार हो जाएगी। वह थोड़ा अचकचा-सा गया और यह अनुमान लगाना कठिन हो गया कि मुंह अंधेरे

रामकली नहाने जान-पहचान की औरतों के साथ जाएगी, या हरगुन पंडित के साथ जाना चाहती है? जिस तरह से रामकली कह रही थी, लगता था, जैसे हरगुन पंडित से ही कह रही हो कि हमें भी साथ लेते चलना।

"हां-हां, लौट क्यों नहीं आवोगी! पास-पड़ोस की दूसरी औरतों को भी घर के काम रहेंगे। सभी जल्दी लौटेंगी।"

"बस, जान-पहचान वालियों के साथ चली, तो संझा से पहले घर क्या लौटेंगी! मार मटरगश्ती करती चलती हैं! कहीं भी जाना हो, जी उबाय जाता है! बातें भी वही, तैंने क्या खाया, मैंने क्या हगा! माफ करना, हरगुन पंडित, बदजबानी हो। जाए तो...तुम क्या अपने साथ नहीं ले चलोगे? पुजारी के साथ के जाने का कुछ ज़्यादा ही पुन्न होगा ना!"

रामकली अपनी बात पूरी करके इस तरह हंस पड़ी कि हरगुन पंडित हड़बड़ा गया। बड़ी कठिनाई से उसने कहा, "तो तुम क्या हमारे साथ चलोगी, रामकली?"

रामकली ने रामरतन के अंगूठे को ठीक से अपने दायें हाथ में पकड़ा, बायें हाथ से माथे पर उतर आए बालों को ठीक किया और इतना कहने के साथ ही आगे निकल गई, "सुबह मुंह-अंधेरे ही यहीं, निगम चौराहे पर मिलना। हमारी कोठरिया के पास से 'जै संतोषी मैया की, जै संतोषी मैया की पुकारते निकल जाना, बस!"

हरगुन पंडित को अपने भौचकपने से उबरने में दलदल में फंसे पांव को बाहर खींचने की सी अनुभूति हुई।

रामकली आगे बढ़ चुकी थी, लेकिन हरगुन पंडित को अपनी पीठ के पीछे छोड़ते हुए वह जिस तरह खिलखिलाई थी, वह हरगुन पंडित के सारे अस्तित्व में अभी तक बज रहा था।

स्थिति के नाज़ुक पन को रामकली समझती है। देखने को कहीं

कुछ आपत्तिजनक नहीं है और न बसंतलाल ने ही कोई आपत्ति की थी। उसने सिर्फ इतना ज़रूर कहा था कि चाहें तो सभी नहाने को जा सकते हैं। भूरे को बुला लिया जाएगा। बांध पर से किले की ओर पैदल और वहां से नाव पर। जब रामकली नहाएगी, बसंतलाल बच्चों को देखेगा; नाव पर, बसंतलाल के नहाने पर रामकली। नाव पर दोनों बच्चों को बहुत आनंद आएगा।

रामकली भी समझती है। जानती है दोनों बच्चे बहुत खुश होंगे। लेकिन अपने लिए जिस तरह के आनंद की कल्पना उसने की है, वह इन सबके साथ संभव नहीं। वास्तविकता से अभी सबका नहीं पड़ा, लेकिन कल्पना में ममफोर्डगंज की इस छोटी-सी बस्ती से संगम के बीच तक के सारे फैलाव को रामकली पार कर भी चुकी। हरगुन पंडित के साथ मुंह-अंधेरे का चलना, जिंदगी में पहली बार अपने निजीपन में चलना होगा। बसंतलाल का उम्र में बड़ा और रामकली के स्वभाव की तुलना में गृहस्थी का अभावग्रस्त होना रामकली के लिए आकस्मिक रूप से उजागर नहीं हुआ है। लगभग दस वर्षों की गृहस्थी हो चुकी और अब कहीं उजागर हुआ है रामकली के भीतर का स्त्रीत्व कि ज़रा देखे। देखे कि मुंह-अंधेरे को यात्रा के बाद बसंतलाल की घरवाली की जगह सिर्फ एक औरत के रूप में नहाती रामकली को देखकर हरगुन पंडित पर क्या बीतती है!

अपने-आपको अपने सम्पूर्ण औरतपन में उजागर देख सकने की ललक रामकली में दुलहन की तरह नहीं आई है। रामरतन गर्भ में था, तब से वह कानों से सुनती और आंखों से देखती आई है बसंतलाल और अपने बीच के फर्क को। सिर्फ उम्र के अंतराल को ही नहीं, बाहरी असमानताओं को भी। जान-पहचान के दायरे में सार्वजनिक रूप से भी चर्चा यही रही है कि कहां बसंता, कहां रामकली!

हमजोलियों और हंसी-ठट्ठा करने वालों ने ही नहीं, पीपल वाली मौसी, फूलो ताई और चक्की वाली अन्नो मौसी जैसी बड़ी-बूढ़ियों का कहना भी यही रहा है कि रामकली तो कमल का फूल है। अन्नो मौसी तो काफी पैसे वाली हैं। खुद की चक्की और खुद का तिमंजिला मकान है। एक दिन नहाने के तुरंत बाद वह गेहूं पिसाने गई थी, हालांकि पुरानी धोती में ही। अन्नो मौसी गल्ले पर बैठी थीं। शायद कुछ देर देखती रही होंगी। पिसाई के पैसे देने रामकली गई। और धोती के पल्लू वाले कोने में से बंधी रेज़गारी निकालने में पल्लू सीने पर से पूरी तरह हट गया होगा। अन्नो मौसी तो वैसे भी औरत जात हैं, रामकली आखिर सावधानी भी क्यों बरतती? बाद में, कई दिन बीत चुकने पर फूलो ताई के मुंह से होती हुई यह बात भूरे की भाभी के होंठों से फूटी थी कि 'चक्की वाली सहुआइन कहती थीं कि रामकली की तो अनवरसिटी वालियों की सी बनावट है!'

तब रामकली ने इस बात को सिर्फ इस रूप में लिया था कि 'हाय, अन्नो मौसी जैसी बुज़ुर्ग औरतें भी कैसी-कैसी बात कर लेती हैं! आग लगे उनकी ज़बान को!'

अब इतने इतमीनान में और इस तरह के अहसास में तो रामकली नितांत स्वाभाविक रूप से ही रहती चली आ रही है। कि अच्छा रहन-सहन और पहनावा होता, तो बड़े घर की बहुओं में और उसमें फर्क करना कठिन हो जाता।

यह अपने अपवाद रूप से सुन्दर और बिरल होने का आत्म-सम्मोहन ही है, जिसे आखिर-आखिर यह परिणति मिली है। कि हरगुन पंडित की प्रतीक्षा रामकली के अस्तित्व में भर गई है। रात आधी से ज़्यादा जा चुकी होगी। रामकली की नींद इस तरह टूट-टूटकर आ रही है कि निरंतर जागते रहने की सी प्रतीति होती हैं। ऐसा पहले कभी हुआ हो, रामकली की स्मृति में नहीं है। होने

को वह दो बच्चों की मां बन चुकी, लेकिन अपनी स्मृति पर ज़ोर देने पर भी यह याद नहीं आ सकता कि पहले कभी उसने बसंतलाल का इस तरह इंतजार किया हो, जैसे कि हरगुन पंडित के साथ मुंह-अंधेरे की यात्रा का।

यह भी सचमुच विचित्र है कि हरगुन पंडित के साथ गंगा-नहान पर नहीं, एक लम्बी यात्रा में जाने की सी तयारी अनुभव हो रही है। उसका कहने को मन हो रहा है कि 'हरगुन पंडित, इतना अचानक और इस तरह का जो फैसला हमने ले लिया कि मुंह-अंधेरे और वह भी सर्दियों के मौसम में तुम्हारे साथ नहाने चलेंगी, क्यों ले लिया? तुम शायद जानते नहीं होगे कि औरत को जब खुद को देखना होता है, अपनी आंखों को देखना उसके काम नहीं आता।'

2

भोर से कुछ देर पहले रात का सन्नाटा अभेद्य रूप से गहरा हो जाता है। छोटी-सीं आवाज़ भी साफ-साफ सुनाई दे जाती है। बगल में सोई श्यामकली का रोना और बसंतलाल का खर्राटे भरना नितांत अप्रिय लग रहा है, यहां तक कि रतन की किसी परीलोक में खोए होने की सी प्रशांतता भी उसे किसी तरह के सम्मोहन में बांध नहीं पा रही, जैसे इस सबका तो आदी हुआ जा चुका है और इन से अपने अस्तित्व की पहचान करने में अब किसी तरह का आकर्षण नहीं रहा। लगता है, इनसे रामकली का कोई वास्ता नहीं रह गया और कहीं एकाएक हरगुन पंडित सिर्फ इतना ही पुकारता निकल गया कि 'जै संतोषी माता की, जै गंगा मैया की!'

तो रामकली को ऐसा लगेगा, जैसे वह एकाएक किसी नदी में डाल दी गई है।

बसंतलाल को उसने रात को उसके लौटते ही कह दिया था कि सुबह वह चुपके-से चल देगी, क्योंकि बच्चे जागे, तो उसको ज़्यादा परेशान करेंगे। हो सकता है, रतना मां के साथ जाने की ज़िद करने लगे।

रामकली को लगा, वह सो नहीं पाएगी। धीमे से उठकर उसने दरवाज़ा खोला और बाहर गली में निकल गई। लघुशंका से निबटने तक में ही उसने आस पास के वातावरण और समय का लेखा-जोखा ले लिया और बिलकुल धीमे पांवों से भीतर चली आई कि अभी रात खुलने में घड़ी भर से कम नहीं।

जब तक हरगुन पंडित का खांसना और संतोषी मैया की जै बोलना उसके समूचे अस्तित्व पर चहलकदमी करता हुआ-सा आगे निकल नहीं गया, रामकली को लगातार यही लगता रहा कि बस, हरगुन पंडित का आना अब उसके ऊपर से भोर के पक्षियों के झुंड की तरह गुज़रने ही वाला है।

हरगुन पंडित जब वास्तव में बसंतलाल की कोठरी के बाहरवाली पतली सड़क से गुज़रा, रामकली की आंखें लग चुकी थीं।

'जै संतोषी माता की...जै गंगा मैया की!' धुन के साथ कुछ क्षणों को टोह लेता-सा हरगुन पंडित, दुबारा अपेक्षाकृत ज़ोर से आवाज़ देता हुआ आगे बढ़ा, तो रामकली को ऐसा लगा, जैसे कोई उसके सपने में होता निकल गया हो। अपनी नींद, अपने असमंजस और अपने आत्मसम्मोहन में से उबरते-उबरते रामकली को कुछ वक्त लग गया, लेकिन जब उठी, तो उसने बदलने के कपड़ों की रात से ही बांधकर रखी हुई पोटली को धीमे से झोले में डाला। लगभग फुस-फसाते हुए बसंतलाल को जगाया और बोली,

"तुम हौले-से किवाड़ फेर लेना। धूप निकलने तक मैं लौट आऊंगी। थोड़ी-सी देर भी हो जाए, तो कमला पहलवान के यहां से पाव भर दूध लेते आना। पैसों को मैंने कह दिया था कि दस-पांच दिन बाद में ही देंगे।"

बसंतलाल ने ज़ोर से जमुहाई ली, तो रामो को बदबू का एक भभका-सा अनुभव हुआ और एक क्षण को ऐसा लगा, जैसे बसंतलाल ने अपना मुंह नहीं खोला, बल्कि रामकली के भीतर की सारी हड़बड़ी को टोहने के लिए अपनी कोई गुप्त आंख खोल दी है। सुबह-सुबह के बासीपन में बसंतलाल का चेहरा अपेक्षाकृत ज़्यादा उम्रदार और बीहड़ लगता है।

रामकली ने बताशों का पुड़िया और अगरबत्ती झोले में डाली। पीतल का लोटा अपनी दायें हाथ की अंगुलियों में मंदिर जाने की सी मुद्रा में एकड़ा और यह कहती हुई बाहर निकल गई कि 'शाम से डबल रोटी लाके रख दी है आले में। बच्चे उठे, तो चा के साथ दे देना। आज अब चीनी-पत्ती भी निबटने को है।'

अंतिम वाक्य कहते-कहते रामकली को लगा, घर की यह अभावग्रस्तता इस वक्त निहायत अप्रासंगिक लग रही हैं। नहान से लौटने पर देखा जाएगा। इस वक्त तो उसने हरगुन पंडित के हिस्से की दक्षिणा भी रख ली है। गरीबी और कंगाली का रोना-धोना तो जिंदगी-भर का लगा है। एक तो पाजेबें ज़्यादा वज़न की नहीं, दूसरे रामकली जब चाहती है, तेज़ कदमों से भी इस तरह चल लेती है, जैसे निहायत धीमी और संतुलित लय में चल रही हो। इस वक्त मुंह-अंधेरे का वातावरण ऐसा चौकन्ना लग रहा है, जैसे कोई हिरन प्रतीक्षा में खड़ा हो। नीचे आंख किए चलती रामकली को अपनी पाजेबों का धीमे-धीमे बजना सिर्फ अपने

ही कानों तक आता हुआ लगता रहा। घर पर्याप्त पीछे छूटते ही रामकली ने दूर-दूर तक अपनी आंखों की सीध में देखा, जैसे सुबह-सुबह की हलकी-सी धुंध के बीच से हरगुन पंडित पेड़ की तरह एकाएक उग आने वाला हो।

निगम चौराहे पर हरगुन पंडित उसकी प्रतीक्षा में खड़ा था। यहां आते-आते वातावरण की निर्जनता टूट चुकी थी और गंगा नहान को जाते स्त्री-पुरुषों के बीच से होते हुए रामकली और हरगुन पंडित दोनों ही काफी दूर तक चुपचाप चलते रहे। पॉलीटेक्नीक वाले चौराहे तक पहुंचने के बाद रामकली अब पहली बार बोली, "क्यों हो, हरगुन पंडित, कर्नलगंज की तरफ से चलोगे, या डी० पी० स्कूल की? ये लो, हम तो तुमको 'पांयलागों' कहना भी भूल ही गईं!"

इस बात का अनुमान स्वयं हरगुन पंडित ने भी लगाया कि अपना कहना पूरा करके रामकली धीमे से हंसी होगी। हालांकि प्रारंभ से ही रामकली पीछे-पीछे, उसके पांवों पर पांव रखती-सी चली आ रही थी, फिर भी हरगुन पंडित को लगातार यहीं लगता रहा कि रामकली की आंखों को देखना उसकी पीठ पर नहीं, चेहरे पर प्रतिबिंबित हो रहा होगा। प्रयाग चुंगी चौराहे पर पहुंचकर दोनों एलनगंज के बीचोबीच से गुज़ारने वाली सड़क पार करते हुए रेलवे क्रॉसिंग के पार पहुंच गए। बांध मार्ग पर अपना झोला ठीक से पकड़ने के लिए वह किंचित् रुकी, तो हरगुन पंडित ने भी पीछे मुड़कर अब पहली बार गौर से रामकली की ओर देखा और रामकली ने धीमे से, लेकिन लगभग अचानक, अपनी आंखें ऊपर उठाते हुए हरगुन पंडित की ओर।

अब, खास तौर से रेलवे-क्रॉसिंग के आगे निकलते ही,दूर-दूर तक का परिदृश्य पूनो की उजास में इतना उजागर लग रहा था कि

भोर हो चुकने का विभ्रम हो जाना नितांत स्वाभाविक ही लग सकता था।

शायद हरगुन पंडित की रात भी काफी कुछ रामकली के स्मरण में बीती होगी, अन्यथा अब इस वक्त ज्योंही रामकली ने उसे एकाएक आंखें ऊपर उठाकर अपनी भरपूर नज़र से देखा था, हरगुन पंडित किंचित् विचलित हो आया सा दिखता नहीं। इस तरह की कौंध हरगुन पंडित के गौरववर्ण चेहरे में भर आई थी—खास तौर पर आंखों में, जैसे कोई चिड़िया किसी टहनी पर अपने पंजे जमाती है, कुछ उतनी ही एकाग्रता और अमूर्त दबाव के साथ हरगुन पंडित को घूरते हुए खुद रामकली को ऐसा लगा कि हरगुन पंडित के चेहरे पर की त्वचा उसके देखने के भार से धीमे से कांपी है, जैसे कोई पतली टहनी एकाएक किसी चिड़िया के आ बैठने से हौले से कांपी हो। वह धीमे-से मुस्करा उठी, "हरगुन पंडित, तुम्हारे मन में पछतावा तो नहीं ना?"

"किस बात का?" हरगुन पंडित ने एकाएक ही कहा और फिर जैसे रामकली के मंतव्य को समझने की सिर्फ कोशिश-भर कर रहा हो, बोला "तुम्हारे एकाएक के हां भर लेने और अब साथ-साथ चलने से थोड़ा आश्चर्य ज़रूर हुआ, रामकली! तुम तो, शायद, जानती ही होगी, औरतों के साथ का बोलना हमसे ज़्यादा बनता नहीं। हमारी उम्र का आदमी बिना घरवाली का हो, तो दूसरों की जनानियों से बतियाने में थोड़ा डर-सा लगा रहता है कि कहीं कुछ गलत ना मुंह से निकल जाए। गरीब आदमी औरतों में बदनाम हो जाए, तो बस्ती में रहना कठिन हो जाता है, रामकली...! और तिस पर से यों समझो कि हमारी रोज़ी-रोटी तो मंदिर की बदौलत निकलती है।"

रामकली को इतने लम्बे और व्यावहारिक किस्म के उत्तर की

अपेक्षा नहीं थी। उसने अनुमान लगा लिया कि अपने संकोची और भीरु स्वभाव के चलते हरगुन पंडित भीतर ही भीतर कुछ खिसियाहट भी अनुभव कर रहा होगा।

वह स्वयं नहीं समझ पाई कि ऐसा और इतने आकस्मिक ढंग से उसने क्यों किया? उसने एकाएक अपना हाथ हरगुन पंडित के कंधे पर रखा और अत्यंत आत्मीय ढंग से बोली, "हम खुद ही नहीं समझ पा रही हैं हरगुन पंडित, कि यो एकाएक के नहान की हमें क्यों सूझी! गंगा मैया छिमा करेंगी, मैले जल की भरी गागर यों तो ऊपर-ऊपर उज्जर जल थहाए रहती है ना, लेकिन ज़रा-सा दिलाओ, तो झाड़-झंखार उतराय आता है! है ना, हरगुन पंडित?"।

हरगुन पंडित का मन हुआ कि वह कहे कि रामकली, तुम तो बहुत काव्यमयी वाणी में बोलती हो, लेकिन अपने-आपको बिल्कुल निःशब्द पाया उसने। थोड़ी-सी अपनी गरदन घुमाकर हरगुन पंडित ने उधर रेलवे क्रॉसिंग के पार और इधर बांध मार्ग के काफी आगे तक सरसरी तौर पर देखा। इस बीच के फासले में, इस वक्त, कोई चलता दिखाई नहीं दे रहा था। हरगुन पंडित धीमे से आगे झुका और उसने रामकली को अपनी बाहों में भर लिया।

रामकली को लगा, इस तरह की और इतनी रोमांचकता उसने इससे पहले कभी अनुभव नहीं की थी। उसने धीमे से हरगुन पडित को अलग किया और नई वधू के से आर्द्र स्वर में बोली, "अब चलो हरगुन पंडित, भोर होने वाली होगी!"

बांध मार्ग के इस सिरे से एकाएक हरगुन पंडित एलनगंज वाली सड़क पर पीछे की ओर मुड़ गया, "उधर दारागंज से बहुत चक्कर पड़ जाएगा, रामकली! चलो, इधर से ही अलोपिन देवी के चौराहे पर निकल जाएं।"

रामकली का झोला अब हरगुन पंडित ने संभाला और मातृपट के ऊपर पुरानी गरम चादर को अपनी पूरी देह पर फैला लिया। अलोपी चौराहे तक पहुंचने तक भी दोनों आपस में बातें करते ही चले आए थे और रामकली को ऐसा लग रहा था, जैसे वह किसी तीर्थ-यात्रा से अधिक अलौकिक यात्रा पर है।

रामकली के मन में था कि वह हरगुन पंडित को बताए कि उसकी जिंदगी में यह इस तरह की पहली शुरुआत है। वह अपने-आपको निरंतर एक अमूर्त रोमांचकता से आप्लावित महसूस कर रही थी और सोच रही थी कि जिस तरह की स्त्री-वं चना से हरगुन पंडित गुज़रता रहा है, रामकली के साथ का यह चलना उसे कभी विलक्षण नहीं लग रहा होगा। बिना एकटक हरगुन पंडित के चेहरे को देखे भी रामकली अनुभव कर रही थी कि उसके साथ चलते हुए वह कमर-कमर तक की नदी पार करने की अनुभूति से गुज़र रहा होगा।

अलोपी वाला चौराहा आ गया, तो एकाएक हरगुन पंडित बोला, “अभी तो ठीक से उजाला भी नहीं हुआ, रामकली, चा की तलब लगी है!”

रामकली धीमे से मुस्कराई और हामी से सिर हिला दिया।

चाय की गुमटी पर भीड़ नहीं थी। एक कोने में किसी बैठने वाले का इंतज़ार करती हुई-सी बेंज़ पर दोनों बैठ गए, तो हरगुन पंडित ने अपना हाथ धीरे से रामकली के बायें घुटने पर रख दिया, “तेरे साथ चलने में तो, रामकली, किसी देवी के साथ चलने का सा सुख है! सुनो, भैया, तनिक दो गरम चा देना!”

रामकली ने अपना शाल घुटनों तक फैलाकर हरगुन पंडित का हाथ ढक लिया और तब हवा में रुख बदलती चिड़िया की सी

आकस्मिकता में हरगुन पंडित की ओर देखा। उसका पूरा चेहरा शरारत में खिल उठा, "क्यों, देवी के साथ 'मैया' लगाना क्यों भूल गए, हरगुन पंडित?"

रामकली का चेहरा जैसा हो आया, हरगुन पंडित को लगा कि एकांत होता, तो वह जोर से खिलखिला उठी होती। इस बीच जब दोनों साथ-साथ कभी एकाएक धीमे और कभी एकाएक तेज़ी से चलते यहां तक आए थे, तो रामकली कई जगह उन्मुक्त रूप से खिलखिला उठी थी और लगा था, प्रकृति में इस वक्त अब रामकली के अलावा और किसी चीज़ का अस्तित्व नहीं है।

संगम वाली सड़क पार करके बांध वाली चढ़ाई के बाद का परिदृश्य रामकली के लिए सचमुच अद्भुत था। यो शायद तीन-चार बार रामकली शादी के बाद भी यहां आ चुकी है—कभी सुबह-सुबह, कभी दोपहर के वक्त। उसके लिए यह साफ-साफ पहचानना कठिन है कि आज प्रकृति इतनी रोमांचक उसे इतनी सुबह-सुबह आ पहुंचने के कारण प्रतीत हो रही है, या हरगुन पंडित के साथ की यात्रा के कारण?

उजाला हो चुका था। बांध की ऊंचाई पर से देखने पर यही लगता था, जैसे यह सारा परिवेश एकाएक ही प्रकट हुआ हो। दूर-दूर तक, जमुना पुल से इधर झूंसी तक का विस्तृत परिवेश और अपनी जलराशि को रूपगर्विता संन्यासिनियों के से तेवर में धारण किए बहती गंगा और जमुना। रामकली के मुंह से एकाएक ही 'जै गंगा मैया' 'जै जमुना मैया, निकला और वह धरती पर झुक गई। कुछ क्षणों को वह हरगुन पंडित को उपस्थिति को भूल गई और जब हरगुन पंडित ने कहा की 'तुम तो रामकली, कनखलवालियों का सा साष्टांग दण्डवत मार रही हो!' तो वह तुरंत उठ खड़ी हुई। उसने न हरगुन पंडित की ओर पलटकर देखा और न कुछ कहा, लेकिन हरगुन पंडित को

इस बात का अहसास हो गया कि रामकली किंचित् अप्रसन्न हो गई है।

रामकली चुपचाप आगे बढ़ती चली गई। हरगुन पंडित के छाया की तरह पीछे-पीछे आने को वह अपने समूचे अस्तित्व में अनुभव कर रही थी, लेकिन संगम के किनारे पहुंचते-पहुंचते तक के बीच वह लगातार चुप ही रही! इस बीच वह अपने-आपमें डूबी ज़रूर रही थी, लेकिन इस बात की प्रतीति उसे पूरी थी कि यहां निर्जनता या सन्नाटा कहीं नहीं है। विशाल माघ मेला क्षेत्र में इधर-उधर चींटियों की सी कतारों में छितराए हुए लोग संगम के मुहाने तक आकर जनसमूह में परिवर्तित हो गए थे। रामकली ने संगम के किनारे नहाते स्त्री-पुरुषों को देखा और उसे लगा कि वह भी उन्हीं में से एक हो गई है। इस बीच हरगुन पंडित ज़रूर कुछ बातें करता रहा था, खास तौर पर कल्पवासियों के बारे में कि ये लोग माघ-भर यों ही कुटिया बनाकर रहते हैं और अपने कायाकल्प की कामना करते हैं।

जब तक रामकली तैयार हुई, हरगुन पंडित घुटनों तक पानी में जा चुका था। रामकली को ध्यान आया कि हरगुन पंडित ने उसके इस अकस्मात के अलगाव को अनुभव कर लिया है। वह भी गंगा में उतरने को हुई। पहला ही कदम गंगा के जल में रखा था कि उसे लगा, जैसे एकाएक ही वह सम्पूर्ण रूप से उस जलराशि में खिंच गई है। अत्यंत सधे हुए कदमों से रामकली हरगुन पंडित के समीप पहुंच गई और अपनी नाक को अंगूठे तथा तर्जनी से दाबकर उसने डुबकी लगा ली।

बांध से संगम-क्षेत्र तक का फासला कम नहीं था। यहां तक आते-आते और नहाने के लिए तैयार होने में काफी समय लग गया था और उजाला निरंतर बढ़ता गया था। पानी में अभी भी निहायत

अमूर्त-सी ऊष्मा थी और रामकली डुबकी लगाकर अपने सिर को बच्चों के से कौतुक में हिलाती जलराशि में से एकाएक ही बाहर निकली, तो उसे लगा कि डुबकी लगाकर सीधे खड़े होते ही वह सम्पूर्ण रूप से विवस्त्र हो गई है। एकाएक ही उसे हरगुन पंडित की उपस्थिति का अहसास हुआ। डुबकी लगाते में वक्ष पर त्वचा की तरह मढ़ गई-सी अपनी धोती को अपने सुडौल स्तनों पर से उसने बड़ी कठिनाई से थोड़ा-सा आगे की ओर खींचा और फिर दोनों हाथ आपस में गूंथ लिए।

रामकली ने अनुभव किया, लज्जा और स्त्रीत्व के इतने बड़े मायालोक का साक्षात्कार उसने आज तक कभी नहीं किया। हरगुन पंडित इस वक्त कहां है, यह देखने के लिए उसने आंखें उठाईं, तो और कुछ नहीं देखा, सिर्फ इतना ही दिखा कि सामने सम्पूर्ण रूप से सिंदूरी सूर्यदेवता पूर्वी क्षितिज पर सिंहासनारूढ़ सम्राटों की सी मुद्रा में आसीन दिखाई दे रहे हैं और आंखें सिर्फ सूर्य के प्रतिबिंबों से भर गई हैं।

कुछ क्षणों तक यों ही अभिभूत रहने पर चेष्टा करके रामकली ने अपने हाथों को वक्ष पर से प्रणाम करने की मुद्रा में हटाया और आंखों को सूर्यदेवता पर से, तो देखा, हरगुन पंडित उसीकी ओर रुख करके खड़ा है।

रामकली को लगा, इन कुछ क्षणों में ही उसका स्त्रीत्व सम्पूर्ण रूप से उजागर हो गया है। उसको लगा, आंखें मूंदते ही वह अपने-आपको हरगुन पंडित की आंखों से देखने लगती है।...और उसे लगता है, कि जलराशि में डुबकी लगाने के बाद बाहर निकलने के बाद वह केंचुल उतारने के बाद की सर्पिणी की तरह चमकदार हो आई होगी। हरगुन पंडित की बताई ई कल्पवासियों के कायाकल्प की बात अब रामकली को एकाएक याद आई और उसने हरगुन पंडित की ओर देखते हुए

फिर गोता लगा लिया।

पानी के भीतर रहते ही, उसके मन में अचानक आया कि अगले अमावस्या वाले नहान में वह बसंतलाल को साथ लेती आएगी और फिर इसी तरह इस अनंत-सी जलराशि में डुबकी लगाएगी और तब एकाएक इसी मुद्रा में बसंतलाल की आंखों के ठीक सामने खड़ी हो जाएगी—अपने सम्पूर्ण स्त्रीत्व को उजागर करती हुई।

3

पास में ही किन्हीं लोगों ने अपने छोटे बच्चे को डुबकी लगवाई तो उसका रोना रामकली की त्वचा को ठंडी, वेगपूर्ण हवा की तरह छू गया। उसे अपने दोनों बच्चों की स्मृति हो आई और वह कुछ उड़ान भरने की तैयारी में होते हुए जलपक्षी की सी स्थिति में खड़ी ही रह गई। बच्चों की याद आते ही, रामकली की एकाग्रता टूट गई। लगभग कमर से थोड़े ऊपर तक गहरे पानी में डुबकी लगाने और बाहर निकल आने के बीच का सिर्फ कुछ क्षणों का अंतराल ही उसे काफी लम्बा प्रतीत हुआ। अपने गीले बालों को, झटकने के बाद, उसने अपने सामने की तरफ फैला लिया। पहली बार जब वह जल से बाहर निकली थी, अपने औरतपन के उतने उजागर साक्षात्कार से स्वयं ही स्तंभित हो गई थी। उसके भीतर पिछले कुछ अरसे से लगातार जिस तरह का बदलाव आता जा रहा है, लगा कि जैसे वह सब आईने में पड़े अक्सों की तरह उजागर हो आया है। औरत के रूप में अनुराग का एक अमूर्त स्रोत है, जो रामकली को कहीं गहरी घाटी में बहती जलधारा की सी प्रतीति

से भरे हुए है।

हो सकता है, जिस रूप में, और जैसा, इस वक्त रामकली ने अपने-आपको अनुभव किया—किसीने उसे वैसा देखा ही न हो? यहां तक कि हरगुन पंडित ने भी नहीं; क्योंकि चारों ओर जिस तरह की भीड़ है, उसमें सिर्फ गंगा नहान का वातावरण छाया हुआ है। यह तो उसके मन का चोर है, जो उसे विचलित कर रहा है।

रामकली ने, इस बार, निश्चित भाव से दूर-दूर तक देखा। संगम पर से किले की ओर लौटती, और उधर सरस्वती घाट पर से संगम की ओर आती, नावों को देखना अत्यंत मोहक लगा उसे। उसने देखा, हरगुन पंडित सूर्य-नमस्कार की मुद्रा में उसकी ओर पीठ किए खड़ा है। मन तो हुआ कि अपने हाथों से उसकी पीठ पर पानी उछाल दे, लेकिन अपने बचकानेपन पर अंकुश रखते हुए, यह कहती बाहर निकल आई कि 'हरगुन पंडित, जारा जल्दी करना। हम किनारे जाकर, दीया जला लें। घर पर बच्चे इंतज़ार करते होंगे।'

बाहर के भीड़-भरे एकांत में, रामकली अपने मन को गंगा पूजन के प्रति एकाग्र कर लेना चाहती थी कि अचानक उसे फिर अपने दोनों बच्चों की याद हो आई। बसंतलाल ने यह भी नहीं पूछा था कि 'इतनी भोर में किन लोगों के साथ जा रही हो नहान पर?' उसने शायद, यही सोचा होगा कि जब मुंह अंधेरे जा रही है, तो पास-पड़ोस की पहचानवालियों के साथ ही जा रही होगी।...लेकिन, हो सकता है, देर हो जाने पर इधर-उधर पूछे और पता चले कि कहीं अकेली न चली गई हो?

रामकली ने महसूस किया कि जब तक रात थी और रात का धीरे-धीरे बीतना था, तब तक सारा ध्यान हरगुन पंडित पर केन्द्रित था और लगातार एक स्वप्न में होने की सी प्रतीति थी। ज्यों-ज्यों धूप

गहरी होती जाती है, मन बसंतलाल और बच्चों की ओर मुड़ता है। घर लौटने की उतावली बढ़ती जाती है।

चारों तरफ कीर्तन-भजन की धुनो का शोर, लाउडस्पीकरों की अधिकता के कारण, गड्ड-मड्ड होता चला गया है। किसी भी तरह के गोपनीय वार्तालाप की इस माघ मेले में एकान्त से भी ज़्यादा सहूलियत हो सकती थी, लेकिन रामकली को लगा कि अकारण ही उसका मन उचाट हो आया है और बातें करने का उत्साह नहीं रहा।

हरगुन पंडित के किनारे आने तक, रामकली दीया-अगरबत्ती कर चुकी थी। रामकली के अनुरोध पर हरगुन पंडित ने विधिवत् गंगा-पूजन किया और प्रसाद आगे बढ़ाया, तो रामकली ने हलके-से मुस्कराते हुए, हरगुन पंडित के पांवों पर अपने दोनों हाथ रखे। जब तक में हरगुन पंडित ने 'जीती रहो, सदा सुहागिन बनी रहो, कहा, रामकली ने अपने हाथ ऊपर उठाकर, आंचल छोर में बंधे पैसे बाहर निकाल लिए, "अपनी दक्षिणा ले लो, हरगुन पंडित!"

हाथ में दक्षिणा लिए, किंचित् आत्म-गरिमा की सी मुद्रा में हो आई रामकली की ओर एकटक देखते हुए, हरगुन पंडित को बांध मार्ग पर से वापस मुड़कर, एलनगंज और सोहबतियाबाग के बीच के अंधेरे और सन्नाटे में रामकली के साथ का चलना याद आया। रामकली का वह खिलखिलाना याद आया, जो संतोषी मां के मातृपट को शरीर पर से चील की तरह ले भागता हुआ-सा प्रतीत होता था।

हरगुन पंडित के मन का असमंजस चेहरे पर उभर आया। रामकली ने अपने दोनों हाथों को आगे बढ़ाकर, दक्षिणा को धीमे से, हरगुन पंडित के दायें हाथ में थमा दिया। नहाने के बाद वर्षा के थम चुकने पर की वनस्पति की सी ताज़गी में दिखती हुई रामकली की

लम्बी अंगुलियों के स्पर्श को हरगुन पंडित सिर्फ झेलता ही रह गया। रामकली बोली, "यह तो दस्तूर है, हरगुन पंडित! रीति तो निभानी ही चाहिए ना? अब हमारा जी न दुखाओ।"

हरगुन पंडित को भौंचकपन में ही छोड़, रामकली ने अपने गीले वस्त्रों को संभाल लिया। बोली, "चलो वापस लौट चलें।"

बड़े हनुमान जी के मंदिर तक आते ही, रामकली ने निगम चौराहे के पीछे वाली सड़क पर रहने वाली कई जान-पहचान की औरतों को देख लिया और सिर्फ इतना कहती हुई, तेज़ी से उनकी ओर निकल गई, 'अब तुम चलो, हरगुन पंडित! हम जान-पहचान वालियों के साथ लौट चलेंगी।'

हरगुन पंडित को लगा, रामकली उसे एक दलदल तक पहुंचाकर, उसकी नियति पर छोड़ गई है। उसका मन हुआ कि वह भी तेज़ी से आगे बढ़े और रामकली की बगल से यह कहता हुआ निकल जाए कि 'अच्छा बेवकूफ बनाया तुमने हमको, रामकली! आइंदा से 'हरगुन पंडित, हरगुन पंडित' पुकारने की कोई जरूरत नहीं। तुम अपने घर भलीं, हम अपने घर।'... लेकिन सारा विषाद सिर्फ मन में घुमड़ कर रह गया और हरगुन पंडित उस दिशा में मुंह किए खड़ा रह गया, जहां रामकली के जाते हुए होने का अब सिर्फ अहसास-भर पीछे छूट गया था। जब तक में हरगुन पंडित अपने-आपमें वापस लौटता, बांध के उस पार औरतों का वह पूरा झुंड आंखों से ओझल हो चुका था।

4

रिक्शा कोठरी के सामने रोककर, भूरे ने काफी ज़ोर से घंटी बजाई थी। कहीं उसके मन में भी था कि बच्चों को उनकी मां के वापस आने की सूचना देने का श्रेय उसे मिले। बच्चे कमरे में सोए भी होंगे, तो जायेंगे और तेज़ी से बाहर की ओर लपकेंगे और रामकली को देखते ही चौंकेंगे कि बाबू के साथ रिक्शे में यह कौन औरत बैठी है? बड़का रतना तो, शायद, तुरंत पहचान भी ले! लेकिन भूरे का सोचा, सोचा ही रह गया। बच्चे, शायद बाहर खेलने निकल चुके थे।

स्वयं रामकली अब असंतुलित हो आई थी। घर का दरवाज़ा किसी सयानी औरत की सी आंखों से। घूरता लग रहा था। यह दरवाजा उसके अतीत में काफी दूर तक दखल रखता है। पहली बार जब अपने बीमार पिता के लिए चाय लेने आई थी इस कमरे में और बसंता को करीब से देखा था—और फिर जब दो बच्चों की मां इसी दरवाज़े के भीतर हुई और... हां, वह दिन भी याद है रामकली को, जब इसे अपने हाथों से चोरों की तरह बंद करके, कमला पहलवान के घर चल पड़ी थी। रामकली कुछ विचलित हो आई। बसंतलाल के साथ आने का निर्णय लेते हुए उसने इस बात की कल्पना भी नहीं की थी कि बच्चों का सामना करते हुए वह इस तरह विचलित होने लगेगी।

आज वह एक लम्बे अंतराल के बाद यहां वापस लौटी है।

बसंतलाल से उसने चौक में भेंट के समय ही स्पष्ट रूप से कह दिया था कि वह, शायद, ज़्यादा देर तक इस बार भी नहीं रुक पाएगी। बच्चों के सवाल को बसंतलाल जिस तरह से उसके आगे करने की कोशिश करता है, रामकली को वह चालाकी बरतना लगता है।

पिछली बार भी अचानक ही भेंट हुई थी। दशहरा उन दिनों

सारे शहर पर छाया हुआ था। रामकली कटरा रामदल देखने गई तो थी, कमला पहलवान के साथ-साथ, लेकिन कमला पहलवान उसे चौमुहानी पर रामआसरे के घरवाली के साथ बिठाकर, चौक निकल गया था। बसंतलाल जाने किधर से आ रहा था कि रामकली को एकाएक दिख गया था। औरतों की भीड़ में से वह थोड़ा अलग निकल आई थी और परिचितों के से लहजे में सिर्फ इतना पूछ लिया था, "क्यों, कहां से आ रहे हो?"

बसंतलाल के आग्रहपूर्वक यह कहने पर कि 'चलो, बच्चों को देख आओगी। उधर राय साहब की कोठी के बरामदे में बैठे हैं, भूरे की भौजाई और फूलो ताई के साथ।'

रामकली को तब भी अपने दोनों बच्चों की आकृतियां स्मरण हो आई थीं, लेकिन बच्चों के समीप जाने का मन बना नहीं सकी वह, और, यह कहती हुई, औरतों में वापस लौट आना चाहती थी कि 'फिर कभी घर पर ही आकर देख लूंगी।' हालांकि रामकली जानती थी कि सामान्य दिनों में बच्चों से घर जाकर मिलना तो और भी कठिन है। लेकिन फिर भी रामकली के निकट यह बात स्पष्ट है कि अंततः बसंतलाल के साथ वह बच्चों को एक नज़र देख लेने के इरादे से चल पड़ी थी, तो इसमें बसंतलाल की भलमनसाहत का दबाव ज़्यादा था। वह, शायद, अष्टमी का दिन था। एक दिन विजयादशमी की संध्या तो वह बसंतलाल के घर भी पहुंच गई थी। वह पहला अवसर था, जब रामकली कमला पहलवान के घर बैठ जाने के बाद बसंतलाल के दरवाजे पर गई थी। उसके बाद भी इक्का-दुक्का भेट हुई है और बसंतलाल ने अत्यंत आग्रह के साथ कहा है, जैसे कि प्रायश्चित्त करना चाहता हो, लेकिन रामकली ने हमेशा साफ दो-टूक जवाब दे दिया है कि—'अब इस किस्से को खत्म ही समझा करो, बसंता! और हमरो—सच पूछो तो हमारे आंखों में अब वो नज़र ना रही, जो

तुम्हारे घर का रास्ता पहचानती थी।'

कहना तो हर बार रामकली यह भी चाहती थी कि 'वो दशमी के रोज भी हम नहीं आए थे तुम्हारे दरवाजो, बसंता, कमला पहलवान की मार ले आई थी।'...लेकिन ऐसा कहने में अपने छोटेपन को स्वीकार कर लेने की सी तकलीफ महसूस होती थी, इसीलिए न रामकली ने कमला पहलवान के द्वारा मारे और प्रताड़ित किए जाने की बात तब कही थी बसंतलाल से, न दुबारा किसी मुलाकात में कही और न आज कहनी है। और न फिर कभी कहेगी। कौन जानता है कि तब खुद बसंता ही यह कह देता कि—'ब्याहते का घर छोड़कर जाने वाली औरत को अगर कमला पहलवान ने 'हां, हां, सौ बार कहता हूं कि तेरी हैसियत मेरे लिए रण्डी से ज़्यादा कुछ नहीं।' कह दिया, रामकली!...तो कुछ नाजायज तो कहा नहीं ना?'

आज भी रामकली सोचती है, तो यही अहसास होता है। कि उस दिन की तकरार में वजह बसंतलाल का बरताव नहीं था, उसकी अपने भीतर की ग्लानि और बौखलाहट थी। बाद के दिनों में, खास तौर पर कमला पहलवान को छोड़ अमोलकचंद के साथ जाने का फैसला लेने के अरसे में, कई बार रामकली के मन में आया ज़रूर था कि बसंतलाल का मन टोहकर देखे, लेकिन दर्पीला स्वभाव और बसंतलाल के साथ औरत की तरह रहने में वितृष्णा महसूस करने की स्मृति हमेशा आड़े आती रही। इसके अलावा बस्ती के लोगों—खास तौर पर जान-पहचान की औरतों के बीच अपनी इस तरह की वापसी के बाद का रहना किस तरह की फजीहतों के बीच का रहना होगा—इस बात की कल्पना से ही तकलीफ होती थी। जहां किसी औरत से दूपरदू झगड़ा हुआ, वह सबसे पहले इसी नाज़ुक जगह पर मार लगाएगी कि 'कमला पहलवान की रखैल रहकर बहुत पहलवानी सीख आई हो, रामकली!'

पीपल वालों की बहू तो उससे सौतों का सा डाह करती है। कहीं आगे-पीछे बसंतलाल से ही आस रह गई,तो डलिया में पड़े बच्चे को देखकर, आस-पास खड़ी औरतों को यों कुहनी से ठेलने लगे कि, 'यह बच्चा तो हमें कमला पहलवान पर गया दिखता है, रामो!'

अपने औरतपन के जोश में जुआरियों का सा दांव खेल जाने के बाद, जिंदगी अब जहां भी पहुंच चुकी है,अपनी ही जगह पर रहकर उसे झेल जाने में ही रामकली को अपने स्वत्व की रक्षा दिखाई देती है। अमोलकचंद के स्कूटर के पीछे बैठते हुए रामकली ने सबसे पहली मानसिक तैयारी यही तो की थी की अब बस, इसी ठीहे पर बस करनी है। एक जगह। इज़्ज़त से रहते हुए, खाते-पीते घर की बहुओं की सजधज और तेवर में कभी कदाचित् बसंतलाल की बस्ती में भी चली आई, नाक-भौं ससुरियां लाख सिकोड़े, कलेजा तो बैठ ही जाएगा कि 'बैठी तो बड़े ही घर के दरवाजो दिखती है।'

अरे,जैसा रामकली का नाक-नक्शा था, जैसा स्वरूप दिया। था देने वाले ने, कहीं बड़े घर में पैदा हुई होती, तो इन नामुरादों की रामकली की एड़ी छूने की ताव न पड़ती। इसी तरह की जाने कितनी अड़चनें खुद रामकली के भीतर हैं, जो बसंतलाल की भलमनसाहतों पर भी भारी पड़ने लगती हैं। ये ठीक है कि जिस बड़प्पन में उसे बसंतलाल रखता था, वैसा व्यवहार न कमला पहलवान ने बरता, न अमोलकचंद के बूते का दिखता, लेकिन अब खैर आखिर—आखिर इसीमें दिखती है कि बीते को अंतिम रूप से बिसार दिया जाए।

यह सिर्फ इस बार हुआ है कि रामकली को बसंतलाल के घर से दशमी के दिन की वापसी तलवे में लगे कांटों की तरह याद है और फिर भी वह पालतू गाय से निरीहपन में यहां तक चली आई है। रामकली के लिए अपने भीतर के इस बदलाव

को शब्दों में बांध पाना कठिन है। अमोलकचंद की अनुपस्थिति में वह यों ही समय गुज़ारने के इरादे से बाहर निकल आई थी। अचानक ही मन में आया कि सारी रात तो अकेले काटनी है। दोपहर-भर सोई रही है, तो अब नींद आना कठिन है, क्यों न कोई फिल्म देखकर, कुछ समय काट निकाले। सिनेमा देखकर, डेरे में पहुंचते-पहुंचते दस बज जाएंगे, थकी भी रहेगी। नींद आते देर नहीं लगेगी।

बसंतलाल तो उसे आकस्मिक रूप से तब दिख गया, जब वह कृष्णा स्टोर्स के अन्दर एक छोटा और अच्छा-सा आईना खरीद लेने के इरादे से पहुंची।

बसंतलाल उस समय छोटी-छोटी सूती बनियाइनें देख रहा था। पीठ चूंकि उसकी इस तरफ थी, इसलिए रामकली उसे पहचान नहीं पाई, अन्यथा वह चुपचाप नीचे उतरकर, कहीं अन्यत्र चली गई होती। बसंतलाल के दिख जाने का अर्थ यही होता है कि वह घर चलने का आग्रह करे। और आग्रह भी ऐसे आत्मीय स्वर में कि जैसे उसके मन में रामकली के प्रति कहीं नफरत या कुढ़न की भावना न हो।

रामकली को उसका स्वभाव आश्चर्यजनक लगता है। उसके चेहरे या आंखों में, कहीं भी किसी तरह की अप्रियता या आत्मपीड़न की यंत्रणा उसे कभी दिखाई नहीं दी है। न उसकी आवाज़ या कहने के ढंग से ही कोई यह कल्पना कर सकता है कि वह अपनी उस पत्नी से बातें कर रहा है, जो उससे ज़रा ज़रा-सी बातों पर झगड़ करके घर से पलायन कर गई। सिर्फ पलायन ही नहीं, बल्कि पहले तबेले वाले कमला पहलवान और अब कल्याणी देवी वाले अमोलकचंद ठेकेदार से उसके अनैतिक सम्बन्धों की बात जान-पहचान के लोगों से भी छिपी नहीं रह गई।

विचित्र बात यह भी है कि न वह उसके तिलियरगंज वाले डेरे पर कभी गया, उसे वापस बुलाने या किसी प्रकार का झगड़ा-फिसाद करने और अब लगभग तीन महीने बीतने को हो आए हैं, न वह कभी कल्याणी देवी वाले ठिकाने की खोज में दिखा है। सिर्फ जब भी संयोगवश कहीं आमने-सामने का गुजरना हो गया है, एक आत्मीयतापूर्ण आग्रह उसके किंचित् भदेपन की हद तक मोटे होंठों पर से ज़रूर रामकली की ओर बढ़ आया है, "रामकली, चल, बच्चों को देख आएगी।"

आज भी यही हुआ है। जब तक उसे अनदेखा करके, रामकली दुकान से बाहर की ओर पलटती, बसंतलाल ने उसे देख लिया और उसके चेहरे पर एक लगभग अमूर्त-सी मुस्कराहट अपने भरपूरपन में फैल गई, जैसे भीड़ में खोया बच्चा अचानक दिखाई दे गया हो।

बसंतलाल की तरफ से अब न कोई प्रतिरोध है और न आग्रह। अपनी ओर से रामकली उसे छोड़ चुकी है। लगभग वापस मुड़कर न देखने की सी निश्चयात्मकता के साथ। बच्चों का मोह ज़रूर समय-समय पर जागता रहा है, मगर समय के बीतने के साथ जैसे वह भी धीरे-धीरे मद्धिम पड़ता चला गया। हां, बसंतलाल की तरफ से इतना तय है कि वह बच्चों को छोड़ नहीं सकता और रह गई रामकली, उसके भीतर इतना लगाव कभी शायद, रहा ही नहीं कि बच्चों के बिना जी न सके।

वह तो सिर्फ इतना जानती है कि पुरुषविहीनता का बोझ ढोना उसके बस में नहीं। यों अंतिम रूप से घर छोड़ने का फैसला लेने के बाद मां की सी आग्रहशीलता जताने की औपचारिकता-भर में उसके घर छोड़ने के दिनों एक बार इतना अवश्य कहा था कि 'मैं बच्चों को भी साथ लेती जाऊं?'... बस, सिर्फ इतने से ही शांत बैठे हुए बसंतलाल की आंखें पत्थरों जैसी सख्त हो

आई थीं और उसने निहायत निर्णयात्मक स्वर में कह दिया था कि—'रामकली, तू तो अपने बाप की धरोहर थी, तुझे मैंने बंधनों से मुक्त किया। जो तुझे अच्छा लगे, मैं कभी तेरे आड़े आऊंगा नहीं।...मगर ये बच्चे मेरे हैं, मेरे मरने से पहले तो इन्हें कोई मुझसे जुदा कर नहीं सकता।

रामकली को यही लगता है कि एकाएक भेंट होने पर बसंतलाल के आग्रह को जो वह एकाएक टाल नहीं पाती है, उसकी तह में जितना बड़ा कारण बच्चों के देख आने का एक हलघंट की तरह कहीं भीतर शेष रह गया मोह है, बसंतलाल की सदाशयता और सहनशीलता का उससे कम दबाव नहीं।

बसंतलाल ने जल्दी-जल्दी दो छोटी बनियाइनें और एक बट्टी साबुन, पचास ग्राम टाफियां एक लिफाफे में रखवा लीं, तो रामकली समझ गई, यह उतावली उसी के लिए बरती गई है। वह सहज भाव से आगे बढ़ आई और बसंतलाल के हाथ में थमा हुआ पांच का नोट उसने वापस उसकी मुट्ठी में भींच दिया। खुद एक दस रुपये का नोट आगे बढ़ाते हुए बोली, "एक पैकिट बढ़िया वाले बिस्कुटों का और रख देना। थोड़ी टाफियां भी।"

बसंतलाल आपत्ति करने को होंठ खोल ही रहा था कि रामकली धीमे से मुस्करा दी, "तुम्हारे साथ चलना तो होगा? ये चीजें बच्चों के लिए मैं लेती जाऊंगी।"

बाहर निकल आने पर, बसंतलाल ने पूछा, "तुम किसी खास काम से तो नहीं आई हो?'

रामकली बोली, "दिन-भर बेकार बैठे-बैठे जी ऊब गया था, सिनेमा देखने की सोचकर निकल आई थी।...मगर अब इस वक्त तुम मिल गए हो, तो तुम्हारे साथ चलूंगी। अमोलकचंद कल तक के

लिए बाहर गया हुआ है। ऐ रिक्शेवाले, क्यों भइया, ममफोर्डगंज की तरफ चलोगे?"

बसंतलाल ने रामकली का रिक्शेवाले को बुलाने की मुद्रा में उठा हुआ हाथ धीमे से नीचे को कर दिया, "उसे मत बुला, रामकली, मैं खुद रिक्शा लेते आया हूं। वहीं 'रूपवानी' सिनेमा के सामने रुका हुआ है। तुझे कौन-सा सिनेमा देखना था?"

बढ़ती हुई भीड़ और संकरे रास्ते के कारण, रामकली को थोड़ा-सा एक ओर हट जाना पड़ा। जीरो रोड वाली मुख्य सड़क गिनती के कदमों के फासले पर थी। वहां तक रामकली चुपचाप चलती रही। वह भी कुछ नहीं बोला, मगर ज्यों ही दोनों ज़ीरो रोड पर पहुंचे, 'रूपबानी' की तरफ मुड़ते हुए बसंतलाल को उसने रोक लिया, "सुनो, अपना रिक्शा तुम यहीं किसी दुकान या सिनेमा के अहाते में जमा करवा दो। तुम आगे से रिक्शा, खींचते रहो और मैं बैठी रहूं, कुछ अच्छा नहीं लगेगा। यहां से कोई दूसरा ही रिक्शा कर लो। पसे मैं दे दूंगी।"

उसका चेहरा थोड़ा-सा सख्त हो आया। रामकली का अहंकार उसे अक्सर विचलित कर देता है। एक सीमा तक बर्दाश्त करने के बाद, वह भी कुछ कहने पर उतर आया था, तो बस, फिर रामकली थमती नहीं थी। गुस्से में उसका चेहरा तन आता है। आंखें आकाश-से डबडबा उठती हैं। कठोर शब्दों के बोझ से उसके पतले-से सांवले होंठ, बाहर की ओर फैल जाते हैं। रामकली की पुरानी छवि बसंतलाल को अभी भूली नहीं है।

वह नहीं चाहता था कि आज किसी तरह की तनावपूर्ण स्थिति आए। उसने मन में निश्चय-सा कर लिया कि आज रामकली जैसी सहजता में बच्चों के पास चलने को तैयार हो गई है—वैसे ही अपने डेरे पर वापस चली आए। हालांकि वह

जानता है कि रामकली पिछली बार सिर्फ इसीलिए नहीं लौट आई थी कि वह भी कुछ क्रुद्ध हो गया था, बल्कि अपने स्वभाव और रहन-सहन के ढंग से वह लाचार हो चुकी है; मगर उसे अपने भी कुपित हो आने पर एक हल्का-सा पश्चात्ताप लगातार अनुभव होता रहा है कि शायद है, अन्यथा रामकली उस तरह न लौट जाती।

रामकली अपनी जगह रुकी रह गई, तो वह सिर्फ इतना ही बोला, "तू आ तो सही, रिक्शा मैं नहीं चलाऊंगा। भूरे साथ है। जब कभी मैं फुर्सत में होता हूं, या प्रेस का काम करता हूं, तब भूरे को दे देता हूं चलाने को। मेरे साथ आया हुआ है। रिक्शा वही देख भी रहा है। यहां सिनेमा के अहाते में रिक्शा रखने भी नहीं देते, कहीं रख भी दो, लौंडे-लपाड़े घंटी-चैन निकाल ले जाते हैं।"

अपनी बात पूरी करते, न करते, एकाएक उसे आशंका हुई कि रामकली कहीं यह न कह दे कि 'घंटी और चैन के पैसे मुझ से ले लेना।'

पहले भी यह अक्सर यही करती रही है। जहां किसी खर्च की मद में बसंतलाल ने कटौती करने की कोशिश की नहीं कि वह तुरंत अपनी कमर में से धोती का किनारा बाहर खींच लेती थी, 'बाकी जो लगते हों, मुझसे लेते जाओ।'

कुछ हड़बड़ाहट की सी मुद्रा में वह एक सांस में कह गया, "यह रिक्शा मेरा खुद का खरीदा हुआ है। कुल मिलाकर साढ़े आठ सौ का बैठा था, मगर दूसरे रिक्शे वाले भी यही कहते हैं कि बढ़िया कसा गया है। 'डबल बैरल' है, चढ़ाई पर भी टींच-कर नहीं चलाना पड़ता। रायसाहब के यहां तो मुश्किल से वही आठ की सुबह से ले के संध्या के पांच तक की ड्यूटी भरनी पड़ती है। यों तो किराये का रिक्शा मिल जाता है, पहले हम लोग किराये का ही चलाते भी रहे हैं। यह रिक्शा मैंने खरीद यों लिया कि कुछ ऊपर की आमदनी हो

जाए। अब भूरे चलाता है, तो भी कुछ आमदनी हो ही जाती है। बच्चों को अपनी सामर्थ पहुंचते तक की पढ़ाई तो करवा ही देनी है। बड़का रतन तो पिछली बार तेरे सामने-सामने ही स्कूल से वापस लौटा था ना? जब भी मौका रहता है, बच्चों को रिक्शे से ही छुड़वा लिवा लाता है भूरे। फूलो ताई कहती भी है कि बसंता को बड़े लोगों की सी हिर्स हो गई है। मेरा ये है कि एक भगवान का आसरा है—शायद है, बच्चे किसी किनारे लग ही जाएं।" अपनी बात पूरी करते-करते बसंतलाल गहरे आत्मतोष से भर गया। उसकी आंखें थोड़ी-सी नम हो आईं।

रामकली ने इस बार गौर से उसकी तरफ देखा, तो बसंतलाल को एकाएक याद आ गया कि पिछली बार झगड़े की शुरुआत इसी बात को लेकर हुई थी कि वह फटी हुई कमीज में ही स्कूल से लौटा था और रामकली का हाथ तुरंत अपनी धोती की किनारी पर पहुंच गया था, 'इसके लिए सवा गज-डेढ़ गज का साबुत टुकड़ा तो ले लिया होता?' और उसके मुंह से भी यह बात निकल गई थी कि 'रामकली, जिनको तूने नाजायज़ औलाद की तरह छोड़ दिया, उनके ढंके-नंगे की चिंता बेकार में तू क्यों करती है? नई कमीज़ भी सिलवा रखी है। वह कुछ मैली पड़ी थी, पुरानी में ही चला गया। बस, रामकली उसके बाद दो-तीन मिनट भी सिर्फ इसीलिए रुक गई थी, शायद, कि अपने अंदर इकट्ठा हो आए गुस्से को थूक सके।

बसंतलाल क्षण-भर में पिछली बार के घटित हुए को अपने भीतर ही भीतर दोहराकर, यह कहता हुआ आगे को बढ़ गया, "रामकली, ऐसा कर तू यहीं पर ठहरी रहना। जाना तो इधर से ही होगा, मैं रिक्शा यहीं लिवा लाता हूं।"

कुछ ही देर में बसंतलाल रिक्शे पर बैठा हुआ आ गया और दाईं ओर को सरकता हुआ, रामकली से बोला, "आ।"

रामकली के एक हाथ में सामान थमा हुआ था। एक पांव रिक्शे की पायदान पर रखते हुए, उसने अपना दायां हाथ उसकी तरफ बढ़ा दिया। बसंतलाल ने हाथ खींचकर बिठा लिया, तो रामकली की कई-एक अंगुलियों के धीमे से चटखने की आवाज़ उसे सुनाई दे गई और वह अपने अंदर से प्रतिरोध के बावजूद, रामकली की मांसल और सांचे में ढली हुई-सी अंगुलियों पर से एकाएक अपनी दृष्टि हटा नहीं पाया। जब वह सतर्क होकर, सामान्य मुद्रा में सामने की ओर मुंह करके बैठा, तो रामकली की आंखों में कौंधता दर्प उसे साफ-साफ दिख गया।

5

रामकली जितनी साफ-सफ्फाक साड़ी में थी और जिस तरह कीमती कपड़े का बना ब्लाउज वह पहने थी, बसंतलाल को फिर यही अहसास हुआ कि —'बसंता, रामकली तेरे औकात की नहीं।'

यह स्मरण करना उसे इस समय, काफी यंत्रणापूर्ण लगा कि रामकली ने अत्यंत अहंकार-भरे शब्दों में पिछली बार यह भी स्पष्ट कर दिया था कि लगातार नौ साल तक मैंने तेरी आग जिस तरह बुझाई है, उसके स्वाद को न तो तू भूला है, बसंता, और न कभी भूलेगा। तेरे मन में तो हाथ में आई रोहू मछली के तालाब में चले जाने का संताप भरा है। नाटक तू लाख बच्चों का कर ले, मगर इरादा तेरा यही दिखता है कि तेरी बोरसी में इकट्ठा करके रखी हुई सी अगन को बुझा जाऊं।... और ये बात तू गांठ बांधकर रख ले, तेरी ये प्यास मैं बुझाने से रही। आदमी या तो थूके ना-थूके, तो चाटे

ना। जो दरवाज़ा हम उढ़का गईं, उसी के भीतर फिर से सुहागिनों की सी सेज सजाने में कुछ रखा नहीं, बसंता!'

बसंतलाल को व्यतीत हुए न जाने कितने प्रसंग याद आते जा रहे थे। अपने अनजाने में, रामकली में थोड़ा-सा हटकर बैठने की चेष्टा कर ही रहा था कि रामकली मुस्करा दी, "क्यों, चुभ रही हूं क्या?"

अपने इस तरह के अप्रत्याशित व्यवहार में रामकली और भी ज़्यादा आकर्षक हो आती है। उसकी शारीरिक गठन और उसके साफ-सुथरे पहनावे से यह कल्पना करना किसीके लिए भी कठिन हो सकता है कि वह बसंतलाल जैसे उम्रदार और सामान्य मज़दूर या रिक्शेवाले की पत्नी हो सकती है, या कि रह चुकी है। रामकली के इस वक्त के साथ में उसे एक निहायत ठोस किस्म की सी स्थितिहीनता का अहसास हुआ और वह, किंचित् खिसियाया हुआ-सा चुप ही रह गया।

अपनी विषाद-भरी चुप्पी के बीच उसे लगातार एक अंदरूनी सन्नद्धता महसूस होती रही। उसे यही महसूस होता रहा कि वह किसी अजनबी औरत के साथ बैठे होने की सी रोमांचकता और द्विविधा में जकड़ता जा रहा है। रिक्शे के चलने की आवाज़ और आमने-सामने से गुज़रती भीड़ के शोर के बीच में से शब्दों को खींचता हुआ-सा वह बोला, "रामकली, तू देवी की तरह कब और किस बात पर अचानक खुश हो जाएगी और कब किस बात पर नाराज़, कुछ कहना कठिन है। पिछली बार तुझसे सटकर बैठा था। हाथ अनजाने तेरी छाती से छू गया, तो तू मेरे अंदर बोरसी के अंगारे देखने लगी थी। अब उसी डर से थोड़ा परे को सरककर बैठ रहा हूं, तो तेरे को छूट्ठा सूझ रहा है।"

बसंतलाल को इस बात की प्रतीति नहीं हो पाई कि अपनी बात पूरी करते हुए, वह खुद भी हंस पड़ा है।

"पान-सुरती की घुड़हा आदत तुम्हारी अभी भी गई नहीं लगती, बसंता! अब तो तुम्हारे सामने के सारे ही दांत छिदहा हो चुके। और सुनो, बसंता, नाटक तुम हमीं से न किया करो—समझे? तुम्हारी तो वही मिसल है कि क्यों री, खसम कैसे कर लिया?' 'तो बहूजी, हम ना जानें। जाने वो ऊपर वाला?'...'क्यों री, खसम क्यों छोड़ दिया?' हो..." रामकली से वाक्य पूरा नहीं हो पाया।

बसंतलाल को अपने हंसते हुए होने की साफ-साफ प्रतीति हुई और खिसियाहट के मारे, काफी भीतर से उफनाकर आती हुई-सी हंसी, उसके मोटे होंठों पर बुदबुदाकर, वहीं बैठ गई। रामकली के आगे इस तरह की हतप्रभता से जकड़ जाने की स्थितियां अनगिनत बार आ चुकी हैं। बसंतलाल याद करने की कोशिश करता है, तो आंखों के सामने आज से लगभग नौ-दस वर्ष पहले की सांवली और दुबली-सी लड़की आ खड़ी होती है। रामकली का वह तब का, शादी के ठीक दूसरे साल का, कहा हुआ आज भी भूलता नहीं है कि, 'जब से तुमने अपनी घरवाली बना लिया, हमको तो हमेशा यही लगता है, नहीं, रामो! बाप अभी मरा नहीं।'

यह वास्तविकता है कि जब मरते हुए किसना से रामकली को बसंतलाल के सुपुर्द किया था, तो उसने भी यही कहा था कि 'इसे सिर्फ घरवाली करके ही नहीं, बेटी की जगह पर भी जानना। बचपन से ही चंट रही है। इससे कभी चूक हो भी जाए, तो बर्दाश्त कर लेना।'

तो क्या रामकली का अनुभवी पिता इस बात की कल्पना तभी कर चुका था कि उम्र के इतने बड़े फासले में से रामकली चूक भी सकती है? सोचता है, तो अपने दो बच्चों की मां के साथ एक अजनबी की तरह बैठे हुए होने की विडंबना बसंतलाल को सचमुच शरीर में चुभती हुई अनुभव होने लगती है। फिर भी लगभग कई

वर्षों तक अभ्यस्तता की सीमा तक वह जो सहनशीलता अपने भीतर बटोरता रहा है रामकली के लिए, वह संभालती है। जो एकदम छूटता नहीं।

विक्षोभ और आत्मीयता को रामकली के प्रति समान रूप से अनुभव करने की मनःस्थितियों से उबारना उसे सदैव कठिन लगता रहा है। रामकली की वापसी की संभावनाओं के लगभग समाप्त हो चुकने पर भी उसे न जाने क्यों लगता रहता है कि रामकली की प्रतीक्षा उसे अभी भी है। न जाने वह कौन-सी चीज़ है, जो शहद की मक्खी के टूटे डंक की तरह उसके अस्तित्व में अटकी ही रह गई है?

"तू अगर मुझ में अभी भी अपना लालच देखती है, तो कुछ गलत नहीं करती है, रामकली! डेढ़ साल तो बीतने को आ ही गया है, तुझको बेघर हुए..."—बसंतलाल ने इस तरह कहा, जैसे भूरे से दोनों की बातचीत को बचाना चाहता हो।

"बेघर क्यों? तुम लोगों से अच्छे घर में रहती हूं।"

"चूने से पुती हुई दीवारों से ही घर बन जाता होता, रामकली, तो सेठ बेनीराम की धरमशाला सबसे बड़ा घर होता। न चाहते भी कुछ कह बैठता हूं; तू कहीं बुरा न मान लेना। यह तो तय जान कि जब तक अमोलकचंद ठेकेदार तुझसे शादी नहीं कर लेता, घर-गिरस्थी का सा बेफिकरापन तुझे नसीब हो नहीं पाएगा। कमला पहलवान वाले किस्से से तुझे सबक लेना ही चाहिए, रामकली! जो औरत मर्द का सिर्फ जिस्म देखे, जी न देखे, उसे समझदार कहना ठीक तो नहीं ना? यों तू कहेगी, नसीहत देने वाला मैं कौन हूं तेरा? मगर जिसने अपना करके माना होता है, उसे अपने पाले-पोसे पशु-पंछियों का भी मोह रहता है। तू तो अब ये भुला चुकी होगी कि शुरू-शुरू में तेरे बाल मैं खुद संवार दिया करता था और फूलो ताई मज़ाक किया करती थी कि 'यह बसंता तो सास की तरह इसे

संवारता है।'...बड़का जब हुआ था, तो मुझे खुद भी हैरत हुई थी कि तुझसे बच्चा हो गया। तब तू ज़्यादा से ज़्यादा कितने बरसों की रही होगी?"

"उन्नीसवां उसी भादों से लगा था। वो तो कुछ मुहल्ले-वालियों से सीखा हुआ काम आ गया और कुछ फूलो ताई सास ने कानों में तेल की बूंदों की तरह अच्छी बुरी बातें गेर दीं। नहीं तो, उस कच्ची उम्र में हुए मूस जैसे लोथड़े को संभाल ले जाना मेरे वश की बात कहां थी?" रामकली का स्वर काफी कोमल हो आया था।

"तुझे अब कभी उन दिनों की अपनी नादानी याद आती है। या नहीं, जब तू बड़के को दूध पिलाते में अपनी चूची ऐसे उसके मुंह पर दिया करती थी कि वह सांस भी नहीं ले पाता था?"

"खूब याद है!" रामकली ने मुस्कराते हुए, उस की ओर देखा और शरमा-सी गई, "कच्ची उम्र के होते भी शरीर बहुत भर आया था उस बरस। छुटकी की बेर जितना दूध भले ही नहीं भरा।"

लगभग यंत्र की सी त्वरा में, बसंतलाल की आंखें उसकी ओर घूम गईं। रामकली ने सफेद रूबिया की छोटी बांहों का ब्लाउज़ पहना हुआ था। साड़ी हलके बैंजनी रंग की और पीली किनारी वाली थी। आठ अंगुल तक चूड़ियां भरवाने का शौक अब भी ज्यों का त्यों है। पिछली बार तो लिपस्टिक भी लगा रही थी। दो बच्चों की मां के चेहरे पर जिस तरह की झांइयां अक्सर उभर आती हैं, खास तौर पर जो औरतें खाते-पीते घरों की न हों, रामकली में कहीं नहीं दिखतीं।

नहीं। रामकली से अपनी तुलना करने पर आत्महीनता के दंश से बच सकना संभव नहीं है। जब विवाह हुआ था, रामकली पन्द्रह की थी और वह लगभग बत्तीस साल का। उम्र की यह खाई रामकली की निरंतर निखरती तरुणाई और उसकी जिम्मेदारियों से

बोझिल होती चली जाती प्रौढ़ता के बीच जिस तरह पसरती चली गई है, बसंतलाल के लिए अब इसे अपने शरीर से लांघने की कल्पना भी सिर्फ अपने-आपको धोखा देना रहा है। मगर अब भी रामकली इतनी समीपता में से आकर्षित करती है, तो बसंतलाल अपने-आपको उन दिनों की स्मृतियों की चपेट में आ जाने से बचा नहीं पाता है, जिनमें से छनकर शेष रहे दोनों बच्चे अब भी उसके साथ हैं।

"छुटकी तो ज्यों-ज्यों ऊपर को आ रही है, तेरे ही नाक-नक्स पर आईना फिराती हुई-सी दिखती है। जब तक तू थी, हम लोग उसको सिर्फ छुटकी ही तो कहा करते थे? अब मैंने उसका ताम श्यामकली रख दिया है।"

"कभी-कभी तो मैं भी सोचती हूं कि तुम लोगों की दुनिया छोड़ चुकने और अब फिर कभी न लौटने के इरादे के बाद भी आखिर वह कौन सी तनी बाकी बच गई कि मुद्दतों के बाद जब भी तुमसे मुलाकात हो जाती है, अपनी ज़बान तुम्हारी अंगुलियों में उलझी हुई-सी मालूम होती है और 'ना' हो ही नहीं पाती। सोचती हूं तो बच्चों की ममता से तुम्हारी भलमनसाहत का बोझ ज़्यादा दिखता है।" रामकली एकाएक काफी गंभीर होती हुई बोली, "अच्छा, एक बात बताओगे? थी तो मैं तुम्हारी ब्याहता ही, मगर बिरादरी के दूसरे मर्दों का सा रवैया तुमने कभी नहीं दिखाया! तुम चाहते, तो क्या कमला पहलवान से और क्या अमोलकचंद ठेकेदार से, हजार-पांच सौ की रकम तुम्हें मिल ही जाती? और नहीं तो, एक-दो रिक्शे ही खरीद लेते? किराये पर उठ जाते। और जो तुमने वो नसीहत कुछ ही देर पहले हमें दी थी कि औरत को मर्द का जिस्म ही नहीं, जी भी देखना चाहिए, मानती हैं हम कि गफलतें हमसे हुई हैं; मगर जहां तक औरत की आंख के देखने का वास्ता है, बसंता-गरचे अस्सी साल के बूढ़े के जी में सोला बरस की

लौंडियों के लिए बेइंतिहा मुहब्बत हो, तो लौंडिया जी देख देखकर जवानी वैसे ही न काटेगी, जैसे घी की हांडी के सामने करके कोई अपनी रोटियां चुपड़ी करे?"

रामकली हंसी, तो वह फिर खिसियाया। बोला, "बातों में तुझसे मैं पार नहीं पाऊंगा, रामकली! लेकिन इतना ज़रूर कहूंगा, जब लौंडियों की सी शक्ल छुटने लगे, तो लौंडियों की-सी अक्ल को भी छोड़ देना चाहिए। खैर ये सच है कि सूरत तो भगवान ने हमें दी नहीं, रामकली!" बसंतलाल के होंठों पर मद्धिम-सी मुस्कराहट फैल गई, ले देके जो सीरत नाम की चीज़ बाप-दादों के दिए हुए खून में कहीं वक्त ज़रूरत को बाकी रह गई है, इसे हज़ार-पांच सौ में बेच डालने जितना बेगैरत अभी हुआ नहीं।... और फिर तेरे नाम का पैसा लेना तो मेरे लिए छुटकी श्यामकली की कीमत लेने जितना हराम है, रामकली! कमला पहलवान या अमोलकचंद ठेकेदार के सामने मेरी औकात कितनी है, मुझे भी पता है, मगर कभी उनके हाथ तेरे लिए तंग होने लगें, तो...खैर, अब इस तरह की बड़बोली हांकने में कुछ रखा नहीं, रामकली! मुझे तो सिर्फ इतना ही कहना है कि हाथों से उड़ चुके तोते के पीछे खाली पिंजरा लिए-लिए घूमने में मुझे कोई तुक दिखी नहीं। मैं तेरी नफरत से बचना चाहता था।... और जब तू मेरे यों बुलाने पर, चंद घड़ियों को ही सही, मेरे साथ चली आती है, मुझे लगता है, मेरा सब्र अकारथ नहीं गया। और रह गया उम्र के फर्क का सवाल—हम गरीबों में चंद साल बड़ा खसम बाप दिखने लगता है और हमउमर घरवाली चाची-ताई।"

अपने स्वभाव के विपरीत रामकली चुपचाप सुनते रहने की सी मुद्रा में दिखी, तो वह कहता गया, "यों सचाई इस बात में है कि तुम जब इतने पास होती हो, तो मैं सारे फासले भूल-सा जाता हूं। भूल जाता हूं कि अब तुम परायी अमानत हो चुकीं...मैंने खुद

ही महसूस कर लिया कि मेरा ढलता हुआ जिस्म तुझे बांध नहीं सकता। तेरे बड़े घरों की बहू-बेटियों के से शौक पूरे कर सकने की ताब मेरी कमाई में नहीं थी। जर से जोरू पर काबू रखने की हस्ती न थी हमारी—होती भी, तो हम यही कहते कि बसंता, जर-जमीन के लालच में पड़ी औरत को जोरू मान के चलना अक्लमंदी नहीं। हां, तू बुरा न माने, तो इतना ज़रूर कहेंगे कि मां की नजर से तूने अगर देखा होता, तो बर्दाश्त ना की जा सके, इतनी गई-बीती तो हमारी घर-गिरस्थी थी नहीं।"

"बीती हुई को लगी लगाकर लौटाने की कोशिश मत करो, बसंता! और अब तो अमोलकचंद ठेकेदार ने, खुद मेरी ही कसम खाकर वादा किया है कि आते फागुन में मुझसे शादी कर लेगा। उसकी पहली वाली जौनपुर जो रहती थी, हैजे में मर गई। यों भी ठेकेदार यही कहता था कि शहर लाने लायक थी नहीं।...और कमला पहलवान की घरवाली तो तुमने खुद ही देख रखी है, कैसी चुड़ैल-सी तो थी।" अपनी बात कहते-कहते, रामकली की आवाज़ में फिर अहंकार तैर आया था।

बस, यह अहंकार ही तो है, जिसमें रामकली का चेहरा सर्पिणी की त्वचा-सा हो आता है।

बसंतलाल को याद आया कि पिछली बार के आने में जब रामकली घुटनों तक खुलकर बैठी हुई थी, तो धीमे से उसकी पिण्डलियों पर अपनी अंगुलियां फिराने से वह अपने को रोक नहीं पाया था और रामकली ने उस समय तो सिर्फ अपने कपड़े ठीक कर लिए थे, मगर बाद में जब गुस्सा हो गई, तो यह कहने से चूकी नहीं थी कि 'अब थूके हुए को फिर से क्यों चाटना चाहते हो, बसंता? पहले तो बहुत कहते थे कि जा रामकली, तुझे मैंने चूजे निकल आए अण्डे की खोल मान के त्याग दिया। अब अपने बच्चों से जी बहला लूंगा।' मगर इतना तो कोई आंखों का अंधा भी जानता ही होगा

कि बच्चे जी तो बहला सकते हैं, मगर जिस्म को बहलाना उनके बस का नहीं।'

हालांकि, अपनी बात समाप्त करके, रामकली हंसी थी, लेकिन बसंतलाल पूरी तरह हतप्रभ हो गया।

रिक्शा कचहरी के समीप पहुंच चुका था। रुकवाकर, बसंतलाल नीचे उतर, पान की दुकान की तरफ बढ़ गया।

रामकली कुछ क्षण तो चुप रही, फिर रिक्शे के हत्थे को ठीक करते हुए, भूरे से बोली, "क्यों रे, बड़का स्कूल जाता है?"

"दूसरी में गया है।"

"छुटकी...क्या नाम है उसका श्यामकली?"

"वह कभी फूलो ताई के साथ रहती है, कभी स्कूल चली जाती है। जितनी देर बसंता बाहर रहते हैं, हमारी भौजाई भी खबर लेती रहती है, तुम्हारी छुटकी तो बड़ी चंट है। तितली की ज्यों उड़ती फिरती है।'

"हूं," कहते हुए रामकली को लगा, इस तरह की जिज्ञासा व्यक्त करना अब उसके लिए कितना निरर्थक हो चुका है। कहीं भीतर से उसे आत्मग्लानि महसूस होती तो है, मगर बसंता के साथ एक पत्नी की तरह सिमटकर रहना, बसंता की तंगदस्ती और बदसूरती को साथ-साथ बर्दाश्त करना उसके लिए न संभव हुआ, न हो पाएगा। आज की जितनी समझ होती, तो शायद, रामकली बसंता से शादी करने से साफ ना कर जाती और आज अपने-आपसे यों लड़ना नहीं पड़ता।

यों ही पूछ लिया, "क्यों भूरे, हरप्यारी—तुम्हारी भौजाई—बसंता के घर आती-जाती रहती है ना? कुछ बच्चों की भी देख-भाल करती होगी? हम तो, भैया, बच्चों की खातिर जीते जी के मरे हो चुके..."

बसंतलाल को लौटता देखकर, रामक ली ने चुपके से अपनी

गीली हो आई आंखों को पोंछ लिया। रामकली को पान देने के बाद, वह भी रिक्शे पर बैठ गया, “भूरे, ज़रा मछली मार्किट की तरफ ले ले। थोड़ा-सा मीट लेते चलें। क्यों रामकली, तुझे जल्दी तो नहीं? घंटे भर में बन जाएगा। आज अब तू खाकर ही लौटना, क्यों?

“अच्छा, ऐसा करना। जल्दी बना लेना। मानसरोवर में ‘राम भक्त हनुमान’ लगी है। साढ़े नौ वाले में चलेंगे। बच्चों को भी दिखला देंगे।”

“बच्चे तो इससे पहले सो जाएंगे, रामकली! बड़े सुलक्कड़ हैं दोनों। खासतौर पर श्यामकली। वह तो नींद में भी तुझी पर गई है। मीट खाने का भी बड़ा शौक है।”

“अच्छा, उनको फूलो ताई के पास छोड़ देना। फिर हम लोग ‘रूपबानी’ में ‘खिलौना’ देखने चलेंगे, मगर हम फिर वहीं से कल्यानी को चली जाएंगी, तुम्हारे साथ ममफोर्डगंज वापस नहीं लौटेंगी।” कहते हुए, रामकली के होंठों पर एक शरारत-भरी मुस्कराहट छा गई, “अभी-अभी भूरे बता रहा था कि बच्चों की देख-रेख हरप्यारी भी कर लेती हैं? सिर्फ बच्चों को ही संभालती है या तुम्हें भी?”

बसंतलाल उसके व्यंग्य से फिर हतप्रभ हो गया। कोशिश करने पर भी कोई ऐसी बात उसे सूझ नहीं पाई, जिससे वह रामकली के होंठों पर फैली मुस्कराहट को पोंछ सकता। मन ही मन वह सहम भी गया कि कहीं रामकली का मज़ाक भूरे को बुरा न लगे। वह अपने असमंजस से उबरता कि तब तक में रिक्शा घर के काफी नज़दीक पहुंच गया और उसने सिर्फ चुप्पी साध लेना ही ठीक समझा।

6

रामकली से अचानक भेंट हो जाने से लेकर, कोठरी के सामने रिक्शे के आ लगने तक का सारा समय अब बीत चुका था। भूरे अभी भी बड़े उत्साह से रिक्शे की घंटी बजाए चला जा रहा था, "लगता है, दोनों मादर...अवारागर्दी करने निकल गए। ये श्यामा तो, हद दरजे की खिलंडरी निकल आई। जाने कौन-कौन खेल खेलती रहती है। अच्छा हुआ जो इस बिल्ली को स्कूल में डाल दिए है बसंता। मिस रैनसम भैनजी के नर्सरी स्कूल में तो तीसरा लगते में ले लेती हैं। रतना के स्कूल से लौटने तक मार अनाथों जैसी भटकती रहती। फूलो ताई भला कहां तक देखती! हरप्यारी भाभी से तो कहती हैं बदमाशिन कि 'हमें तुम चुड़ैल लगती हो।'...बहुत मादर..."

रामकली को भूरे का बच्चों को मां की गाली से संबोधित करना अच्छा नहीं लगा और उसकी त्यौरी चढ़ गई, लेकिन जब तक में रामकली गुस्से में कुछ कहती, भूरे के इन आखिरी वाक्यों ने उसे गहरी खिन्नता में धकेल दिया, "शक्ल-सूरत में ऐसी निकल रही है जैसे रानी कोई मेम साहब की जनी हों। नाचने-गाने की बड़ी शौकीन है। कटी फ्राक नहीं पहनेंगी। बिलकुल तुम पर गई है रामो भाभी!...लेकिन हम यों फिकराते हैं कि कल को दूसरों के घर का चौका-बरतन करके पेट भरना पड़ा, तो..."

वह फिर इसी सोच में डूब गई कि आखिर क्यों वह यहां चली आई है? खासतौर पर ऐसे वक्त में, जबकि अगले ही महीने वह अमोलकचंद की ब्याहता होने की निश्चिंतता जुटा लेना चाहती है। और चाहती है कि एक अंतराल के बाद अब फिर से संतान की जो छाया-सी मंडराने लगी है उसके सारे अस्तित्व में, हालांकि अभी तो बिलकुल शुरुआत-सी ही है, अपनी इस नियति में पूरी तरह

डूब जाए। यह अमोलक वाली संतान हो जाएगी, तो शायद, फिर यह जो इन पहले घर के बच्चों की आंत पकड़कर खींचने वाली तृष्णा कभी-कभी जाग उठती है, खुद ही समाप्त हो जाएगी। और तब इनके भविष्य की चिंता से भी वास्ता नहीं रह जाएगा। कितना विचित्र लगता है यह दूसरे के घर बैठकर, पहले ब्याहते के बच्चों के भविष्य से लगाव रखना!

भूरे की बातों और घर का सामना करते रामकली इतने विषाद में हो गई कि आधे रास्ते में होती, तो शायद, रिक्शा रुकवा चुकी होती। वह न आने का फैसला करते, तो बसंललाल में इतना दम नहीं कि खींच ले। अब ठीक द्रवाज़े के सामने पहुंचकर वापसी की बात करना ठीक नहीं।

जब तक में भूरे घंटी बजाना बंद करता, रामकली रिक्शे पर से नीचे उतर गई। बोली, "बेकार शोर न करो, भूरे! बच्चे आ ही जाएंगे।"

अपने निहायत संक्षिप्त से बाक्य को समाप्त करने के साथ ही, रामकली ने सांकल को अपनी पुरानी अभ्यस्तता में से खोल लिया और भीतर जाकर, चारपाई पर बैठ गई। बसंतलाल कोठरी में आया, तो जैसे कोई अपने से कम उम्र को समझता है, आवाज को थोड़ा दबाकर बोली, "देखो, ऐसे मेला न लगा लेना, जैसे बारात घर में आ गई हो। सच पूछो तो हम तमाशबीन औरतों की ही डर से आतीं नहीं इस तरफ। खाने-पीने का जुगाड़ जल्दी-जल्दी कर लेना। बच्चों को मार चिल्ला-चिल्लाकर बुलाने की कोई ज़रूरत नहीं कि 'आओ रे, तुम लोगों की महतारी आ गई, मुंह देख जाओ।' समझे ना?"

जिस लहजे में रामकली ने बात शुरू की, वह डरा कि अब यह कहीं इसी चौकन्नेपन और उतावली में न रहे लगातार। अपनी बात को समाप्त करते ही रामकली का अचानक यों विनोदी हो आना, उसे बहुत अच्छा लगा। बोला, "रामकली, यों कभी सपने में भी ना

सोचना कि तुम्हें परेशान करने की खातिर यहां ले आया हूं। हां, कहीं मन में इतनी-सी हवस ज़रूर है, कि आखिर-आखिर तो तू मां है और तेरा बैर मुझसे हो सकता है, अपने बच्चों से नहीं। आई है, तो देखती जाना कि अमानत की तरह संभाल के रखे हैं, या नहीं। चाहे तो फूलो ताई या पीपरवाली मौसी से ही पूछ लेना या भूरे की भौजाई से-तुझको तो मैं निबाह न सका, रामकली, बच्चों को संभालने की कोशिश पूरी की है, आगे तो वही भगवान का आसरा है।'

रामकली से कुछ उत्तर देते बना नहीं। धीमे से उठी और आसपास के बिखराव को समेटने में लग गई। प्रत्येक क्षण उसे यही लग रहा था, जैसे बच्चे अचानक ही लौटेंगे और उसकी पीठ पर पांव रखते हुए-से, ठीक आंखों के सामने खड़े हो जाएंगे।

रामकली के आने की सूचना से पहले तो फूलो ताई आई और उसके बाद कई एक पड़ौसवालियों का आना-जाना लगा रहा।

कुछ देर बाद भीड़ छटी, तो बसंता चूल्हे पर से आगे बढ़ आया और रामकली से बोला, "इन फूकटखोरियों को तो और कोई काम है नहीं। आ, तू इधर चली आ। कोई गर्मी के दिन तो है नहीं। यहीं बैठकर बातें करेंगे।"

रामकली से वार्तालाप करने में अक्सर आहत और अपमानितसा हो जाने पर भी, उसके साथ में बीतने वाले समय के आस्वाद को बसंता अपनी स्मृतियों की गहरी रेखाओं में पारे की तरह चमकता हुआ-सा पाता है। सचमुच कितना विचित्र लग रहा है। रामकली का इस घर में आ जाना, जिसमें नौ-दस साल लगातार रही, तो भी लगता रहा है, जैसे फासले पर हैं।...और जब कमला पहलवान के साथ तिलियरगंज चली गई–अब कल्याणी देवी में है—लेकिन आई है, तो ऐसा लग रहा है, जैसे पचासों

कोस का सफ़र करके यहां तक पहुंची हो और सारा फासला खत्म हो चुका हो।

बाहर से भीतर आते ही चारपाई रामकली ने ठीक से बिछा ली थी। रामकली अपने-आपको बटोरती-सी दीख रही थी। बसंतलाल ने देखा और इतमीनान से बैठ गया। बीड़ी सुलगा ली। रामकली ऐसे चीज़ों को आंखों से इधर-उधर सहेज रही थी, जैसे अपने लिए जगह बना रही हो। बीड़ी फूंकते हुए, बसंतलाल उसे गौर से देखता रहा और उसने अनुभव किया कि रामकली इन पिछले डेढ़ वर्षों में सचमुच ज़्यादा खिल आई है। वह बीड़ी फूंकता रहा, इसी बीच रामकली उठी और फर्श पर झाड़ू देने लगी। बुहारते में आगे-पीछे सरकती रामकली के भारी नितम्बों को देखकर, उसे किसी अजनबी औरत को देखते हुए होने का सा रोमांच अनुभव हुआ और अचानक ही अपना हाथ उसकी कमर पर के खुले हुए हिस्से पर रख दिया।

रामकली ऐसे पलटी, जैसे बसंतलाल ने न छुआ हो, किसी आवारागर्द ने छू लिया हो। वह तनकर, सामने मुंह करके खड़ी हुई, तो बसंतलाल हकबका गया। उसको लगा, वर्षों तक साथ रहने वाली इस औरत में यह ललकारता हुआ-सा मोहक सौन्दर्य तो उसने कभी देखा ही नहीं था। बच्चों को दुध पिलाते में रामकली की ओर वह अक्सर ताकता ज़रूर रहा था, लेकिन ऐसी आंखों पर छा जाने वाली रामकली से उसका वास्ता कभी पड़ा नहीं। इस घर से बाहर जाने के बाद रामकली में सचमुच बड़े घरों की सी बहुओं का रूप निखर आया है। वैसा ही दबंगपना भी।

आंखें तरेरकर देखते-देखते ही रामकली एकाएक हंस पड़ी। बोली, "वह जो कहा है, बसंता, कि चोर चोरी से भले जाए, हेराफेरी से नहीं जाता, ठीक ही कहा है ना? अच्छा, देखो, ये सब अब हमें अच्छा नहीं लगता।"

अपना आखिरी वाक्य रामकली ने जिस तरह कहा, उससे सिर्फ इतनी ही ध्वनि निकलनी चाहिए थी कि अब दोनों के बीच वह पुराना संबंध नहीं रहा। लेकिन बसंतलाल को इसमें से अपने उम्रदार व बदशक्ल होने का अहसास ज़्यादा हो आया और उसने अपने-आपको अपमानित अनुभव किया। उसने ज़ोरों से बीड़ी का कश खींचा। मन ही मन कुछ इरादा-सा किया और उसे खुद ही लगा कि उसके समूचे अस्तित्व में कुछ बिजली की तरह चमकता हुआ-सा हवा में विलीन हो गया है।

7

कमरे को अपनी पहंच-भर में बुहारने के बाद, रामकली चारपाई पर बैठ गई। बसंतलाल को लगता रहा कि उसके कान आज कुछ अतिरिक्त रूप से चैतन्य हो आए हैं, जैसे रामकली ने कमरा न बुहारकर, उसके कानों की मैल साफ कर दी हो। उसे याद आया कि कहने पर, रामकली झाड़ू की सींक में रुई लपेटकर उसके कानों की सफाई करती थी, लेकिन वितृष्णा में भरती हुई-सी।

बसंतलाल को लगा, रामकली इस वक्त उसके समूचे अस्तित्व पर पालथी मारे बैठी हुई है।

वह अपने-आपमें ही डब-उतरा रहा था कि तभी एकाएक बाहर से बच्चों का बोलना सुनाई पड़ा। बसंतलाल उत्साह से भर गया, "तेरे बच्चे आ गए दिखते हैं, रामकली!"

रामकली को लगा, कानों में चिड़ियों के झुंड के तेज़ी से गुज़र जाने का सा शोर भर गया है। वह तेजी से पलटी और चारपाई पर रखी पोटली में से बनियानें निकाल लीं। बायें हाथ में बिस्कुटों

के पकेट और टाफियों की पुड़िया को उसने ऐसे पकड़ लिया, जैसे आत्मरक्षा के साधन जुटा रही हो।

बच्चे बिल्कुल पास पहुंच गए और उन्होंने रामकली को देखा। उनके चेहरे ऐसे हो आए, जैसे वो दोनों इस घर में पहली-पहली बार आए हों। अजनबीपन से भरे हुए उनके चेहरे देखकर, रामकली को एक दहशत-सी हुई। खमय तो रुकता नहीं है। ये सयाने हो गए किसी दिन और तब भी किसी ने एकाएक परिचय करवा दिया कि—'रामकली, ये तेरे बच्चे...'

जो कुछ कभी भविष्य में जाकर उस पर बीतता, रामकली को लगा, इन्हीं कुछ क्षणों में बीत गया है। बड़े रामरतन ने जिस तेज़ी से उसे पहचान लिया और अपने अजनबीपन में से उबर आने के बाद भी सिर्फ ताकता ही रहा, रामकली जड़ से हिल गई और उसका गला रुंध गया। कमरे में भरे हलके-से अंधेरे में उसे बच्चों की आखें बिल्ली की आंखों की तरह चमकती लग रही थीं।

अपने मन को समझाने की वह कोशिश करना चाहती थी कि जब यहां तक आई है, तो इस दारुण स्थिति से रूबरू तो होना ही पड़ेगा—लेकिन तत्काल उसे इसके अलावा कुछ सूझा नहीं कि ढेर सारे बिस्कुट और टाफियां उन दोनों के हाथ में पकड़ा दे और इस बात का इंतज़ार करे कि बच्चे दुबारा कहीं बाहर निकल जाएं।

बसंतलाल ने स्थिति के नाजुकपन को भांप लिया था। फर्श पर से उठते हुए, उसने दोनों बच्चों को अपने घेरे में कर लिया और बोला, "जाओ, अभी तुम लोग बाहर खेलो। अम्मां तुम लोगों के लिए गोश्त बना लेंगी, तब चले आना।"

श्यामकली, इस वक्त, चटख हरे रंग की फ्राक में थी और बहुत सुंदर दीख रही थी। रतन काफी-कुछ बसंतलाल पर गया है, अच्छे स्वास्थ्य के बावजूद कुछ दबे-दबे रंग का लगता है।

बाहर थोड़े से फासले पर फूलो ताई और पीपलवाली मौसी किसीसे बतिया रही थीं। दोनों बच्चे लगभग दौड़ते हुए से उनकी तरफ निकल गए। बसंतलाल कमरे में वापस लौट आया।

रामकली फिर चारपाई पर बैठ गई, लेकिन आंखें उसकी बाहर की ओर ही लगी रहीं।

उसने लगभग अनुमान से ही यह जान लिया कि फूलो ताई और पीपलवाली मौसी रानी चींटियों की तरह बतिया रही हैं। और दूसरी औरतें उनके इर्द-गिर्द इकट्ठी होती जाती हैं। दूसरे के घर बैठ चुकी औरत का अपने ब्याहते के घर आना बस्ती की औरतों को रोमांचक लगे, यह बिलकुल स्वाभाविक है। देर तक औरतें बाहर-बाहर मंडराती रहीं, शायद पिछली बार के कलह की स्मृति उन्हें संकोच में डाल रही हो, रामकली ने सोचा और तय किया कि यों ही चुपचाप कमरे में पड़ी रहे। लेकिन ज़्यादा देर तक वह उनकी उपस्थिति के दबाव को झेल नहीं पाई और अपने-आपको हरबों से लैस करती हुई सी बाहर, औरतों के बीच निकल गई।

रामकली जितनी देर बाहर औरतों के बीच रही, उतने में बसंतलाल ने चूल्हे पर गोश्त चढ़ाने की तैयारी कर ली। भूरे इस बीच मसाले पीस गया था और प्याज़ भी काट गया था। दोनों बच्चे बाहर निकल गए तो बसंतलाल सिगड़ी के पास बैठ गया। रामकली ने औरतों के बीच से वापस आते ही लैम्प जला लिया था और रोशनी में कमरा पहले की अपेक्षा ज़्यादा आत्मीय लगने लगा था।

रामकली अब फिर चारपाई पर बैठ गई थी। अपने पुराने अभ्यास में कमरे के बिखराव को समेट चुकने के बाद, जैसे वह स्वयं भी अपने-आपमें सिमट आई थी और उसके चेहरे पर एक स्याहपन-सा उभर आया था, जैसे वह इस जगह से अब जल्दी से जल्दी छुटकारा पाना चाहती हो।

बसंतलाल ने देखा, बिरादरी वालियों ने न जाने क्या-क्या बातें की थीं। लगता था, रामकली के चेहरे पर की चमक को मुंह पर के पसीने की तरह अपनी धोतियों की किनारी से पोंछती ले गई है। खासतौर पर पीपल वालों की बड़ी बहू बहुत तीखा बोलती है। हो सकता है, यही कह गई हो कि 'रामकली, दो बच्चों की महतारी का यों आवारा घूमना शोभा देता नहीं।'

रामकली उसे वापस लौट आने या अंदर बैठे रह जाने के द्वन्द्व में उलझी हुई सी लगी, तो उसने आगे बढ़कर, रामकली का हाथ आत्मीयता के साथ पकड़ते हुए, आग्रहपूर्वक कहा, "लगता है, बाहर औरत लोगों ने तुमसे कुछ कहा-सुना है। इन हरामखोरियों को किसी के भले-बुरे से कुछ लेना नहीं, इन्हें तो अपनी खाज मिटानी रहती है। तू तो बचपन से इन्हीं लोगों के बीच रही है। इन हरामज़ादियों का सुभाव तुझसे थोड़े छिपा है।"

रामकली कुछ खिंचती हुई सी, नीचे उतर आई और चटाई पर बैठते हुए बोली, "तुम अगर जो ये सोचते हो कि इस तरह घेर-घारकर मुझे अपने इस बाड़े में फिर से फंसा लोगे, तो बड़ी गफलत में हो। आगे से तो अब मैं तुम्हारे बुलाने पर भी नहीं आऊंगी। भूरे से कह दो, मुझे वहीं छोड़ आए, जहां पर से तुम जबर्दस्ती ले आए थे।"

कमरे में डिबरी इस तरह जल रही थी, लगता था, रामकली उठी नहीं कि अंधेरा गाढ़ा हो जाएगा। रामकली की धीमी-धीमी सिसकारियां उस नीम-रोशनी में आकार ग्रहण करती हुई सी लग रही थीं।

बसंतलाल ने अपना हाथ उसके कंधे पर रखा, तो रामकली ने झटक दिया, "मैं चली आई थी कि चलो, जिसने बाप के न रहते पर संभाला, उसका भरम क्यों तोड़ूं और यहां तुमने पांव रखते ही दही की हाड़ी की तरह पीपल वालों की मुसटंडी को मेरे सामने कर दिया।

चोट्टी कहती क्या है कि 'रामकली, तैने तो दोनों बच्चे पड़वे के बाद उतरने वाली थैली की तरीं अलग गेर दिए।'...अरे, गेर दिए तो मैंने अपने दस महीनों के सेंते गेरे या कि कोई तेरी टांगों के सेते हुए? और दूसरे ही पल यों बिलार के से दीदे घुमाने लगी कि 'रामकली, तेरे साड़ी-बिलाउज़ तो कोठेवालियों के से हैं। रामकली, ये सोने की जंजीर किते की बिठाई है?'...औरत जात का सुख तो औरत जात के गले में तिरछी हड्डी की ज्यों फंस जाता है, उतरता नहीं नीचे। चोट्टी मेरी ही उमर की तो है, मगर तीन ठो पड़वे क्या जने हैं, चुड़ैल की चाटी हुई सी लगती है। मेरे तन पर नज़र गड़ा के क्या कहती है कि 'रामकली, हमने तो ऐसी चोली आज तक ना पहनी।' ना पहनी, तो रामकली की जूती से। मुंजाने भी वो जाता है, बन्नो, जिसके घर चने के दाने हों।"

आवेश में बोलते-बोलते कब रामकली ने फफक-फफककर रोना शुरू किया और फिर कब एकाएक दर्प से उसका चेहरा तमतमा आया और वह पुराने अंदाज़ में लौट आई, बसंतलाल ठीक-ठीक अनुमान नहीं लगा सका। बसंतलाल डर रहा था कि कहीं इस बार भी यही न हो कि रामकली चली जाए, तब कहीं मुझे कि रामकली से यह बात नहीं कही, वह बात नहीं कही।

"मुझे तू गलत समझ रही है, रामकली! जाल-फरेब से खड़ी की गई गिरस्थी का मुझे कोई लोभ नहीं। होता, तो बरसों तक की घरवाली को अपने घर से बेटियों की तरह न चले जाने देता। तू खुद फूलो ताई से पूछकर देख लेना, अपनी फाफामऊ वाली विधवा भांजी के लिए पचास बार कह चुकी है कि 'बसंता, मर्दों से ही संभाले-पोसे जा सकते होते, तो दो दूध वाले थन उन्हें भी लगा देने में विधाता के घर अकाल पड़ने वाला थोड़े न था?' मैं भी जानता हूं, महतारी का सा घोंसला बाप से नहीं बुना जाता, मगर अंदेशा तो यही रहता है कि जिसने जने न हों, उसको दूध भी

नहीं फूटेगा।"...और आंसू भी उसी औरत को फूटते हैं, जिसके दूध फूटा हो।"

रामकली अपने-आपमें ही थमी हुई सी सुन रही थी। धोती। का पल्लू उसने सिर पर इस तरह डाल लिया था, जैसे सिर्फ मेहमानदारी निभाने आई हो। उसके चेहरे और उसकी आंखों में जिस तरह बार-बार भावावेग कौंध रहा था, स्पष्ट था कि वह निरंतर मानसिक असुविधा महसूस कर रही हो।

"जो कुछ व्यवहार तुम हमसे किए हो, बसंता, हम खुद जानती हैं। रामकली जो घर एक बार छोड़ चुकी, उसमें पलटे उसकी जूती। तिस पर भी हम यहां आई हैं और तुम्हारी चहेतियों का नमक-मिर्च भी बर्दाश्त कर रही हूं, तो ये तुम्हारी भलमनसाहत का ही सिला दे रही हैं।...मगर, बसंता, अब यह हमारा आखिरी फेरा है।"

बसंतलाल ने देखा, रामकली फिर सुबकने लगी है। मन तो हुआ कि समीप जाकर, सांत्वना दे, लेकिन सहमा रह गया कि कहीं और न बिफरे। वह रामकली की ओर अपनी पीठ तथा सामने वाली दीवार की तरफ मुंह किए कहता रहा, "करो तुम वही, जो तुम्हें भाता हो। हमारा जो मोह है, रामकली, वो खुदगर्जी का नहीं। ये तो ताबेज़िंदगी रहना है कि तू थी। यों हमने बहुत पहले ही जी यों बना लिया था कि कटी पतंग को तब लूटो जब उसके फटे का दर्द न हो। बड़का पूछता है, महतारी कहां है, तो कह देता हूं, अपने बापू के पास। जैसे तुम लोग मेरे साथ रहते हो। कुछ बड़े हो जाएंगे, तो खुद ही जान लेंगे, तब की तब देखी जाएगी, यही सोचकर तसल्ली देता आया हूं। अभी कल की ही तो बात है, रतना कहने लगा, 'पीपल वाले ताऊ कहते हैं कि तुम्हारी महतारी ने दूसरा खसम कर लिया।'...अब तू यों जान कि कल रात कुछ तो मैंने ले ली थी और कुछ फूस के टोकरे में छिपाए हुए अण्डों जैसे दुःख-सुख... बस, पीपल वाले दाताराम और मेरे बीच लठ बजते-बजते रह

गया कि अगर दूसरा खसम कर लिया, तो मेरी जोरू ने कर लिया और उसकी मर्ज़ी आएगी, वह दस खसम करेगी। तुम चोट्टे काहे खोंखियाते हो।"

"तुम बच्चों से यों क्यों नहीं कह देते हो कि तुम लोगों की गद्दारी मर चुकी? अभी बाहर फूलो ताई के पास से दोनों को अपने पास बुलाने लगी, तो उस बुढ़िया की छाती और पीठ से दोनों यों चिपक गए, मुझे खुद ही ये लगा कि 'रामकली, इनके लिए अब तू रही नहीं। बड़के ने भी जैसे पहचाना नहीं। और तुमने दाताराम से यों क्यों कह दिया कि रामकली दस खसम कर लेगी? तुमने मुझे क्या रंडी समझ लिया है?"

रामकली फफक-फफककर रोने लगी। बसंतलाल उसे चुप कराने के लिए कोई उपाय सोचना ही चाहता था कि बाहर से भूरे की आवाज सुनाई दे गई, "कहां हो, बड़े भैया, चूल्हे पर से जलन फूट रही है।"

बसंतलाल गोश्त के पतीले में थोड़ा पानी डालने के बाद बाहर चला आया और भूरे के हाथों से माल्टे की बोतल और सेवचूरे की पुड़िया लेता हुआ बोला, "तनिक तू चूल्हे में बैठ। पानी इकट्ठे मत गेरना। तब तब थोड़ी-सी प्याज कतर के दे देना। तुम्हारे हिस्से की मैं बोतल में ही छोड़ दूंगा। हम लोग सिनेमा चले जाएं, तो तू फिर आराम से खा-पी लेना और फूलो ताई को खिला-पिला देना। हरप्यारी आती हो, तो कह देना, वह भी खा-पी ले और ज़रा चौका-बरतन देख ले।"

कमरे में वापस लौटकर, बसंतलाल ने बिना पल्ले की अलमारी में रखे हुए दो बड़े-बड़े कांच के गिलास निकाल लिए। नमकीन की पुड़िया खोलता हुआ बोला, "महीने में एक दिन लेता हूं। इस बार दुबारा हो गई है। कल तो मुफ्त की मिल गई थी। कटरे वाले बैंक में सेविंग एकाउण्ट खोल रखा है। बच्चों को चलती सांस तक

पढा देना चाहता हूं।...अरे भाई भूरे, ज़रा एक लोटे में पानी रखते जाना।...राय साहब तो कहते हैं कि इतना पड़ा-लिखा दे, कम्पोज़िग सीख ले। अपने ही प्रेस में लगा देंगे, मगर हाथ में तो भगवान के ही है, मैं बड़के को तो बी० ए० कराने की ठान चुका हूं। दर्जे दो तक मैं खुद पढ़ा था, बड़के अभी से दूसरी में हो गया है। अभी शरमा गया लगता है साला, फिर कभी आएगी तू तो उसके मुंह से अंग्रेजी शायरी सुनवाऊंगा तुझे। कभी-कभी तो हरामी का पिल्ला 'गुड मार्निग डैडी!' कहता है।"

बसंतलाल को खुद ही लगा, उसकी आवाज दर्प से भारी हो गई है। कुछ देर वह चुप ही रह गया। राम कली बच्चों के जिक्र से उबरने की कोशिश करती लगी, तो बसंतलाल ने फिर कहना शुरू किया, "एक ही ललक मन में है, रामकली, कि बीतता समय तो बड़ों-बड़ों से पीछे नहीं खिचता, तेरी-मेरी बिसात क्या है! दस-पांच बरस और समझ ले, मगर जब तेरे सिर पर भी कपास फूटने लगेगी, तो भले ही तब तक तेरे दूसरों से भी औलाद हो जाए, ब्याहते के बोए हुओं को पछहां में झूमते पेड़ों की तरह आंखों से देखने पर एक हूक तेरे कलेजे में भी उठेगी ही।...ले, तेरे में आधा पानी कर दिया है। मैं तो सूखी ही लूंगा। ये नमकीन भी ले ले। बिरादरी वालियों का वास्ता क्यों देती है, रामकली? उनको तो खजुहा कुत्तों की तरह जीभ से घाव चाटने की आदत पड़ चुकी! मगर तेरे भीतर-भीतर गरी का सा पानी भरा है, यह मैं जानता हूं, रामकली!"

रामकली ने किंचित् चकितपने में बसंतलाल की ओर देखा। उसके चेहरे पर कुछ ऐसा भाव था, जैसे सारी दुनिया उसके लिए सिर्फ रामकली में समाई हुई हो। अपने प्रति इस तरह की एकाग्रता और अनुराग का साक्षात्कार रामकली को अन्यत्र कहीं नहीं हुआ है। न कमला पहलवान के यहां—न अमोलकचंद ठकेदार के।

वे दोनों पशुओं की सी आक्रामकता के साथ आसक्त और उसी तरह उदासीन होते रहे हैं। इस कोटि की विह्वलता और कृतकृत्यता उनमें कहां?

रामकली ने अपने को हवा के से दबाव में महसूस किया और चुपचाप आगे हाथ बढ़ा दिया, बसंतलाल के हाथ से माल्टे का गिलास लेने के लिए। अपनी काफी ऊपर तक बढ़ आई चूड़ियों के एकाएक नीचे उतर आने की खनखनाहट उसे स्वयं ही अच्छी लगी। अपने-आपमें वापस लौटती-सी, थोड़ा-सा हंसकर बोली, "कहीं तुम मुझे ज़्यादा नशे में मत कर देना, बसंता!"

रामकली जब अपनी विक्षुब्धता में से उबरकर यों अचानक शरारत-भरी हंसी हंसती है, बसंतलाल के भीतर कहीं कोई गहरी स्याह लकीर खींचती चली जाती है। कभी वह उसके साथ पत्नी की हैसियत से रह चुकी है, उसके दो बच्चों की मां बन चुकी है...लगता है, जैसे वह सब कुछ किसी स्वप्न में घटित हुआ था।

कुछ देर बसंतलाल चुपचाप नमकीन टूंगता रहा, जैसे किसी भूले हुए स्वप्न को स्मरण करने की कोशिशें कर रहा हो और फिर लगभग आधा गिलास माल्टा एक सांस में चढ़ा गया।

रामकली भी अपना गिलास खाली कर चुकी थी।

बसंतलाल ने बोतल का सिरा गिलास से लगाया ही था कि रामकली ने रोक दिया, "बस्स!"

"थोड़ी-सी साथ देने को तो ले ले? इस वक्त तो हम दोनों दोस्तों की तरह आमने-सामने बैठे हुए हैं। ऐसा वक्त बड़े भाग से मिलता है, रामकली!"

"तनिक-सी ही डालना।...बगैर पानी की ही रहने देना। पानी या सोडा मिलाकर तो विलायती ही अच्छी लगती है। देसी तो ज़्यादा पानी गेरा नहीं, बदज़ायका हो जाती है।"

"तू तो, रामकली, बड़ी जानकार हो गई रे! हमारे यहां रहते तो तुझे लत थी नहीं! यों मैं जानता होता, रामकली, कि तुझे इसमें मज़ा आएगा, तो मने थोडे करता! हमने तो कई बार कहा भी होगा?"

"हमें तो कमला पहलवान के यहां से कुछ आदत-सी पड़ गई। शुरू में तो गला छीलती निकल जाती थी और मार के करने को जी हो आता था। अमोलकचंद ठेकेदार तो हमेशा विलायती ही लाता है। न जाने क्यों अब भी ज़िंदगी में एक बेचैनी-सी ही रहती है। तुम यों मत सोच लेना, दारू के नशे में बक रही हूं, मगर जब तुम ज़्यादा चढ़ा लेते थे ना, तुम्हारे साथ का एक चारपाई का सोना मुझसे बर्दाश्त नहीं हो पाता था। मेले-ठेले में भी जाती थी, तो लगता था, जैसे चाचा-ताऊ के साथ घूम-फिर रही हूं। हकीकत तो यही है, बसंता, तुम्हारे साथ का जीना मैं पचा नहीं पाई।" रामकली के स्वर में हलकीसी लड़खड़ाहट आने लगी थी, "मुझे इससे—इस बात से कोई इंकार नहीं, तुमने शायद, मेरी औकात से ज़्यादा मुझे चाहा होगा—शायद, अब भी चाहते ही होगे। मेरे नाज़-नखरे जितने तुमने बदश्ति किए, कोई दूसरा कर नहीं पाएगा, ये भी हम जानती हैं।... मगर तालाब में पसरी हुई भैंस का सा जीना हमसे न तो निभा, न निभेगा।...अब तुम भी दूसरी शादी कर लो, इसीमें हम दोनों की भलाई है, बसता! चाहो तो हरप्यारी को ही बिठा लो। उसे भी आसरा हो जाएगा।"

रामकली ने अपनी बात सहज भाव से कही थी, लेकिन उसे लगा, जैसे यह जता रही हो कि बसंतलाल की पात्रता तो हरप्यारी जैसी उम्रदार औरत की ही है। रामकली के द्वारा अपने उम्रदार होने का अहसास कराया जाना उसे अप्रिय ही। लगता है, लेकिन जब तक बसंतलाल कहने को कुछ इकट्ठा कर पाता, तब तक में

रामकली बहुत भावुक हो आई, "कमी मेरे को कोई नहीं है। जी चाहा खाती-पहनती हूं, मगर जाने क्यों लगता है कभी-कभी कि रामकली, यह तो बाढ़ का बहना है, किनारे का लगना नहीं। यों तो अमोलकचंद ठेकेदार अपनी जौनपुर वाली बीवी के मरने के इंतज़ार में ही दिखता था, मगर कभी-कभी उसकी नज़र में भी सच्चाई की कमी दिखती है। बुरा मत मानना, दिखने में तो तू बदसूरत ही कहा जाएगा...मगर तेरी आंखों में एक सच्चाई है...एक ईमानदारी है... गैरत है..." अपनी लड़खड़ाती हुई आवाज़ को माल्टे के गिलास में उगलती हुई सी रामकली कुछ असंतुलित हो आई थी, बसंता, तूने मुझे ज़्यादा पिला दी है..."

"नहीं रे, इतनी तो हमारी बिरादरी के लौंडे-बच्चे चढ़ा जाते हैं।" कहते हुए, बसंता ने एक हाथ उसकी कमर में डालते हुए, उसे ठीक से बिठाने की कोशिश की, "तू मेरे कुछ भी कहे का बुरा मत मानना, रामकली! मगर इस साले कबाड़घर से बाहर निकलकर तू सचमुच बहुत जवान और खूबसूरत निकल आई है।...तुझे छूने में किसी परायी औरत को छूने जैसी हिर्स महसूस होती है। हां, तो तू कह रही थी, अमोलकचंद ठेकेदार भी कुछ पेंदी का मज़बूत नहीं दिखता? देख, कहीं कमला पहलवान की तरह ही वो भी गत्ता न दे जाए?"

पहली बार लगा कि शराब की ऊष्मा में उसकी व्यक्तित्व-हीनता क्षरित हुई है और एक तरह का दबंगपना मन में इकट्ठा हो रहा है। रामकली को झाड़ू लगाते देखते हुए जो एक अमूर्त-सा इरादा बसंतलाल को अपने भीतर महसूस हुआ था, लगा कि वह अंधेरे में ठीक आंखों के सामने खड़े जंगली पशु की तरह। साकार हो आया है।

बसंतलाल अपनी इस कल्पना से नदी में डुबकी लगाते वक्त की सी मनःस्थितियों में हो गया कि कदाचित् रामकली ने

एतराज़ न किया, तो यह उखड़ते मेले का सा साथ याद रखने को हो जाएगा। उसने साफ-साफ अनुभव किया कि रामकली का औरत होना उसके लिए इससे पहले कभी इतनी हबस की चीज़ बनी नहीं।

वह शायद, सोच में ही डूबी थी। रामकली के कुछ कहने तक, बसंतलाल धीमे से खिसककर, उसकी पीठ से टिक गया और उसे बांहों में भरने की कोशिश करने लगा, तो एक क्षण तो चुप रहने के बाद, रामकली एक तरफ खिसक गई। इस तरफ घूमकर, उसने अपना मुंह बसंतलाल के सामने कर लिया, "खामखा को जी खराब मत करो अपना। मैं तो तेरे दारू मंगाने से ही समझ गई थी, इरादा नेक नहीं। पहले भी तेरी यही आदत थी।...मैं लाख नशे में होऊ, बसंता! मगर यों समझो कि जहां किसी पराये मर्द का हाथ लगा नहीं कि सारा नशा यों एक तरफ हो जाता है, जैसे कुत्ते को देखके बिल्ली अपने रोएं खड़े कर लेती है।...मैं तो उस औरत को थू समझती हूं, जो अपना नेग नहीं निभा सके। जब तक तेरे घर में थी, कभी कहीं ऐसी-वैसी बात तूने देखी हो, तो बता तू ही? देखी थी? यों लगाने-बुझाने वालों की कहो, तो बेचारे हरगुन पंडित का नाम भी बहुतेरों ने लगाया, लेकिन हमसे कोई चाहे बच्चों की कसम ले ले।"

अपना वाक्य पूरा करते-करते रामकली ने महसूस किया, कहने में ज़्यादा ज़ोर नहीं रह गया है। एक क्षण को स्मृति में पहली-पहली बार का मुंह-अंधेरे का हरगुन पंडित के साथ का गंगा-नहान को जाना उभर आया। रामकली भीतर ही भीतर इस बात को जानती है कि जब कमला पहलवान जैसे खूसट का परहेज़ नहीं निभा, तो हरगुन पंडित को ना कैसे करती। वो तो हरगुन पंडित ही जब तक बस्ती में रहा, पहल नहीं कर पाया और जब वह रामकली के ज़्यादा समीप आना चाहता था, तब तक में रामकली कमला पहलवान को

पकड़ चुकी थी।

हां, ज़िदगी के उस खामखा के जोखिम को पकड़ना ही तो कहा जाएगा, नहीं तो छूटने का इतना पश्चात्ताप क्यों होता, जितना उस समय ब्याहते को देहरी लांघने का नहीं हुआ।

कहीं बसंतलाल उसके मन के अंधेरे में झांक तो नहीं रहा होगा? ।

"हरगुन पंडित के साथ हमारी यों ही बाहर-बाहर की हंसीट्ठा ज़रूर था। गंगाजी नहाने या सनीमा एकाध बार उसके साथ चली गई थीं, ये तो तुमसे भी छिपा नहीं ना, बसंता! आगे की जो कहो, सो कसम खा लें।"

बात समाप्त करते-करते, रामकली को लगा कि होंठों पर। से शराब लार की तरह नीचे चू गई है।

खिसियाया हुआ बसंतलाल सिर्फ 'ना-ना' की मुद्रा में सिर हिलाकर बोला, "कसम खाने की तुम्हें कौन ज़रूरत है, रामकली..."

कमला पहलवान के हम रही होंगी कोई सात-आठ महीने से ज़्यादा ही। तब भी ये नहीं कि दूसरों पर नीयत रखी हो। बल्कि ये अमोलकचंद ठेकेदार तो वहीं आया-जाया करता था। अब तो अमोलकचंद पर बस है। इससे आगे तो मौत कर लेनी, मरद नहीं करना है। कहने को तो तू चाहे, हमें बेसवा भी कह सकता है। कह क्या सकता है, कहा ही है हज़ार बार।...खैर, गू हमने खाया है, तो बू भी बर्दाश्त करनी ही है, बसंता, ये हम खुद जानती हैं। यों भगवान जानते हैं, अपना नेग निभाने में कमी नहीं रखी। कमला पहलवान पर ही तोबा हो गई होती, तो आज ये दिन देखना न पड़ता।...लेकिन जैसी फजीहत तुमने हमारी की, उसमें हमारी आंखें ही फूट गई थीं। उस हादसे में हम देख ही न पाए कि वो ससुर तो सिर्फ गोश्तखोर है।..."

आवेश में रामकली का गला भरभरा आया था। आंखों में से

गिरने को हो आए आंसुओं को, उसने धीमे से पोंछ लिया, "कभी-कभी सपने में बापू आता है। कमला पहलवान के साथ सोया देखकर, थूकता हुआ निकल गया था। वो सपना बिसरता नहीं है।... तेरी नीयत में भी खोट दिख रहा है मुझे। तू भूरे को बुलवाकर, मुझे वापस भिजवा दे। कहीं फिर पिछली बार की जैसी थुक्का-फजीती में न लौटना पड़े। कहीं तेरा इरादा यों न हो कि हाथ से निकली हुई की पूंछ ही सही! जो होना था हो चुका, आइंदा अब हम ठेकेदार से चोरी नहीं करना चाहती हैं।"

रामकली का स्वर फिर थोड़ा-सा सख्त हो आया था।

बसंतलाल तुरंत बोला, "मेरा विश्वास कर, रामकली! तू सामने बैठी है, तो जी ललचा गया, मगर तेरी मर्ज़ी के बिना तो, तू मेरी बहन, मैं तेरा भाई। यों ये बात तो तुझे, शायद है, मैं फ्हले भी कह चुका। और तू लाख बुरा माने, आज फिर यहीं तेरे सामने-सामने कहना चाहता हूं कि रामकली, मैं अपनी नामर्दगी का नहीं, मुहब्बत का मारा हुआ इंसान हूं।"

बसंतलाल थोड़ा संभलकर बैठ गया। उसकी आवाज़ में आत्मगरिमा का सा तेवर उभर आया, "कांटों के बीच की ज़िंदगी में, आज तू विश्वास काहे करेगी, मगर मैंने तुझे फूल की ज्यों पाला-पोसा। ये कमला पहलवान और अमोलकचंद ठेकेदार साले हरामखोर तब कहां गए थे, जब तेरा बाप किसना दम तोड़ रहा था और कफन-काठ का जुगाड़ भी मैंने किया था, रामकली, मैंने! जिस बाप के घर में भूंजी भांग न हो, मरते दम पर और पराये घर की तैयारी में बैठी बेटी हो, उसकी मुसीबत कैसी होगी, ये तुमने सोचा होता, रामकली, तो तुमसे कमला पहलवान या अमोलकचंद के कटे पर पेशाब भी नहीं हो पाती, उनके घर जा बैठना तो दूर।...तुम्हारे बाप किसना का दम नहीं निकलता था।...जब मैंने यों वचन दिया कि 'किसना, परमात्मा को साक्षी करता हूं।' तो बुड्ढे ने यों दम तोड़

दिया, जैसे हाथों में लिया पानी छोड़ दिया हो।...हां, तो रामकली, ये जो कह रहा था कि बसंता नामर्दगी का मारा नहीं, झूठ नहीं कह रहा था। दूसरा कोई मर्द होता, तो तुझे बेसवा की जगह पर ही रखके बात करता...और यों कहने को मैं मज़बूर हूं कि मैं भी करता, अगरचे कि मैंने तुझको जो सिर्फ बीवी की जगे पर देखा होता, बेटी की नहीं।"

सामान्य स्थिति में, शायद, ये बातें और इस तेवर में, बसंतलाल कह नहीं पाता, लेकिन माल्टे के सुरूर ने जैसे उसे एक नैतिक शक्ति के आलोक से भर दिया था। इतना तो, खैर, इस वक्त भी याद है कि जब शराब के सुरूर में नहीं होता है, तो जाने क्यों रामकली से दब जाता है। दूसरों के धरे बैठने के बाद भी रामकली जिस दबंगई के साथ बात करती है, उसमें छोटी बच्चियों का सा हठ झलकता है। खैर, यह तो तय है कि रामकली अभी भीतर से नहीं टूटी।

थोड़ा-सा अंतराल देने पर, बसंतलाल को इस बात का अहसास हुआ कि शायद, वह कुछ ज़्यादा सख्त बातें कह गया। हालांकि इस बीच, सिर को दीवार के सहारे टिकाए हुए, रामकली सिर्फ सुनती ही रही थी, फिर भी बसंतलाल ने यह सावधानी बरतने की आवश्यकता अनुभव की कि रामकली में किसी तरह का विस्फोट होने का अवसर नहीं दिया जाना चाहिए।

बसंतलाल ने रामकली के घुटने पर रखे बायें हाथ को धीरे से अपने हाथों में भर लिया और बोला, "आज मैं तुझे नाराज़ करके नहीं भेजना चाहता, रामकली! सिर्फ इतना कह देना चाहता हूं कि यह घर तो ना रहते का भी मेरे से पहले तेरा है। इस घर में तो अगर तू सारा संसार छानकर भी वापस लौटेगी, तो भी मेरे से ज़्यादा हक अपना पाएगी। जाने की उतावली मत दिखाना। आराम से खा-

पीकर जाएगी। जाने को तो पहले भी जैसे तूने चाहा, तू गई है। आज भी जैसे तू कहेगी, वैसे ही भेजूंगा। गोश्त पक चुका होगा, मैं भूरे से रोटियां सेंक लेने को कहता हूं...”

“मैं सेंक देती, मगर तूने इतनी पिला दी कि रोटी पथेगी नहीं मुझसे...”

“अरे, नहीं रामकली! आज तो तू मेहमान है...”

“तेरी भलमनसाहत को तो मैं एडियों पर खड़ी होकर भी नहीं छू पाऊंगी, बसंता! मगर अपने से मैं लाचार हूं। डर-सा, बस, एक यही मन में ज़रूर समाया रहता है कि कहीं अमोलकचंद ठेकेदार ने भी मुकरने की कोशिश की तो मर्दों का यह कमीनापना मुझसे बर्दाश्त नहीं हो पाएगा...मगर ये सब तो फालतू बातें हैं। कुछ झोंक में तो नहीं आ गई हूं? अच्छा, ऐसा करना। अब सिनेमा जाने को जी नहीं रहा। बदन टूटने लगा है। खाना खा लूं, तो भूरे से कल्याणी देवी तक ही छुड़वा देना। वो अमोलकचंद ठेकेदार भी दिखने का जितना सलोना है, गुस्से का उतना ही काला। कल कहीं यों ना कहे कि पहला खसम तुझसे छुटता नहीं दिखता!”

इस बार रामकली फिर हंस दी, तो नशे के लद्धड़पन में अधडूबा सा बसंतलाल भी हंस पड़ा। हंसी थमी, तो बोतल अलमारी में सहेजता हुआ चिल्लाया, “भूरे, गोश्त पक गया हो, तो आटा गुंथा पड़ा है। मोटी-पतली जैसी भी बने, तू ही सेंक दे, यार! और घी चुपड़कर इकट्ठी कर लेना। और सुन, ज़रा एक मिनट को फूलो ताई के यहां चला जा। बच्चे सोए न हों, तो साथ लेता आ। बड़के को गोश्त बहुत पसंद है। छुटको तो पहले घिनाती थी। कहती थी, तुम बकरे की मां का गोश्त पकाते हो...छि-छि-छि...जहां तक है, वो तो सो भी चुकी होगी।”

रामकली पीछे खिसकती हुई, दीवार से पीठ टिकाकर बैठ गई।

उसका स्वर एकाएक काफी उदास हो आया, "छुटकी कितनी बड़ी-बड़ी बातें करने लगी..."

बसंतलाल भी धीरे-धीरे दीवार की ओर खिसक आया और बोला, "संग खा लेने में तुझे एतराज़ तो नहीं, रामकली?"

रामकली ने 'ना' की मुद्रा में सिर हिलाया, और ऐसे थोड़ा अपने-आपको समेटकर बैठ गई, जैसे बसंतलाल को जगह दे रही है। माल्टा के प्रभाव में रामकली का चेहरा गुलाबी-सा हो आया था। उसके होंठ धीमे-धीमे कांपते लग रहे थे और आंखों में लौ भर गई महसूस हो रही थी। एक बार कटोरे में गोश्त परोसते भूरे की ओर देखकर, बसंतलाल रामकली के निकट खिसक आया और अपना दायां घुटना उसने रामकली की बाईं जांघ पर रख लिया। रामकली ने हलके से आंखें तरेरकर उसे घेरा तो सही, लेकिन बोली कुछ नहीं और न बसतलाल का घटना हाथ से ठेला। सिर्फ एक बार खुद ही गौर से अपने सुडौल स्तनों की ओर ऐसे देखा, जैसे पानी में परछाईं देख रही हो और फिर पल्लू कर लिया।

8

खाना खा चुकने पर लगा कि सिर्फ आंखों में ही नहीं, समूचे अस्तित्व में आलस्य भर गया है। बसंतलाल ने अपनी ही जगह बैठे-बैठे एक बार खाली पड़ी चारपाई को देखा और फिर रामकली की ओर। रामकली दीवार से टिकी, सींक से गोश्त के दांतों में फंसे रेशे निकालने में व्यस्त थी, लेकिन उसके चेहरे पर हर बात साफ झलक रही थी कि बसतलाल सिनेमा जाने, न जाने की बात अंतिम

रूप से तय कर ले।

कुछ क्षणों तक द्विविधा में रहने के बाद अंततः बसंतलाल ने अत्यन्त आत्मीय शब्दों में कह दिया था, "रात का सिनेमा जाना, जहां तक मैं समझता हूं, ठीक नहीं रहेगा तुम्हारे हक में। भूरे, रामकली को कल्यानी छोड़ते आना। खा-पी के तुम भी थके होगे। कोई सिनेमा की सवारी मिलेगी अभी तो, कटरे तक की भी मिले, तो पकड़कर लौट आना।"

भूरे खा चुका था। कुल्ला करके, डकारते हुए बाहर निकल गया, "चली आओ, भाभी! हम बाहर रिक्शा ठीक से लगा लें।"

रामकली उठने लगी, तो धीमी-सी लड़खड़ाहट में दीवार का सहारा लिए खड़ी रह गई। बसंतलाल ने धीमे से उसके बायें कंधे पर हाथ रख दिया, "चलो, चौक-कोतवाली या अतरसुइया गोल चौराहे तक तुम्हें छोड़ता आऊ। बच्चे फूलो ताई के करीब ही उढ़क गए होंगे। हो सकता है, ताई ने जान-बूझकर सुला लिया हो कि तुम्हें अकेला वक्त मिल जाए!"

अंतिम वाक्य खत्म करते-करते, बसंतलाल हंसा, "सयानी औरतें बहुत दूर तक की सोचती हैं।...मगर हमारे करम में तो, शायद, तुम्हें बहू-बेटी की तरह विदा करना ही लिखा है, रामकली!"

रामकली ने चिहुंककर बसंतलाल की ओर देखा। उसके कहने में व्यंग्य नहीं, विषाद था। रामकली को कुछ नही सुझा कि वह अपनी ओर से क्या कहे। मन तो हुआ कि कहे, 'कलेजा तो तुम्हें बाप का ही दिया है, ईश्वर ने!' लेकिन कहा नहीं गया। क्षण-भर को मन में यह भी आया कि बहुत हठ रखके चलना कौन ज़रूरी है। सिनेमा देखने की बात तय हो गई होती, तो कहीं साढ़े बारह बजे तक डेरे पर पहुंचती। लड़खड़ाहट के बहाने बसंतलाल के ऊपर गिरने को हो पड़ी और घड़ी भर को यहां रुक ही जाए, तो कौन-सा

हर्ज है? बसंतलाल की भलमनसाहत की इतनी-सी कीमत चुका देना कोई बहुत बड़ी बात तो होगी नहीं?... मगर अपने भीतर पंख तोलते पक्षी की उड़ान जैसे फैसले को वह सिर्फ महसूस करती रह गई।

भूरे और उन दोनों के बीच का फासला इतना कम था कि बसंतलाल के रुके रहने की गुंजाइश थी नहीं।

"भूरे इस वक्त भी दो सवारी खींच लोगे, भइया? कटरे पहुंचते तक में खासी चढ़ाई पड़ेगी। खैर, मैं उतर लूंगा, रामकली को तुम चढ़ा ही लोगे।" बसंतलाल ने धीमी आवाज़ में कहा और भूरे के 'हां' भरते ही, रिक्शे के पार्श्व में आकर लग गया कि रामकली बैठ ले, तो खुद भी बैठ जाए।

दोनों बैठ चुके, तो अब तक चुप ही चले आ रहे भूरे ने हलकी-सी मुस्कराहट के साथ कहा, "हम तो आज रामो भाभी को वापस पहुंचाने के पक्ष में नहीं थे, भइया!"

बाहर रोशनी काफी मद्धिम थी। न जाने भूरे ने रामकली की किंचित् सख्त पड़ती हुई आकृति को देखा या सिर्फ महसूस किया, जब तक में उन दोनों में से कोई कुछ कहता, भूरे ने रिक्शा आगे बढ़ा लिया।

चौक पहुंचने तक में बसंतलाल को यही लगता रहा कि रामकली की उपस्थिति के अहसास में पड़े रहने के अलावा और कोई नियति है नहीं। औपचारिक किस्म की बातचीत को मन नहीं था, भविष्य की हद तक छूती हुई बातों के लिए गुंजाइश नहीं। कोतवाली के आगे बढ़ चुकने पर बसंतलाल को लगा कि रामकली के बिना कहे ही वह उतर पड़ने की मानसिक सतर्कता महसूस करने लगा है।

अचानक ही बसंतलाल को लगा कि हो सकता है, यह रामकली से आखिरी भेंट हो? शादी कर ली, तो अमोलकचंद उसे जौनपुर रहने भी भेज सकता है। कल्पना मात्र से ही बसंतलाल को गहरे

अवसाद ने जकड़ लिया और जब अतर-सुइया गोल चौराहे के पास के एकांत में वह धीमे से उतर पड़ा, तो यह कहते-कहते, उसकी आंखों में आंसू आ गए कि "रामकली, ज़िन्दगी से हमने अपने पांवों पर ही धंस के रहने का सबक सीखा है। हमारा कहा-सुना माफ करना और भूली-भटकी कभी ममफोर्डगंज वाले डेरे पर भी आती रहना।"

रामकली को इस बार लगा, जैसे रिक्शे पर से उतरते हुए बसंतलाल उसके भीतर के सारे दर्प और ग्लानि को अपने साथ समेट ले गया है। रिक्शा भूरे ने आगे बढ़ाया, तो वह कुछ देर तक गर्दन पीछे मोडे, बसंतलाल की ओर देखती रही।

अपनी निश्िंचतता के विपरीत कमरे में रोशनी देखकर, वह चौंकी कि शायद, वापस लौट आया है। गौर से देखा, तो पाया—वह खिड़की से झांक रहा था। रिक्शे से उतरकर दो मिनट सोचने का अवसर भी नहीं मिला। बच्चों को दे देने के लिए दस का जो नोट हाथ में लिया था, भूरे को दे नहीं पाई। शरीर पर धीमे से धूल झाड़ने की सी मुद्रा में, जल्दी-जल्दी सिर्फ इतना ही कहा, "अच्छा, तुम चलो, भूरे! बसंता से कहना, हमारी फिक्र न रखा करें, बच्चों को देखें।"

कुछ तेज़ कदम उठाती, रामकली दरवाज़ो तक पहुंची, तो सिटकनी गिराने की आवाज़ा साफ-साफ सुनाई दे गई। खुद अमोलकचंद ने ही दरवाज़ा खोला था। जो कुछ कहना होगा, भीतर पहुंच जाने पर ही कहेगी, यह तय करके, रामकली ने आंखें ऊपर उठाकर अमोलकचंद की ओर देखा नहीं। सिनेमा का बहाना वह कर सकती थी, लेकिन उसको डर था कि मुंह से अभी बदबू आ रही होगी।

बसंतलाल की संगति में एक गहरी मानसिक थकान से भरी, वह तय करके चली थी कि डेरे पर आकर, चुपचाप सो जाएगी।

सुबह भी देर तक सोई रहेगी। रामकली ने दरवाजा पार करके, अंदर कमरे में पांव रखते ही देखा, दरी पर दो आदमी और बैठे हैं। अनुमान लगाया, उसके साथी लोग होंगे। अमोलक के साथ उन दोनों ने भी घूमकर देखा, तो रामकली सहमी-सी खड़ी रह गई। चलते में पांव लड़खड़ा जाने का सा भ्रम हो रहा था। कहीं सचमुच लड़खड़ा गई तो ये लोग क्या कहेंगे।

अमोलकचंद मिर्जापुर रुका नहीं। अपने दोस्तों के साथ शाम की जनता से वापस आ गया था। काफी देर रामकली की प्रतीक्षा करने के बाद, तीनों होटल में खा-पी आए थे। थोड़ा-सा सोचने-संभलने को समय मिला होता, तो रामकली कह देती कि सिनेमा, देखने चली गई थी। वापसी का समय भी ठीक ही था। शराब के लिए भी कहा जा सकता था कि 'जाते वक्त थोड़ी-सी लेती गई थी। मगर अमोलकचंद ने अचानक जो पूछा कि 'कहां से लौट रही हो?' तो जल्दी में मुंह से सिर्फ इतना ही निकलकर रह गया, "ममफोरडगंज।"

"ममफोर्डगंज से? समझ गया! अच्छा, कोई बात नहीं। आ, ठीक से पलंग पर बैठ जा। हम लोग तो तेरे इंतज़ार में थककर खा-पी चुके। तू? तू भी तो खा-पी आई होगी?'—कुद्धता की मुद्रा में से अपना पूछना प्रारम्भ करके अमोलकचंद जितनी नाटकीयता के साथ हंस भी दिया, रामकली को इससे सिर्फ असुविधा ही हुई।

नशा अत्यंत मद्धिम-सा ही रह गया था, मगर फिर भी भ्रम बना हुआ था कि बोलने को मुंह खोला, तो शायद, बदबू का भभका फूट पड़े।

उसको सांसत में पड़ा देख, दरी पर बैठे हुए दोनों लोग और ज़्यादा उसे घूर-घूरकर देखने लगे थे। उनमें से एक के होंठ तो बसंतलाल के होठों से भी ज़्यादा भदे और मोटे थे। रामकली को

घबराहट-सी अनुभव होने लगी और वह पलंग की ओर बढ़ने की जगह, रसोई वाली कोठरी की तरफ चल पड़ी।

अभी वह कोठरी के फर्श पर ही बैठ जाने को झुकी थी कि अमोलकचंद ने उसकी दोनों कांखों में अंगुलियां फंसाकर सीधा खड़ा कर लिया। उसने मुंह रामकली की ओर बढ़ाया, तो शराब की बदबू रामकली के चेहरे पर की त्वचा को छीलती हुई सी निकल गई।

रामकली का स्वर रुआंसा-सा हो आया, "मुझे थोड़ा यहीं आराम कर लेने दो।"...

"हां...आं...खसम के पास से लौटने पर आराम की ज़रूरत तो महसूस होगी ही?...मगर हम लोग भी तो बड़ी देर से तुम्हारी याद में आंसू बहा रहे हैं...वो दोनों तो बेचारे ओबरा से यहां तक सिर्फ तुझे देखने की गरज से ही चले आए। कि अपनी होने वाली भाभी का रूप-रंग तो देखते जाएं।"

व्यंग्य और क्रूरता, अमोलकचंद की आवाज में उसे दोनों की समान रूप से अनुभूति हुई। जिस मुद्रा में वह 'हम लोग सर्वनाम का उच्चारण कर रहा था, उसे बहुत भद्दा लगा।

"कल सुबह देख लेंगे। अभी कौन-सी जल्दी है?" कहते हुए रामकली ने उसकी बांहों पर से अलग होने की चेष्टा की, तो उसने और कसकर थाम लिया। लगभग बांहों में उठाए हुए बाहर वाले कमरे में ले आने के बाद, रामकली को उसने पलंग पर औंधा कर दिया, "क्यों भाई, जनार्दन बाबू! है या नहीं हजारों में एक?"

अपने कपड़े संभालते हुए उठ बैठने की हड़बड़ाहट में रामकली जान नहीं पाई कि अमोलकचंद के इस बेहूदेपन की उन लोगों पर क्या प्रतिक्रिया हुई। उसका पेटीकोट काफी ऊपर, तक सिमट गया था। वह तुरंत संभलकर बैठ गई और कपड़े ठीक कर लिए, लेकिन ज्योंही उसने दरी पर बैठे हुए उन दोनों पर दृष्टि डाली, दोनों को

ही अत्यंत निर्लज्जतापूर्वक हंसते हुए पाया। वह अत्यंत विचलित हो उठी।

अमोलक चंद ने उसके कपोलों पर अपने दायें हाथ को फिराते हुए, हलकी-सी चुटकी काट ली, तो रामकली ने उसका हाथ झिटक दिया, "बदतमीजी मत करो। पहले इन दोनों से चले जाने को कह दो, फिर जो जी में आए..."

"करते रहना—आ—" अमोलकचंद व्यंग्य से होंठ भींचता हुआ बोला, "क्यों, बाबू जनारदन! एक सौ एक बार किनारे लगी हुई औरत जब एक छोटी-सी चुटकी में 'हाय अल्ला' करने लगे, तो ससुरी और खित आती है कि नहीं?"

रामकली अब जान पाई कि जनार्दन उसी भद्दे और मोटे होठों वाले व्यक्ति का नाम है। उसने बड़ी ज़ोर से सुट्टा लगाकर, सिगरेट को फर्श पर रगड़कर बुझा दिया और फिर एकटक रामकली की तरफ देखता हुआ बोला, "इसमें कतई शक नहीं, यार ठेकेदार, कि हो तुम किस्मत वाले!"

"तुम भी छूकर देखो," कहते हुए अमोलकचंद ने रामकली का हाथ उसकी ओर बढ़ाया ही था कि रामकली ने भरपूर जोर से अपना हाथ पीछे खींचा और दीवार से टकरा गई। बसंतलाल के साथ के आत्मीयता और सम्मान-भरे वातावरण में से लौठते ही इस तरह की अप्रत्याशित और अपमानजनक स्थिति में पड़कर वह बिलकुल घबरा गई थी, और उसे तीनों के चेहरों पर एक समान तरह के आततायीपन की प्रतीति हो रही थी। शराब की दुर्गन्ध की तरह ही, वासना उन सभीकी आंखों से चू रही थी।

अमोलकचंद का रवैया उसे काफी पहले से ही कुछ गलत-सा लगने लगा था। साथ होने के बाद, वह अक्सर दस-बीस रुपये पकड़ा देता था और रामकली डांट देती थी, तो हंसने लगता था कि 'मैं तो ठेकेदार आदमी हूं, मजदूरों को भी मेहनताना दिया

करता हूं।”

रामकली को इसमें सिर्फ मज़ाक दिखता रहा था, और इस तरह अक्सर दिए गए पैसों से ही उसने अपने लिए बहुत-सी ज़रूरत की चीजें खरीदी थीं। पैसों के मामले में तंगदस्ती से नी बची रही। मगर उसके इस वक्त के व्यवहार से रामकली दहशत में आ गई। अपने भीतर के सारे साहस को बटोरकर, भरपूर घृणा के साथ वह चिल्ला उठी, “मुझे क्या तुमने रंडी समझ रखा है?”

अपना प्रश्न पूरा करने तक में ही उसकी स्मृति में कौंध गया कि ठीक यही सवाल उसने एक दिन कमला पहलवान से भी तो किया था?

“होती को समझने का सवाल ही कहां पैदा होता है, रामकली!”—अमोलकचंद ने उसकी कलाई को अपनी पूरी ताकत से कसते हुए कहा, “देख, नाटक करने से कुछ होना-जाना नहीं है। शादी का भूत तो मेरे माथे से तेरे रिक्शेवाले को पैसे दिए बिना ही उतर आते और कांपते हुए से गले से ‘ममफोर्डगंज’ निकलते ही उतर गया।...यों, भी दो-तीन नावों की सवारी ज़्यादा दूर तक सधती नहीं, रामकली!...कमला पहलवान तो मुझसे पहले ही कह चुका था कि किसी एक के कंधे से लगे रहना तेरे बस का नहीं। यों भी दो बच्चों को किनारे छोड़ आने वाली में अपनी घर-गिरस्थी खोजने वाला मर्द उल्लू का पट्ठा नहीं, तो और क्या होगा? मगर हम तो यही कहते हैं कि तू मौज कर। कोई कमी अगर तुझको दी, तो हम लोगों का नाम भी अमोलकचंद ठेकेदार नहीं।”

अपनी बात पूरी करने के साथ उसने अपना मुंह रामकली की ओर बढ़ाया ही था कि रामकली ने हथेली से पीछे को ठेल दिया।

बस्ती के बिलकुल कोने का मकान। कहीं अंधेरे में भूंकते हुए

कुत्तों का शोर। अपने ही भीतर से कोई नैतिक आधार न मिल पाने के कारण टूटता हुआ-सा साहस। बसंतलाल के सामने बोलते हुए अनुभव होता, सारा आत्मदर्प अब फन कुचले सर्प की तरह अपने ही अंदर मूंज के रस्से की तरह किरकिराने लगा है।

रामकली फफक-फफक कर रोने लगी थी कि आंसुओं से भरी आंखों से ही उसे जनार्दन बाबू का हाथ अपनी ओर बढ़ता दिख गया। रामकली को इस बात का अहसास हो गया कि या इन सबकी हवस मिटाने या अपनी पूरी ताकत से विद्रोह करने के अलावा और कोई रास्ता उसके पास रह नहीं गया है। जब तक जनार्दन बाबू रामकली की कलाई थाम पाता, रामकली ने दीवार से पीठ सटाकर, अपनी भरपूर ताकत से लात मार दी। जनार्दन बाबू के ठीक मुंह पर उसके दायें पांव का तलुवा ऐसा कसकर पड़ा कि वह 'अरे बाप' चिल्लाता हुआ, दूर छिटक गया और मुंह पर लगी हथेली को उसने हटाया ही था कि खून थचकों की तरह बाहर निकल आया।

जब तक उसका साथी और अमोलकचंद कोई निर्णय लें, रामकली पलंग पर से नीचे कूद गई, "हरामी, बिना अपनी मर्जी के तो मैंने अपने ब्याहते को भी नहीं छूने दिया, तू ससुरा कौन होता है साले..."

एक झापड़ जनार्दन की कनपटी पर और जड़ते हुए रामकली पूरी ताकत से चिल्ला उठी, "तुम तीनों कुत्ते यहां से बाहर निकल जाओ, नहीं तो मैं तुम तीनों का खून पी जाऊंगी। पुलिसवालों को बुलवाकर तीनों को जेल में न करवा दूं, तो मेरा नाम रामकली नहीं।...अरे, ओ पड़ोस वालो! सब लोग मुरदा हो चुके क्या? अरे, ओ दर्शन बाबू..."।

रामकली की इस आकस्मिक और प्रचण्ड आक्रामकता से तीनों ही हकबका गए। जनार्दन मुंह पर हाथ लगाए हुए दरवाज़े से बाहर कूद गया। साथ-साथ उसका साथ भी तेजी से बाहर निकल गया,

तो हड़बड़ी की सी हालत में अमोलकचंद भी तेज़ी से बाहर निकल गया। पड़ोस से जलकल विभाग के बाबू रामकिशन की आवाज़ उसे रात के सन्नाटे में साफ-साफ सुनाई दे गई कि 'भई, रामकली के चिल्लाने की सी आवाजा कहां से आ रही है?'

कहीं सचमुच पुलिस के चक्कर में न उलझना पड़ जाए, इस भय से अमोलकचंद चुपचाप अतरसुइया की तरफ निकलती हुई गली में आगे बढ़ गया कि अब सुबह हो जाने पर देखा जाएगा। रामकली से माफी मांग लेगा कि ज़्यादा नशे में होने से कुछ होश नहीं रहा। बाद का निबटना निबटता रहेगा।

तीनों के बाहर भागते ही रामकली ने दरवाज़ा भीतर से बंद करके रोशनी बुझा दी कि कहीं सचमुच अड़ोस-पड़ोस के लोग इकट्ठे न हो जाएं। घुप्प अंधेरे में फर्श पर बैठी-बैठी ही न जाने कब तक वह रोती रही और कब आंख लग गई।

अब इस वक्त जबकि सर्दियों की शुरुआत हो चुकने पर भी धूप फैल चुकी है, नींद टूटते ही रामकली बाहर निकल आई। दरवाजे पर ताला लगाकर, चाबी वहीं खिड़की से भीतर छोड़ दी। बदहवासी और हताशा के अलावा अपने साथ उसने सिर्फ थोड़े-से कपड़े रख लिए और बचे-खुचे पैसे। रात के हादसे पर सोचते, पैदल चलने में कितना रास्ता पार हो गया।

बाहर बच्चा साहब की कोठी तक आ पहुंचने का बीध था, लेकिन अपने भीतर ही भीतर वह कितना चली है, इसका ठीक अनुमान लगा नहीं सकी रामकली। घंटाघर की घड़ी में सुबह के सात बज चुके। रामकली को कुछ नहीं सूझ रहा था कि उसे अब कहां जाना है और कहां लौटना है। भविष्यविहीन हो जाने वाली औरतों में छाया की तरह साथ लग जाने वाली आत्महत्या की मानसिकता उसके हृदय से मस्तिष्क तक कई बार कौंध चुकी थी। अपनी अबूझ

निरुपायता में, उसने इस बात को साफ-साफ पहचाना, वह अंधेरे में बिना जगत के कुएं के करीब पहुंच जाने के से चौकन्नेपन से ग्रस्त हो जा रही है।

वह जैसे निरुद्देश्यता के निरेपन में चलती रही। उसे लगा, रास्ता चलते में ठोकर खाने या आते-जाते लोगों से टकराने से बचने की सावधानता में वह आदमियों की भीड़ में फंस गए सांप की तरह ही आई है। देखने की सारी क्षमता जैसे आंखों में से पानी की तरह नीचे को छीजती हुई, पांवों के अंगूठों पर ठहर गई है। वह एक जगह खड़ी रह सकने की स्थिति में नहीं थी। बाढ़ में बहते हुए की तरह वह सिर्फ चल सकती थी। लगभग उलटी तरफ लोकनाथ वाली सब्जी मंडी की तरफ मुड़ चुकने की प्रतीति भी उसे तब हुई, जब बदहवास भागती हुई लम्बे-लम्बे सींगोंवाली एक गाय लगभग उसको छूती हुई सी निकल गई।

रामकली सहमकर एक ओर खड़ी हो गई। भागती हुई गाय रुक गई और एक जगह से उसने पालक की गड्डी को मुंह में भरा। सब्ज़ी वाले ने तड़क से एक डंडा उसकी पीठ पर जड़ दिया और पालक की अधखाई गड्डी मुंह से बाहर खींच ली। फिर पास ही चौकी पर बैठे जलेबियां तलते पंडित से बोला, "उस कोने के सब्जीवाले ससुरी को इस ओर खदेड़ देते हैं...और इस कोने के सब्जी वाले उस तरफ। ये किसीसे नहीं होता कि पकड़कर कांजी हौस पहुंचा आवें। वैसे तो दूध भी इसको होता है, मगर घर से तो खूंटा उखाड़कर चली आती है, चौराहे में जो चाहे, इसे दुह ले। इन आवारा जानवरों के मारे सब्जी बेचना गुनाह हो गया। गाय पालने के शौकीन भी ससुरे ऐसे पैदा हो गए हैं कि जान बूझकर छुट्टा छोड़ देते हैं।"

अब कहीं जाकर रामकली को याद आया कि गाय रस्सी-खुंटे समेत भाग रही है और उसका गोबरसना खूंटा सड़क पर खड़खड़ाता

जा रहा है। गाय को, शायद, उधर से इस तरफ खदेड़ दिया गया था और वह अपने लम्बे बेडौल सीगों को जामीन की तरफ झुकाए हुए तेज़ी से भाग रही थी।

अचानक ही रामकली को लगा, उस गाय में और खुद उसकी ज़िंदगी में कोई अंतर है नहीं। उसको लगा, सब्जीवाले ने जो कुछ कहा, खुद उसके बारे में कहा है।

हताश और ग्लानि से रामकली की आंखें डबडबा आईं और उसने धोती के पल्लू से तुरंत मुंह ढांप लिया। फिर भी उसे लगा, जैसे सारे लोगों ने उसे देख लिया है। कुछ भी न सूझने की सी स्थिति में ही उसका हाथ कमर में बाईं ओर खोंसी हुई किनारी की तरफ गया। गांठ खोलकर, पांच रुपये का एक नोट उसने आगे की तरफ बढ़ा दिया, "पंडितजी, जलेबी तोल देना।"

उसे याद आया कि शायद, अपनी बदहवासी को छिपाने की हड़बड़ी में ही उसने जलेबियां खरीद ली हैं; मगर फिर उसके होंठों पर एक मद्धिम-सी चमक फैल गई। चुपके से आंखें पोंछकर, उसने जलेबी की पुड़िया हाथ में ले और चौराहे पर खड़े एक रिक्शावाले के पास पहुंचकर बोली, "क्यों भैया, ममफोर्डगंज की तरफ चलोगे?"

9

लोकनाथ से रिक्शा हनुमान मंदिर तक निकल आया, इस बीच रामकली को यही लगता रहा, भीतर ही भीतर वह हांफती चली आ रही है। कपड़ों के थैले में से छोटा-सा तौलिया निकालकर, उसने अपने गले के आसपास का पसीना पोंछना चाहा, तो देखा, ब्लाउज़

अब तक में काफी मटमैला-सा हो आया है और सामने वाले हिस्से में तेलहा किस्म के धब्बे पड़े हुए हैं। रामकली ने समझ लिया, शराब के सुरूर में गोश्त का शोरबा गिरा होगा, उसीके दाग हैं। और अब कहीं जाकर, उसे बसंतलाल के साथ बीता समय अपनी सम्पूर्णता में याद आता गया। इस बात से कि उसने अंदाजा लगाया कि वह किस तरह की मानसिक बदहवासी में रही है। आखिर क्यों नहीं उसे अब तक बसंतलाल के साथ बिताए हुए समय की प्रतीति हुई? उसे रात को रिक्शे से उतरकर, 'रामकली, हमारा कहा-सुना माफ करना।' कहते हुए बसंतलाल की आकति याद आई और अब पहली बार उसकी आंखों से आंसू अनायास बाहर फूट पड़े।

जब बसंतलाल को छोड़ कमला पहलवान के यहां चल पड़ी थी, तब भी यही हुआ था। इतने ही तैश में भी और हड़बड़ी में भी, जैसे कोई प्लेटफार्म से छूटती हूई रेल पकड़नी हो। न अतीत पर सोचने का विवेक न दूर-दूर तक भविष्य को ही टोह लेने की चिंता; बस सिर्फ यह कि यहां अब टिकेगी नहीं। तब तो नज़दीक का फासला था और रात का सन्नाटा, रामकली पैदल ही दौड़ी थी। जैसेकि बसंतलाल को यह भी महसूस कराना चाहती हो कि 'लो, हम चल भी दीं और वापस लौटने वाली भी चोटी दूसरी होगी, रामकली नहीं।'

आज सुबह-सुबह का वक्त है। रोशनी से खिला हुआ सा वातावरण उसे भीतर तक चौकन्ना किए दे रहा है। तब बसंतलाल के पास से चल देना था, अब उसके पास लौटना है। हालत मन की अब भी वही है। अपने रिक्शे में बैठे हुए होने का अहसास ही छूट जाता है, लगता है, पैदल ही दौड़ी चली जा रही है। यह इस तरह के हाहाकार में का दौड़ना रामकली जान रही है कि नदी की तरह का बढ़ना नहीं है—सिर्फ पानी की तरह का दौड़ना है, जिसकी जगह अंततः सिर्फ किसी घड़े में ही हो सकती है।

सिर्फ तैश में और अपने-आपको संभाल न सकने में से ही सही, लेकिन अमोलकचंद को त्यागते समय कुछ ऐसा पीछे छूट जाने की प्रतीति रामकली को नहीं, जैसी बसंता के वक्त थी। उस वक्त दो बच्चे थे, इस वक्त सिर्फ दूसरा महीना शुरू हुआ है और उसको लेकर भी, सिर्फ लोकनाथ सब्ज़ीमण्डी और यहां तक के अंतराल में ही, रामकली तय कर चुकी है कि उसे क्या करना है। अंततः बसंतलाल क्या करेगा, इसे ईश्वर ही जाने, लेकिन अब तक का जी उसका अनुभव रामकली की स्मृति में है और जो रूप बसंतलाल का उसने अभी बीते कल के कुछ वक्त के साहचर्य में देखा है, रामकली यह आशा तो कर सकती है कि बसंतलाल फिर भी सहेगा।...लेकिन खुद रामकली को ही अपनी यह हकीकत आहत करती रहेगी कि अमोलकवंद छूट गया, लेकिन उसकी फजीहत ज़िंदगी-भर को साथ लग गई।

जैसे यह इतमीनान कर लेना चाहती हो कि अभी बाहर से तो फूलो ताई या पीपलवाली मौसी के टोहने में आने लायक भी कुछ नहीं, रामकली ने चोर आंख से एक बार अपने उदरप्रदेश को झांक लिया। स्तनों में फिर भराव आ गया है। पेट की ओर देखने में दिक्कत होती है। कल दोपहर बाद को लगाए हुए पाउडर का अवशिष्ट हिस्सा नाभि के गहरेपन में सिमटा पड़ा था। रामकली ने तुरत अपनी आंखें ऊपर उठा लीं, जैसे रिक्शे वाले या सड़क चलते लोगों ने देख लिया हो। आंखों के ठीक सामने उसे हनुमान-मंदिर के बाहरी द्वार के ऊपर बना विशाल भीष्म-रथ दिखाई दिया। जितने वह तय कर पाती कि प्रणाम की मुद्रा में हाथ जोड़े, तब तक में रिक्शा काफी आगे निकल गया।

जब लोकनाथ सब्ज़ीमंडी से चली थी, तब तो रामकली के भीतर इतना हाहाकार था कि बस, एक सांस में बसंतलाल के

दरवाज़े पर जा लगे, तो अच्छा। कटरा चौराहे तक आते-आते वास्तविकता आकार ग्रहण करती हुई सी लगने लगी है और सारे जिस्म में यह हताशा पसरती जाती है कि कहीं अगर बसंतलाल ने रुख फेर लिया या हिकारत की आंख से देखना शुरू किया कि 'अब हमें दूसरों की जूठन सहेजकर रखने का हौसला रह नहीं गया, रामकली'...तो?

रामकली को लगा, एक हलकी-सी कंपकंपी उसे छूटी है। वह थोड़ा संभलकर बैठ गई। रिक्शा वाले से उसने यों ही पूछ लिया कि "क्यों भैया, कहां के रहने वाले हो?" और अपने-आपको यह तसल्ली देने की कोशिश की कि नहीं, बसंतलाल धोखा नहीं देगा।

रिक्शे वाला, शायद, थोड़ा पीछे को मुड़ा था और यह बताया था कि वह सोरांव तहसील के किसी गांव का रहने वाला है, लेकिन रामकली ने जैसे कुछ भी सुना नहीं। वह तो सिर्फ यही स्मरण करने में रह गई कि कल रात जब तक वह बसंता के साथ थी, उसने आखिर कहा क्या-क्या था?

इस वक्त जाने रामकली को यह अचानक कैसे याद आ गया कि जिस रात के झगड़े के बाद रामकली कमला पहलवान के यहां चली गई थी, बसंतलाल ने क्या-क्या कहा था और उसने खुद कैसे-कैसे जवाब दिए थे। एक गहरी तलखी अपने-आपको लेकर रामकली ने अब, इस वक्त, पहली बार अनुभव की कि नहीं, दोष बसंता के उम्रदार और तंगदस्त होने में नहीं था, उसकी अपनी हविश और उतावलेपन में था। अचानक ही उसने फिर पूछ लिया कि, 'ये रिक्शावाले भैया, का नाम है। तुम्हारा, दिन-भर में कितने की मजूरी कर लेते हो?'

रिक्शावाले का यह बताना कि 'अभी आजकल तो कुछ खास नहीं, लेकिन पन्द्रह-बीस दिनों बाद ही माघ का महीना लगेगा, तब

अच्छी कमाई होने लगेगी'—पहले तो रामकली को सिर्फ सामान्य लगा और उसने 'हूं' कहते हुए, औपचारिकता में अपना सिर ऐसा हिलाया, जैसे रिक्शावाले की पीठ पर आईना जड़ा हुआ हो।... लेकिन अचानक ही उसे हरगुन पंडित की याद हो आई। हरगुन पंडित से कोई उस तरह का वास्ता तो हो नहीं पाया, लेकिन मन की गहराइयों में कहीं वह तालाब की सतह पर पड़े हुए प्रतिबिम्ब की तरह रामकली में हमेशा अस्तित्वमय बना रहता है—जैसे कोई आकार धारण करता हुआ बच्चा गर्भ में हो। अपने जिस्म को अमोलकचंद ठेकेदार को देने का पश्चात्ताप रामकली अनुभव नहीं करेगी, वह अपनी हविश का पाया हुआ था, लेकिन कमला पहलवान को अपनी सारी वितृष्णा के बावजूद अपना बैठने का और हरगुन पंडित को अपने भीतर के सारे सम्मोहन के बावजूद न अपना सकने का असंतोष रामकली में शायद, सदैव रहेगा। हालांकि हरगुन पंडित के साथ तो सिर्फ मन का ही निबाह हो सकता था, जिंदगी का नहीं।

हरगुन पंडित के साथ की पहली-पहली, मुंह-अंधेरी यात्रा को स्मरण करने की कोशिशों में जब तक रही, रामकली को अपना इस वक्त का त्रास भूला रहा। अपने स्वप्नजीवी औरत होने की स्मृति के लिए सिर्फ हरगुन पंडित के आह्वान में बिताया गया समय ही निरन्तर साथ रहता चला आ रहा है। और अब भी, जबकि रामकली सनातन और सम्पूर्ण रूप से अपने बच्चों में और बसंतलाल में लौटना चाहती है, एक लम्बी, दिशाहीन और अंधी यात्रा में थकी हुई औरत की तरह—हरगुन पंडित। के साथ बिताया हुआ वक्त पाप में बिताया हुआ नहीं लगता है।

रामकली का अमोलकचंद से झगड़े के बाद से अब तक में निरंतर पश्चात्ताप, हताशा और आक्रोश में झुलसती हुई सी आंखें इस वक्त, किंचित् प्रशांतता की अनुभूति से तरल हो आई थीं।

उसने मन ही मन मानता मानी कि कदाचित् बसंतलाल ने दुतकारा नहीं, तो आते माघ में कभी सब लोगों को साथ लेकर गंगा-नहान को जाएगी।

गंगा और यमुना नदी को हरगुन पंडित के साथ मां की कोख से जन्म लेते बच्चे की सी अलौकिकता में उगते हुए सूरज की किरणों से आप्लावित देखा था रामकली ने। गंगा मैया को तब का देखना भूलता नहीं है और अब के माघ में, इतनी सारी फजीहतों से गुज़रने के बाद भी रामकली गंगा-नहान को जाएगी, तो फिर उसी तरह जलराशि में डुबकी लगाएगी, अगल-बगल बसंतलाल और बच्चे नहा रहे होंगे और नरक से लौट चुकने की सी आश्वस्ति में रामकली डुबकी लगाएगी, तो मन में यही भावना होगी कि, 'मैया, तू ही है, जिसके आंचल में आकर ज़िंदगी पाप नहीं लगती।'

यह सचमुच कितनी विचित्र है कि बसंतलाल और बच्चों के चेहरों को अब वह अपनी स्मृति में ज़्यादा नज़दीक और गहराई से देख पा रही है। कल जब बसंतलाल दारू के नशे में अपने सामान्य स्वभाव से हटकर, कुछ दबंग होकर बोल रहा था, उसके चेचक के दागों से भरा चेहरा कितना विलक्षण लग रहा था? जैसे उसकी आत्मा ही चेहरा बन गई हो। रामकली के घर छोड़कर चल देने के इन पिछले लगभग दो वर्षों में बसंतलाल ने जैसे दोनों छोटे बच्चों को पाला-पोसा है, बातें करते वक्त जैसे उसकी सहिष्णुता और मनुष्यता का सारा आलोक बसंतलाल की आंखों में उतर आता था।

कितना अच्छा होता, यदि रामकली कल ही अपने सारे अहंकार को तिलांजलि दे देती कि, "बसंता, तुम्हें एतराज़ नहीं, तो मैं..."

लेकिन नहीं। अमोलकचंद ठेकेदार के पास वापस लौटकर कल रात का त्रास न भुगता होता रामकली ने तो उसकी वापसी पूरी

होती नहीं। उसके भीतर का नागिनपन तो कल रात कुचला गया है और जो हकीकत कमला पहलवान से शुरू हुई थी, उसका सम्पूर्ण साक्षात्कार रामकली अब कर चुकी कि उसकी नियति, बसंतलाल से बाहर, सिर्फ रखैल की ही हो सकती है।

सोचते-सोचते रामकली का मन विषाद से भरता जाता है। कल जब बसंतलाल के यहां गई थी, तो कहने वालों की फजीहतों से बचत तो कल भी नहीं थी—और लाख घुमा-फिराकर ही सही फूलो ताई और पीपलवाली मौसी ने काफी बातें कह भी डाली थीं—लेकिन फिर भी मन में कहीं बसंतलाल के अनुरोध पर आए हुए होने का इतमीनान भीतर था और मेहमानों की सी वापसी हर क्षण अपने पास सुरक्षित लगती थी...आज वैसा नहीं है। आज तो जब बसंतलाल पेड़ की तरह खड़ा रहेगा, तभी रामकली भी आंधी झेल पाएगी।

रिक्शा, पालीटेक्नीक वाले चौराहे से नीचे ढलान पर, काफी तेज़ी से चलने लगा था। रामकली ने धोती के एक छोर से अपनी आंखों को पोंछा, तिरछे हो गए जलेबी के पूड़े को सीधा करते हुए, झोले को ठीक से संभाला और उसका रोम-रोम सिर्फ इसी अहसास के प्रति एकाग्र हो गया कि बस, निगम चौराहा आया जाता है और फिर घर का फासला रह ही कितना जाएगा!

रामकली यह बखूबी जानती थी कि यह कोई बचना नहीं है। जान-पहचान के लोगों की आंखों के त्रास को तो देर-सवेर झेलना ही होगा। फिर भी उसने मुंह पर धोती का पल्लू कर लिया कि कम से कम इतना फैसला तो तमाशबीनों की नज़र से बचे-बचे हो जाए कि वह गलत ठिकाने पर या कि गलत औरत की तरह तो नहीं लौट आई है।

उसको यह भी आशंका थी कि बसंतलाल हो सकता है, प्रेस के काम पर निकल गया हो और बच्चे स्कूल चले गए हों और घर

की चाबी बसंतलाल फूलो ताई या भूरे की भाभी को सौंप गया हो? उनसे चाबी मांगने का साहस उसके बस का नहीं। ऐसा ही हुआ, तो इसी रिक्शे में वापस मुड़कर, दिन-भर का समय कहीं अन्यत्र व्यतीत करने का निश्चय भी उसने सिर्फ कुछ ही क्षणों में कर लिया। मन में तो यहां तक आया कि रात के अंधेरे में ही इस ओर आती, तो अच्छा था। बसंतलाल के फैसले को वहन करने में आसानी होती, चाहे यह फैसला 'हां' में होता या 'ना' में।...लेकिन यह बात ममफोर्डगंज के लिए रिक्शा तय करने से पहले ही मन में आ गई होती, तो ठीक था। इतने निकट पहुंचकर तो मन में अब सिर्फ यही रह गया है कि जो होना हो, हो।

रिक्शे पर से ही रामकली ने दरवाज़े की ओर ऐसे झांका, जैसे आंखों से हाथों की तरह टोहना और दस्तक देना चाहती हो। अगल-बगल से गुज़रने वालों को वह वक्त देना नहीं चाहती थी। जैसे कोई आहत सर्पिणी बॉबी में प्रवेश करने की त्वरा में हो, रामकली को अपना सारा जिस्म सुई की तरह नुकीली हो आया-सा प्रतीत हुआ और यह देखते ही कि दरवाज़े का एक पल्ला खुला हुआ है और फर्श पर बसंतलाल की पीठ दिखाई दे रही है, रामकली तेज़ी से नीचे उतरी और परिंदे की सी उड़ान अपने भीतर महसूस करते हुए सीधे कमरे में चली गई। चारपाई पर छुटकी अभी तक सोई पड़ी थी। रामकली धम से एक किनारे बैठ गई और उसे लगा, दम फूल आया है, बोल नहीं पाएगी।

नाश्ता करता हुआ रामरतन और बसंतलाल, दोनों ही भौचकपन में जड़ दिए गए से दिखाई दे रहे थे। रामकली ज़ोर लगाकर अपने-आपमें वापस लौटी और अपने झोले में रखे बटुवे में से दो रुपये का एक नोट निकालकर, बसंतलाल को देती बोली, "रिक्शावाला खड़ा होगा, बसंता! उसे निबटा दो।"

रामकली को लगा, उसका एक-एक शब्द आंखों के भीतर से निकला है, होंठों पर से नहीं। बसंतलाल ने अनुमान लगा लिया कि रामकली इस वक्त लगभग बदहवासी में है। बिना किसी तरह का तर्क या प्रतिवाद किए वह तेज़ी से उठा और रामकली के हाथ से नोट लेकर, बाहर निकल गया।

रिक्शे वाले को विदा करके बसंतलाल भीतर वापस आया, तो देखा, रामकली ने छुटकी को अपनी बांहों में भींच रखा है और फफक-फफकर रो रही है। श्यामकली भी रोने लगी थी और उसका रोना मां की दबी सिसकारियों के बीच से काफी तेज़ी से उभर रहा था।

बसंतलाल की समझ में सिर्फ इतना आया कि लगता है, अमोलकचंद ठेकेदार से लड़ आई है। सांत्वना देने के से संकल्प के साथ, वह रामकली के निकट चला आया। रामकली के मुंह पर बिखर आए बालों को उसने पीछे कर दिया और अपनी सम्पूर्ण आत्मीयता हाथ की हथेली पर से उड़ेलता हुआ-सा बोला, "ये रामकली, पागल हो गई है क्या रे,! चैन से बैठ, कोई दुनिया थोड़े डूबी जा रही है। इस छुटकी को तो जाने क्यों कल से कुछ बुखार-सा हो आया है। निगम बाबू यही बतला रहे थे कि मौसम बदला है, फलूजा हो गया है। रात-भर खांसती भी रही है।"

रामकली को ऐसा लगा, बसंतलाल ने उसे आकाश से गिरने में संभाल लिया है। वह छुटकी को छोड़ अपने ऊपर झुके बसंतलाल की छाती से लग गई। अपना सारा सामर्थ्य लगाकर रामकली सिर्फ इतना ही बोली, "बसंता, इस वक्त हमसे कुछ न पूछना। इस वक्त हम जानवर की तरह डरे हुए हैं।"

आवाज़ दबाकर, अपनी बात कहते हुए भी रामकली को यही लगता रहा कि उसकी चीख बस्ती में दूर-दूर तक फैल गई होगी।

10

स्कूल जाने से पहले तक बच्चे पालतू खरगोशों के से चोकन्नेपन में दिखाई देते रहे थे और रामकली ने लगातार यही अनुभव किया था कि अक्सर अचानक ही दोनों बच्चे, उसकी ओर कनखियों से देखते हैं।

रामकली चाहती थी कि हाथ बटाए, लेकिन एक तरह की अबूझ परास्तता-सी उसपर निरंतर हावी रही और वह असाध्य लम्बी रुग्णता में से उबरती हुई औरत की तरह सिर्फ चुपचाप देखती रह गई। बसंता ने उन्हें चाय के साथ नाश्ता करा देने के अलावा,रतन के लिए प्लास्टिक के छोटे-से 'टिफिनबक्स' में आलू-परांठा रख दिया। रामकली ने छिपी आंख से देखा, टिफिन-बक्स मटमैलापन लिए था, वह कहना चाहती थी कि थोड़ी जलेबियां भी रख दे बसंतलाल, लेकिन जाने क्यों कहा नहीं गया।

"छुटकी तो कभी जाती है, कभी नहीं। फूलो ताई के पास छोड़ जाता हूं। बताती थी कि आजकल फूलों का दोना लगाना सीख गई है। गिराक आते हैं, तो सयानियों की सी बातें करती है।"

बच्चों के जा चुकने के बाद अपने इर्द-गिर्द आंधी के झोंकों की तरह दबाव डालती हुई रामकली की उपस्थिति में बसंतलाल को लगातार यही महसूस हो रहा था कि ये बच्चे ही हैं, जो रामकली को मेंड की तरह रोके पड़े हैं। रात को बहुओं के से तेवर में डेरे पर वापस लौटी रामकली सुबह-सुबह लकड़बग्घों की खदेड़ी हुई सी यहां पहुंची है, तो सामान्य स्थिति तो नहीं ही रही होगी।

बसंतलाल अपनी गहरी उत्सुकता और बेचैनी से उबरने के लिए

अब वार्तालाप की शुरुआत कर लेना चाहता था, ताकि वास्तविकता को पूरी तौर पर जाना जा सके। रामकली जितने तड़के, और जिस तरह की बदहवासी में पहुंची, इतना अनुमान तो उसने लगाया था कि आपस में द्वंद्व हुआ होगा, लेकिन रामकली कितने वक्त के लिए, और किस तरह के फैसले के साथ यहां आई है...यह जानना अभी बाकी ही था।

दूध हालांकि बहुत थोड़ा बचा था, लेकिन फिर भी बसंतलाल ने केतली में पानी चढ़ा दिया... "इतनी जल्दी तो तू चा पी के कहां आई होगी? दूध कम है, काम चला लेते हैं। बाद में लेता आऊंगा पाव-आध सेर। जो तू रात ठीक से सोई ना हो, तो चा पी के सो जाना। तब तक मैं जरा प्रेस तक होता आऊंगा। कहने को तो राय साहब कहते थे कि बच्चों की किताबों के 'सब-मिशन' का सीज़न चल रहा है, फिर भी छुट्टी करवा लूंगा और लौटते में कचेरी से मीट भी लेता आऊंगा। मसाला बाजार में पिसा हुआ मिल जावेगा। बच्चों को कल रात का मीट बड़ा अच्छा लगा था। अभी खत्म करके गए हैं। इस्कुल के लिए तो मैंने आलू उबाल दिए थे। हमें कुछ तो माल्टे का और कुछ तेरा, नशा रहा—मीट खाए, न खाए की कुछ याद ही ना रह गई ससुरी।"

अपने अंतिम शब्द को दांतों में फंसे तिनके की तरह खीचते हुए बसंतलाल ने कुछ ज़ोर से ठहाका लगाने की कोशिश की तो लगा कि किसी रहस्यलोक की सृष्टि की तरह चारपाई पर पड़ी रामकली और उसके बीच का अजनबीपन और ज़्यादा घना हो गया है।

सीधे-सीधे पूछ लेने का उसे साहस नहीं हो रहा था कि कहीं कोई और बात न निकल आए। रामकली, बच्चों के चले जाने के बाद भी, सिर्फ उकडूं बैठकर रह गई थी। घुटनों के ऊपर टिके हुए उसके सिर को ऊपर उठाने की उतावली बरतना बसंतलाल को

अच्छा नहीं लगा। दोनों कुहनियां घुटनों पर कर लेने से बाईं ओर का ब्लाउज़ ऊपर खिंच गया था। बसंतलाल बच्चों के से कौतूहल से देखता रहा। हालांकि रामकली की बदहवासी के रहस्य से वह बेखबर था, और सबसे पहले यही जान लेना चाहता था कि ऐसा क्या घटित हो गया है उसके साथ—फिर भी उसे अनायास ही याद आता चला गया कि रामकली को उसके जिस्म से पा सकने की हविश कल रात-भर कैसे उसके सारे अस्तित्व में मंडराती रही थी; जैसे कोई मधुमक्खी कमरे से बाहर निकल न पाने की बेचैनी में चक्कर काट रही हो, बीते हुए दिनों की एक-एक स्मृति आकार ग्रहण करती जाती थी।

बसंतलाल पूरी निश्चिंतता में था, क्योंकि वह रामकली अपना सिर घुटनों में दिए बैठी थी, जैसे भाषा को अपने भीतर से पानी में डूबे हुए सिक्कों की तरह बाहर निकालना चाहती हो। वह कनखियों से बच्चों के से भोलेपन में देखता हुआ, स्मरण करने की कोशिश में था कि जब पहली-पहली बार रामकली उसके लिए औरत हुई थी, तब की रामकली आज कहीं अचानक दिख जाए, तो पहचाना भी जा सकेगा या नहीं। तभी रामकली ने, सिर ज़्यादा ऊपर उठाए बिना ही धीमे से अपना बायां हाथ उठाया और असावधानी में ऊपर खिंचे हुए ब्लाउज़ को ठीक कर लिया।

बसंतलाल कुछ खिसिया-सा गया। रामकली अगर विनोद में डांट देती, तो शायद वह इतना न खिसियाता। रामकली ने जिस तरह की संजीदगी में से अपने-अपको समेटा, बसंतलाल को डर लगा कि कहीं रामकली यों न सोच रही हो कि उसकी विपदा से बसंतलाल को कोई सरोकार नहीं।

इसी असमंजस में एकाएक ही वह पूछ बैठा, "क्यों, क्या बात हो गई, रामकली? कल रात को वापस लौटी, तड़के में वापस आई हो, कहीं अमोलकचंद ठेकेदार..."

"मर गया है ससुर! मिट्टी हो गया है!" आवाज़ को दबाकर, लेकिन अपने पूरे आवेश में से रामकली ने कहा, तो बसंतलाल को लगा कि वाक्य को अधूरा छोड़ना व्यर्थ नहीं गया।

रामकली की ओर पीठ करता हुआ, बसंतलाल सिगड़ी की ओर घूम गया। बोला, "क्यों, कल तेरे वापस पहुंचने से पहले ही लौट आया था क्या? अच्छा हुआ, हम लोग सनीमा देखने नहीं निकल गए।"

रामकली ने कोई उत्तर नहीं दिया, तो फिर बसंता ही बोला, जैसे कमरे की दीवारों को संबोधित करना चाहता हो, "यों तो मैं कहता ही आया हूं, रामकली, ये घर गया-बीता जैसा भी है, हम लोगों से पहले तेरा है।...लेकिन आखिर ज़िदगी-भर लड़ाका बने रहने से भी बात बनेगी नहीं, रामकली! तू कहेगी, आई हूं, तो चाचा-ताऊ की सी नसीहतें देने बैठ गया है। बसंता। मेरा कहना सिर्फ इतना है कि औरत को आखिर-आखिर ऐसा ठिकाना बना ही लेना चाहिए, जहां वो लड़ने-झगड़ने के बाद भी रह सके।"

बसंतलाल ने अपने कहने की तलखी को अनुभव करते ही रामकली की ओर मुंह घुमाना चाहा, ताकि कदाचित् वह नाराज़ होने लगे, तो उसके रोष को संभाल लेने की कोशिश कर सके। लेकिन जब तक में वह केतली में चाय-पत्ती छोड़कर, गर्दन पीछे घुमाता, रामकली कब अचानक चारपाई पर से उतरकर, उसकी पीठ से लगकर चढ़ गई, वह सिर्फ अनुभव ही कर सका।

रामकली सामान्य औपचारिकता की सी मुद्रा में नहीं, बल्कि अपने-आपको जैसे विलीन करती हुई सी बसंतलाल की पीठ से लग गई थी। वह, खास तौर पर अपनी यायावरी के पिछले दो वर्षों में, इस कला में तो निष्णात हो ही चुकी थी कि किन्हीं खास

परिस्थितियों में औरतें जितना और जिस तरह से अपने जिस्म से कह सकती हैं, जबान से नहीं।

बसंतलाल रामकली के लंगर खोलकर, धार में छोड़ दी गई नाव जैसे जिस्म के भराव को चुपचाप अपनी पीठ पर वहन करता ही रह गया। चुपचाप चाय खौलता हुआ देखने की प्रतीक्षा करने के अलावा, इन कुछ क्षणों में जैसे और कुछ करने को उसके पास रह नहीं गया था।

रामकली ने धीरे से अपनी बाईं बांह को उसके बायें कंधे पर से नीचे गिराया और उसकी बण्डी के भीतर अंगुलियां फैलाती हुई, दायें कंधे पर सिर टिका दिया, "बसंता, हम आज हमेशा-हमेशा के लिए तुम्हारे पास लौट आई हैं।"

रामकली ने यह वाक्य ऐसे कहा था, जैसे किसी ऊंचे पर्वत पर से नीचे झांकती हुई पुकार लगा रही हो। पिछले दो वर्षों में जितनी दूर तक भी वह जा सकी होगी, रामकली का यह इस वक्त का स्वर बसंतलाल को एक लम्बी, दिशाविहीन उड़ान में से घोंसले तक वापस लौट आए पक्षी का सा स्वर लगा। शायद, सारी-सारी आश्वस्तियों के बावजूद का कोई डर था, जिससे पार उतर आने की सावधानी में रामकली यों अपने रोम-रोम में एकाग्र हो आई थी। बसंतलाल अपने किंचित् भीतर को धंस चुके सीने पर और लगभग पक चुके बालों में मौसम के फूलों की तरह खिल आए जिस्म वाली रामकली की मांसल अंगुलियों के स्पर्श को स्तंभित-सा सिर्फ अनुभव ही करता रह गया। कब वह किसी गहरे स्वप्न में डूबता हुआ-सा उठा, कब उसने सांकल चढ़ाई और कब वह रामकली को अपनी बांहों में भरता हुआ सा चारपाई पर ले आया और फिर कब उसके लिए यह सारा संसार घने कोहरे में डूबी बस्ती की तरह अंतर्धान हो गया, इसको अलग से अनुभव कर सकने का चैतन्य उसमें रहा नहीं।

11

घर से चलते वक्त रामकली ने ज़िम्मेदार गृहणी की सी हिदायत के साथ झोला हाथ में पकड़ाया था कि 'देखो, इस वक्त कुछ सस्ती और अच्छी-सी सब्ज़ी लेते आना। चाहे आलूमटर और थोड़े टमाटर लेते आना। परसों शाम लोकनाथ तक चली आई थी सब्ज़ी लेने, मटर-टमाटर रुपया किलो से ज़्यादा नहीं थे। मीट को तो आग लग गई। कहां तीन-चार रुपये थे, दस रुपये किलो पहुंच गया। कल रात तो मीट बना ही था। बोतल भी आई थी। इतना खर्चा कहां से पूरा होगा?'

बसंतलाल ने अनुभव किया था कि इस रामकली के कहने में बहुत फर्क है। रामकली ने जिस गहरी आत्मीयता में से पैसे ज़्यादा खर्च न करने की हिदायत दी थी, बसंतलाल ने उसी वक्त निश्चय कर लिया था कि आज के दिन तो कंजूसी नहीं ही करनी है।

राय साहब के प्रेस में मैनेजर शुक्ला से बसंतलाल ने चालीस रुपये अग्रिम रूप से मांगे और रायसाहब से फोन पर पूछ लेने के बाद दे दिए गए रुपये सहेजकर, बसंतलाल चलने लगा, तो शुक्ला ने यों ही पूछ लिया, "क्यों बसंतलाल, किसी बच्चे का जन्मदिन पड़ा है क्या?"

"नहीं हो, शुक्ला साहब! बस, ऐसे ही।" कहते हुए बसंतलाल फिर से रामकली के इतने आकस्मिक रूप से हमेशा-हमेशा के लिए लौट आने की स्मृति के कोहरे में खो गया। उसका मन हुआ कि थोड़ी देर रुककर, रामकली की वापसी के बारे में शुक्ला को बताए। सिर्फ वापसी के बारे में ही क्यों, वो सारी बातें बताए कि जब घरवाली के रूप में रामकली को देखा, तब वह कैसी थी। कैसे अपनी नादानी में बहक गई और आखिर-आखिर कैसे उसकी भलमनसाहत काम

आई है और रामकली...लेकिन फिर यह अहसास उभर आया कि बांमन दूसरों के बैठ चुकी लुगाई को वापस रख लेने की बात पर सुर्ती न थूकने लगे।

गोश्त के अलावा, थोड़ा-थोड़ा आलू, प्याज, मटर, धनिया-मिर्च भी खरीद लेने के इरादे से वह कटरा सब्ज़ीमंडी की तरफ निकल आया, तो देखा, राय साहब भी कार एक किनारे खड़ी करके, सब्ज़ियां खरीदने में व्यस्त हैं। साथ में पत्नी भी थीं। बसंतलाल ने दूर से ही, झुकते हुए, 'पांय लागूं बहू जी' कहा, तो राय साहब ने पीछे मुड़कर देखा और पूछ लिया, "क्यों हो, आज अचानक और बेमौके कैसे छुट्टी मार ली? शुक्ला साहब से 'एडवांस' तो मिल गया था ना?"

"मिल गया था, साहब! बड़ी मेहरबानी है। भगवान आप लोगों को सदा सुखी रखेंगे। आप तो जानते हैं, सरकार, बिला कारन नागा करने की हमारी आदत नहीं। कल से हम 'ओभरटैम' में लगके काम निबटावेंगे। अब रिक्शा नहीं चलाएंगे। भरे के जिम्मे कर दिए हैं। क्या बतावें, सरकार, सब आप लोगों की मिहरबानी का फल है, हमारी रतना की अम्मां लौट आई है। आप तो उसे देखी ही हैं, बहू जी? जब छोटे भैया की शादी हुई रही, तीनेक बरस पहिले रामकली भी काम करती रही।"

उसके बोल चुकने पर, जिस तरह का सन्नाटा उन दिनों में दिखाई दिया, बसंतलाल को लगा कि बेवकूफी कर बैठा है। रामकली की वापसी की बात इतने अप्रासंगिक और उत्फुल्ल तरीके से नहीं कह डालनी थी। वह थोड़ा खिसिया गया। उसने तय किया कि अपने उत्साह को अब वश में रखेगा। रामकली के लौटने का महत्त्व उसके लिए हो सकता है, दूसरों के लिए क्यों हो? वह खिसियाहट लिए ही चल पड़ना चाहता था कि राय साहब की पत्नी ने कहा, "बच्चों के भाग से लौट आई होगी। तेरी फजीहत भी गई। आखिर मर्द

कहां तक बच्चों की देखभाल कर पाता है! अब फिर से गृहस्थी को उखड़ने न देना।"

राय साहब और उनकी पत्नी के चेहरों पर आत्मीयतापूर्ण प्रतिक्रिया देखकर, उसकी खिन्नता दूर हो गई और वह हाथ जोड़ता हुआ, काफी दूर तक तेज़-तेज़ कदमों से आगे निकल गया।

सब्ज़ी-गोश्त खरीदकर बसंतलाल लगभग ग्यारह बजे वापस लौटा। नुक्कड़ पर ही उसे भूरे की भाभी मिले गई। हालांकि उसने कुछ कहा नहीं, लेकिन उसके चेहरे और आंखों से ही बसंतलाल ने अनुमान लगा लिया कि यह रामकली से मिल चुकी होगी।

बसंतलाल थोड़ा-सा ठिठके रहने के बाद, अपने-आपको तेज़ी से समेटता हुआ घर की ओर बढ़ा ही था कि भूरे की भाभी ने मुंह में भरी पीक दांतों के सहारे बाहर फेंकने की सी जुजुप्सा में कहा, "हां, भैया, अब हमें काहे पूछोगे!"

बसंतलाल चिहुंककर, रुक गया। भूरे की भाभी के इस जुजुप्सा-भरे उलाहने से उसे ठीक वैसी ही अनुभूति हुई, जैसे राह चलते में अचानक कोई आवारा कुत्ता पीछे से पांव में दांत गड़ा दे।

रामकली ने आज जिस तरह उसके अस्तित्व के पोर-पोर को आप्लावित कर देने की सी मुद्रा में समर्पण किया, वह अपने-आपको निरंतर प्रसन्नता के आवेग से भरा हुआ अनुभव कर रहा था। भूरे की भाभी ने ताना मारा, तो उसे यह अपनी प्रसन्नबद्धता में व्याघात लगा।

वह बातचीत से बचता हुआ ज़रूर निकल जाना चाहता था इस वक्त, लेकिन इससे भूरे की भाभी ने रामकली के पास आ चुकने के कारण अपने प्रति उपेक्षा बरतने की बात पर जिस तरह से कुढ़न व्यक्त की थी, बसंतलाल को यह रुख अत्यंत अप्रिय लगा। वह पीछे मुड़ा और भूरे की भाभी के ठीक सामने होते हुए, आवाज

दबाकर बोला, "हिर्स की आग को अपने भीतर दबाए रखना ही अच्छा होता है, हरप्यारी! इंसान को वक्त देख के चलना होता है। तेरे बच्चे भी अब सयाने होते जा रहे हैं। हर बात समय से ही शोभा देती है।"

"अरे, वारे, बसंता! जोरू के साथ दो वक्तों के सोने में ही तुम्हें इतनी आकल आ गई कि साई लोगों की सी फकीरी छाटने लगे तुम तो! अभी कुल जमा सात-आठ रोज़ पहले तक तो तुम अपनी नाक को मेरी छाती में मुर्गे की कलंगी की ज्यों गड़ाते हुए यों कहते फिरते थे कि 'भूरे की भाभी, तेरी वजह से बच्चों के सयाने हो जाने तक की जिंदगी कट जाएगी।' आज अचानक तुमको मेरे बच्चों के सयाने हो चुकने का इलहाम कैसे हो गया भला? और मैंने तो कुछ तुमसे कहा भी था नहीं कि जोरू कितनों के होके लौट आई। अरे, नहीं हमसे पहले का सा व्यौहार करोगे, तो हमारी जूती से। हम ही बहुत बड़ी उल्लू की पट्ठी थीं, भैया, जो तुम्हारा और तुम्हारे बच्चों का सभी को पूरा करती रहीं।"

भूरे की भाभी से इस तरह का साबका पड़ने की पूर्व कल्पना बसंतलाल में थी नहीं। रामकली फिर से उसकी ज़िंदगी में वापस लौटेगी, यह आशा लगाए रहना तो स्वप्न में देखी हुई नदी में स्नान करने से आत्मविभ्रम के अतिरिक्त और कुछ होता नहीं। भूरे की भाभी से उसका किस तरह का संबंध रहा है, उसे रामकली कैसे लेगी, यह ठीक-ठीक अनुमान लगाना अभी कठिन है। अलबत्ता वह भी उसे नैतिक या सामाजिक रूप से दबा पाने की स्थिति में तो कतई नहीं, इतना बसंतलाल जानता है। उसने बच्चों को अक्सर देखभाल की और बसतलाल को स्त्रीवंचना से बचाए रखा, तो आखिर बसंतलाल भी तो अपनी कमाई का एक अच्छा-खासा उसपर खर्च करता रहा है? उसके बच्चों के लिए खाना बनाने आई है, तो अपने बच्चों को भी खिलाती ले गई है। शक्ल-सूरत कुछ

अच्छी होती या जिस्म में ही जवान औरतों का सा भराव होता, तो बसंतलाल भी कुछ अहसान या दबाव महसूस करता कि चलो, बिना छप्पर की हो गई है, तो दस-बीस दूसरों को किनारे काटके, उसके नज़दीक आई है। कहां रामकली और कहां वह। रामकली को अपनी मर्यादा से भटक ज़ाना भी स्वाभाविक लगता है, भूरे की भाभी के सामने तो अपने विधवा होने को उस स्तर पर काटने की कोई समस्या थी नहीं, जहां उम्र का एक लम्बा-सा फासला औरत को अपने विधवा होने और जवान होने के बीच तय करना पड़ता है।

बसंतलाल की उम्र सैंतालिस-अड़तालिस की होने को आई है, तो इसकी भी चालीस-बयालीस से कम क्या होगी! ऊपर की पांत के दो बीच के दांत भी गिर चुके हैं।

बसंतलाल जैसे भूरे की भाभी को अपने-आपसे अलग कर देने वाली दीवार का सहारा खोजता हुआ सा खड़ा था। वह उसके द्वारा पैनी नज़र से देखे जाने की स्थिति से बाहर छूट आना चाहता था। किंकर्तव्यविमूढ़ता में ही सही, भूरे की भाभी की ओर गौर से देखते रहने के इन कुछ क्षणों में बसंतलाल को लगा, इस औरत के जिस्म और इसके इस वक्त के देखने में छुरी की काफी पुरानी पड़ चुकी बेंट और ताज़ा-ताज़ा सान चढ़ाई गई धार जितना फर्क है। वह इस वक्त काफी झीनी पड़ चुकी-सी लम्बी कुरती पहने थी और उसके ढल चुके स्तनों के अगले हिस्से नाभि के लगभग पास तक लटक आए थे। बसंतलाल को किसी बूढ़ी गाय को देखने की सी अनुभूति होने लगी।...और अपनी इस तरह की अनुभूति पर आकर ही उसने अपने-आपको कसूरवार की जगह पर देखने की आवश्यकता अनुभव की कि इस औरत का जी दुखाने से कोई लाभ नहीं।

वह कुछ कहती कि बसंतलाल थोड़ा-सा और समीप खिसक आया। चारों तरफ सावधानी से देखकर, बरसात में भीगे पक्षी

की तरह अपने-आपमें सिमटता हुआ-सा बोला, "तू और हम कौन हैं, भूरे की भाभी! सारा खेल खेलने वाला तो वह ऊपर वाला है। इंसान को तो अपने वक्त और रास्ते को देखते हुए, जहां तक हो सके, अपनी समझ से सही ही चलते जाने की कोशिश करनी होती है।"

थोड़ा-सा रुककर, बसंतलाल ने और ज़्यादा संजीदगी के साथ, "तुन क के चलने की तो न अब तेरी उमर रही न गोरी। अब यही देख ले कि जहां तक मेरा सवाल है, रामकली तू तो जानती है, बहुत पहले ही घर से निकल पड़ी थी, लेकिन तुझसे बोलना कब शुरू किया मैंने? अभी सिर्फ चंद महीने ही पहले तो? जब रतना और श्यामा को इस्कूल में भरती करवाने की खातिर नसबंदी करवा लेनी पड़ी? आती-जाती तो रामकली के ज़माने से ही रही थी तू। रामकली के जाने के बाद तो अक्सर बच्चों को तूने ही संभाल भी लिया।...मुझसे भी तेरा हंसी-ठट्ठा बढ़ता चला गया था।...मगर मेरे मन में यही रहा कि कहीं कुछ गलत-सलत हो गया, तो मेरा क्या, मर्द की जात में गिनकर छोड़ दिया जाऊंगा—तेरा ज़िंदगी-भर का बोझ हो जाता।...और मैं तो अब भी तुझसे यही कहूंगा कि घर का दरवाज़ा तो तेरा देखा हुआ ही है। मेरे बर्ताव में किसी तरह की कमनियती देखेगी, तब कहना कि बसंता, तू सही इंसान नहीं।... आखिर रामकली जो जंगल गई गैया-सी लौट आई है, तो कुछ मेरे गुन देखकर ही तो ना? तेरा गोपाल दो-तीन साल और बड़ा हो जाए, तो मेरे साथ लगा देना—राय साहब के प्रेस में लगवा दूंगा। अक्षर ज्ञान तो उसे है ही, कम्पोजिग सीख लेगा।..."

"गुठलियों के पेड़ में होते में वक्त लगता है, बसंता!"—हरप्यारी का स्वर एकाएक ही विषाद-भरा और नम हो आया। वह अब चल पड़ने की तैयारी में हो गई थी। किंचित् लाचारी की सी मुद्रा में वह मुस्करा पड़ी, "बाप की जगह पर तो तुम हो ही। फिकिर

जी में रखे रहना। हमारी तो आजकल तबीयत भी ठीक-ठाक नहीं चल रही। औरतों का क्या रहता है जिनगी में—बस, बच्चों की लावारिसी का डर लगा रहता है।"

अपनी बात समाप्त करके वह तेज़ी से पलटने को थी कि बसंतलाल ने एक पांच रुपये का नोट उसकी तरफ बढ़ा दिया, "उस दिन तुम कहती थीं कि अभी राशन नहीं खरीदा। रिक्शा तो अब पूरी तरह से तुम्हारे भूरे को ही पकड़ा दिया है हमने। जब से नसबंदी करा ली, हिम्मत कुछ हलकान हो गई। अब तो सोचते हैं, सिर्फ प्रेस का ही काम पकड़ लें। रिक्शे में यही था कि ज़रूरत कोई नहीं अटकती थी। सवारी उतारी, पैसा लिया। प्रेस के काम का पैसा पहले उठ जाता है, बाद में मांगते नहीं बनता।...तुम अब भूरे की शादी का कुछ जुगाड़ लगाओ। लड़का वह मेरा भी देखा-परखा है। ईमानदार, नेक और मिहनती है। यों अपने जी में डर न रखे रहो कि जोरू वाला हो जाएगा, तो तुम लोगों से कन्नी काट लेगा।...और तुमसे जो मैंने कहा था कि चौक चली चलो एक दिन, तो चांदी के दांत लगवा दें। उमिर की मार भी ससुरी गरीबों पर ही ज़्यादा गिरती है। राय साहब की घरवाली है ना, जिनके प्रेस में काम करता हूं, चौवन-पचपन से कम की तो क्या होंगी—अभी-अभी कटरा सब्जी मंडी में मिली थीं, और रामकली की वापसी की खबर सुनकर हंसी थीं, तो तुम यों समझो कि दांत अभी भी कंवारियों के से लगते हैं।"

कहते-कहते ही बसंतलाल ने अनुभव कर लिया कि राय साहब की घर वाली का ज़िक्र उसने कहीं न कहीं अपने भीतर भर गए दबाव में से किया है, ताकि भूरे की भाभी पर यह प्रभाव पड़े कि रामकली की वापसी पर राय साहब की घरवाली जैसी संभ्रांत औरत तक की कोई बुरी प्रतिक्रिया नहीं। उसने साथ-साथ यह भी अनुभव किया कि 'रामकली की वापसी पर राय

साहब की घरवाली हंसी थी' की जगह 'खुश हुई थी' कहना चाहिए था।

अपने-आपको संभालता हुआ सा बसंतलाल बोला, "अब तू यों जान कि तू तो, शायद है, कल राजापुर अपने मायके चली गई थी ना? भूरे ने तुझे बताया ही होगा कि रामकली को कल शाम भूरे ही मेरे साथ चौक से यहां लेता आया था।...मगर तुम यों जानो कि वह कल शाम की आई हुई तो यही कोई नौ साढ़े नौ बजे ही वापस लौट गई। बस, यों आई थी, जैसे मेहमानदारी पर आई हो।...कल मीट बहुत बढ़िया बना था, बच्चों के हिस्से का रखा पड़ा था। सुबह उन्हें खिला रहा था कि देखता क्या हूं, रामकली है।...मीट तो, ये देख, इस वक्त भी लेता जा रहा हूं। इतनी वक्त बना, तो दुपहर बाद किसी वक्त आके देख लेना। रामकली से बातचीत भी करती जाएगी, दो बोटी भी खाते जाना। मैं तो यही कहूंगा, भूरे की भाभी, कि आदमी को दूर तक का वास्ता और रास्ता देख के चलना होता है। बेकार की हिर्स और तुनकमिजाजी से ज़िंदगी संभाल पर आती नहीं। तुम कुछ दवा-दारू भी कर रही हो या नहीं?"

भूरे की भाभी ने उसके प्रश्न का कोई उत्तर न देकर चुपचाप अपना हाथ आगे निकाल लिया। बसंतलाल के लिए, देखते हुए भी, यह विश्वास करना कठिन हो गया कि अभी हाल-हाल तक इन्हीं हाथों में उसे अपने पुरुष होने की प्रतीति हुआ करती थी।

हालांकि बात तो अपनी बसंतलाल हर बार निहायत कम शब्दों में ही कह डालना चाहता था, लेकिन नकारते-नकारते भी भूरे भाभी के साथ बिताए हुए क्षणों का दबाव इतना बन जाता था कि वह सफाई देने की सी सावधानता में उलझा रह जाए।

नोट उसके हाथ से लेकर, भूरे की भाभी अपने घर की तरफ बढ़ गई, तो उसे मधुमक्खियों के बीच से निकल आने की सी राहत अनुभव हुई। उसने एक बार फिर अपने चारों ओर देखा। बस्ती के इस हिस्से में, इस वक्त, ज़्यादा चहल-पहल नहीं थी। इस बीच जो छिटपुट लोग गुज़र भी गए, आस-पास से उनकी आंखों का दबाव उसे झेलना नहीं पड़ा।

घर अब बिलकुल थोड़े-से फासले पर था। बसंतलाल ने देखना चाहा कि क्या रामकली किसी काम से बाहर निकली होगी। कुछ क्षण अपनी जगह पर ठिठके रहकर, बसंतलाल देखता रहा, जैसे आंखों से ओझल हो गए किसी पशु को खोज रहा हो, लेकिन वह दिखी नहीं।

हो सकता है, अभी वह सोई ही हो। हालांकि पूछना भले ही छूट गया, लगता तो अब भी यही है कि भूरे की भाभी ने रामकली की वापसी को सिर्फ सुना-भर नहीं हैं, बल्कि टोह भी लिया है। आते वक्त तो चाय भी आखिर वह खुद बनाकर दे आया था और कहता आया था कि 'तुम रात-भर की जागी हो, रामकली! आराम से सो लेना। मैं सब्ज़ी लेता लौटूंगा, तो जगा लूंगा। भीतर से सांकल चढ़ा लेना, कहीं जान-पहचान वालियों आके बतियाने न बैठ जाएं।'

ग्यारह बर्षों की गृहस्थी में तो न रामकली न कभी यों समुद्र में गिरती हुई नदी हुई थी और न उसके चेहरे और उसकी आंखों में बसंतलाल को अपना वैसा प्रतिबिंब दिखाई दिया था। हालांकि लगभग दो वर्षों के बाद वापस लौटी रामकली को लेकर कहने-सुनने वालों की थुक्का-फजीहत कम तो झेलनी नहीं होगी, लेकिन अपने भीतर-भीतर बसंतलाल यही अनुभव करता रहा है कि रामकली मानता मानने के बाद की देवी—सी वापस आई है।

घर के बिलकुल करीब पहुंचकर उसने देखा—दरवाजें का

एक पल्ला खुला था और रामकली ज़मीन पर बैठी श्यामकली के फ्राक की उधड़न ठीक कर रही थी। थैला एक कोने में रखते हुए, बसंतलाल ने एक नज़र चारों ओर डाली। सब कुछ अपनी सीमा में व्यवस्थित और रामकली के हाथों के स्पर्श से भरा हुआ प्रतीत हो रहा था। सिगड़ी रखने की जगह निहायत सुथरे ढंग से लिपी हुई थी और फर्श पर झाड़ू ऐसे दिया गया था कि बोलता-सा लग रहा था।

बसंतलाल ने गोश्त को अलग जस्ते की थाली में निकाल लिया, तो रामकली बोली, "इतनी वक्त तो मीट रहने दो, बसंता! हड़बड़-हड़बड़ में बनाया गोश्त मज़ा नहीं देता। आलू-मटर-टमाटर की रसेदार सब्ज़ी बना लेते हैं। बच्चे भी स्कूल से लौटते ही होंगे। गोश्त शाम की दक्त बन जाएगा।"

"अब जैसा तुम्हें ठीक लगे, करो। हमें तो एक प्याली चा पहले पिला दो, तो मिहरबानी। इस्टोव ससुरा खराब हुआ पड़ा है। ये बुरादे की सिगड़ी किफायती तो बहुत होती है, रामकली, मगर भरने-सुलगाने में बड़ा वक्त लगता है।"

रामकली ने सिगड़ी बुरादा भरके तैयार रखी थी। बसंतलाल कागज़ की जिस थैली में चावल लाया था, खाली करके, चावल देगची में डाल दिए रामकली ने और कागज़ से सिगड़ी जलाने में जुट गई, "तुम्हारे लिए चाय बनाकर, चावल चढ़ा दूंगी। बच्चों का स्कूल कै बजे छूटता है?"

पूछने के साथ ही रामकली ने अपनी बाईं कलाई में बंधी घड़ी की ओर देखा, तो एक क्षण को बसंतलाल को अपनी अभावग्रस्तता का अहसास हो आया। बोला, "एक अलारम घड़ी ले आने की कब से सोच रहा था। कभी-कभी बड़का ससुर हड़कंप मचा देता है कि तड़के जगा दिया करो। कल सेविंग एकोण्ट से..."

"अब हम जगा दिया करेंगे।" रामकली बात काटती हुई

बोल उठी।

"अलारम घड़ी में एक गुन ये ज़रूर होता है, जितने बजे का लगा दो, तड़ाक से घण्टी देता है।" बसंतलाल ने तर्क तो दिया, लेकिन भीतर से उसका उत्साह फीका पड़ चुका था।

रामकली पट्‌टे पर ठीक से बैठती हुई, बसंतलाल की तरफ घूम गई। मुस्कराती हुई बोली, "गुन तो तुममें भी बहुतेरे हैं, बसंता! सुनो, तुम मर्दों की सिर्फ दो आंखें होती हैं, हम औरतों के रोम-रोम में आंख-कान होते हैं। ज़्यादा शाहखर्ची दिखाने की तुम्हें भला क्या ज़रूरत है? तुम्हें क्या किसी दूसरे की जोरू पटानी है?"

जिस तरह से रामकली हंसी, वह कुछ हतप्रभ-सा हो गया।

रामकली ही बोली, "इतना इतमीनान रखो, जो रामकली गई थी, वह रामकली वापस नहीं लौटी है। वो ससुर गुण्डाअवारागिर्द अमोलकचंद ठेकेदार तो तुम्हारे पांवों की धूल भी नहीं ना। पहले हम नासमझ थीं एक। दूसरे तुमने छुट्टा जानवर की तरह छोड़ दिया कि जा ससुरी, जहां मूं मारना हो, मारो।...ये ना समझो कि अपनी नामर्जाद ज़िंदगी का मलाल हमें ना था। पांव में गू लगा है, या गोबर, इतना तो इंसान अंधेरे में भी जान ही जाता है, बसंता! हां, अलबत्ता वक्त ज़रूर लग गया हमें यह जानने में कि नही, रामकली, जिस्म की आग से कलेजे की ठंडक बड़ी चीज़ होती है।...सुनो, बच्चे थोड़ी-बहुत मिर्चा खा लेते हैं ना? बिना तीखे की तो आलू-मटर की सब्ज़ी मीठी-मीठी-सी लगती है।"

रामकली अपने सनातन विनोदी स्वभाव में चुहल-सी करती-करती, धीरे-धीरे जिस तरह की संजीदगी में वापस चली गई, बसंतलाल उसे सिर्फ देखता रहा।

रामकली ने चाय बनाकर, प्याली उसकी ओर बढ़ाई, तो बसंतलाल ने देखा, बड़ी-सी लाल बिंदिया माथे पर रचाई है और

मांग में सिंदूर की काफी गहरी लकीर खींच रखी है। जब वह रामकली को चारपाई पर सोया ही छोड़ता गया था, तब तक वह बासा मुंह ही थी। इस वक्त जिस तरह की ताज़गी में है, लगता है, नहाई होगी।

रामकली इस वक्त और भी कम-उम्र लग रही थी। बसंतलाल ने आत्मालाप की सी मुद्रा में धीमे शब्दों में कहा, "तेरे-मेरे बीच उम्र का इतना फासला ना रहा होता, रामकली, तो हम लोगों की गिरस्थी में दरार ना पड़ी होती।"

"जब-जब तुम यों कहा करोगे, बसंता, इसका मतलब यही होगा ना कि अपनी शरारत में तुमने बात को सीधे ना कहके, यों घुमाके कह दिया कि मतलब आखिर-आखिर यही निकला, 'रामकली, तुमसे अपनी जवानी की अगन बर्दाश्त ना हुई!' हम तो अब सब कुछ को संतोषी माता का संजोग मान के चलना चाहती हैं, बसंता! अपना जी बेकार में तुम भी हलकान ना किया करो। औरत कम उमरि की हो, या ज़्यादा, रिश्ता उसका सिर्फ जोरू का ही बनता है।"

संतोषी माता का नाम लेते वक्त, अचानक रामकली को हरगुन पंडित की स्मृति हो आई। वह सोच रही थी कि प्रसंग निकालकर पूछेंगी कि हरगुन पंडित अयोध्या से वापस लौटा भी, या नहीं—शायद कहने के लिए और कुछ न सूझ पाने के कारण—बसंतलाल ने एकाएक ही पूछ लिया कि, "क्यों, रामकली, भूरे की भौजाई तो ना आई थी इस तरफ?"

यह देखकर बसंतलाल भौचक्का-सा रह गया कि निहायत संजीदगी में वापस लौट चुकी-सी रामकली का पूरा चेहरा एकाएक ही शरारत से भर गया है, 'क्यों, वो क्या इस तरफ तुम्हारी उम्मीद में आई थी?"

एक क्षण को बसंतलाल की स्मृति में पांच का नोट पकड़कर,

कंकाल की तरह आगे बढ़ती हरप्यारी का पूरा ढांचा कौंध गया। उससे कुछ तर्क गढ़ते नहीं बना, सिर्फ यही बोला, "रास्ते में मिल गई थी। हम समझे कि शायद है, इस तरफ होती गई हो। तुम्हारी गैरहाजिरी में बच्चों को—खास तौर पर तो छुटकी श्यामकली को यही कभी-कभार संभाल लेती रही, रामकली! अब तुम्हें क्या बतायें, फूलो ताई बड़ा मज़ाक उड़ाती थी कि 'बसंता रे, ये हरामिन तो बुढ़ियों का भी परहेज़ नहीं करती।' आदत तुम ही खराब कर गई थीं। तुम्हें तो दूध भी खूब होता था।..."

"क्यों, भूरे की भौजाई से ना फूटा दूध?"—रामकली जैसे शरारत करने पर तुल गई थी। आंखों को उसके चेहरे पर गड़ाती हुई सी बोली, "शायद है, छुटकी के इस्कूल से छुट्टी का वक्त जान के दूध पिलाने आई हो? तुमसे क्या बताती थी? हम तो उस वक्त नहा रही थीं, यही कहके टरका दिया कि संझा की वक्त आना, अभी बसंता लौटे नहीं।"

इस बार रामकली से अपनी खिल खिलाहट दबाई नहीं गई।

बसंतलाल जानता है, मसखरापन तो रामकली के रोम-रोम में भरा रहा है हमेशा। फर्क सिर्फ इतना है, पहले बसंतलाल के लिए व्यंग्य और तनाव ज़्यादा था, हंसना, खिलखिलाना दूसरों के बीच।

कुछ तय नहीं हो पाया भीतर कि इस प्रसंग में अभी रामकली से किस रुख में बात की जाए, तो बोला, "देखने-सुननेबतियाने की तो यों ही गंवार-सी है भूरे की भौजाई, मगर दिल की नेक औरत है। आजकल तो बेचारी अरसे से बीमार चली आ रही है। शायद है, कौन जानता है, बच्चे भी ज़्यादा दिन या नहीं।"

कह तो गया, लेकिन अपनी हकीकत छिपाने के लिए उसके बारे में इस तरह की अशुभ बात नहीं ही करनी चाहिए थी, इस बात के अहसास में बसंतलाल सीधे-सीधे यह कहने को हो आया कि

"देखो, जहां तक हमारा सवाल है हम मान लेते हैं कि तू हमारे पांवों से भी लगा है।" लेकिन तब तक में रामकली यह कहते हुए सिगड़ी के पास से उठ खड़ी हुई कि "गोश्त की थलिया अलमारी में रख दें। बिल्ला ससुर आता रहता है।"

बसंतलाल ठीक-ठीक अनुमान नहीं लगा पाया कि रामकली के कहने में किसी प्रकार की सांकेतिकता तो नहीं। उसने सिर्फ इतना अनुभव किया कि इस मुद्दे पर सोचने का वक्त उसे ले लेना चाहिए। एकाएक ही उसने तय किया कि क्यों न रामकली के खाना बना लेने तक कहीं घूम-फिर आए।

रामकली गोश्त छोटी, जालीदार अलमारी में बंद करके लौटी ही थी कि बसंतलाल यह कहता हुआ उठ खड़ा हुआ, "तुम भी चा पी लेतीं।"

"ना, बिना दूध की चा हमें ना अच्छी लगती। तुम क्या कहीं बाहर जाओगे?"

एक लम्बी-सी 'हूं' भरता, बसंतलाल दरवाजे से बाहर निकल आया और बाहर से ही बोला, "तुम खाना बना लेना, रामकली! हम लौटेंगे जल्दी ही।"

12

दोपहर के खाने के बाद बसंतलाल फिर बाहर निकल गया था। रामकली बच्चों के गिने-चुने कपड़ों और उनकी किताब-कापियों को छोटी-सी अलमारी में करीने से लगा रही थी और उसे निरंतर यही अनुभूति हो रही थी कि वह दोबारा एक अपरिचित संसार में

जी रही है। दोनों बच्चे खेलने-कूदने निकल गए थे। पड़ोस के जो बच्चे श्यामकली और रामरतन को बुलाने दरवाज़े के बाहर इकट्ठे हुए थे, उन्होंने ज़रूर रामकली को बहुत कौतूहल-भरी आंखों से देखा था, लेकिन खुद उसके बच्चों की आंखों में अब कल शाम, या आज सुबह का सा अजनबीपन रह नहीं गया। खास तौर पर दोपहर को जब दोनों बच्चे स्कूल से लौटे थे, बाहर प्रतीक्षा में खड़ी रामकली को एक बार देखा उन्होंने ज़रूर था, लेकिन फिर जिस तरह दोनों ही चुपचाप कमरे की तरफ बढ़ आए थे, उससे स्पष्ट था कि उन्हें रामकली की वापसी का इतमीनान हो गया है।

खाना खिलाते वक्त रामकली ने दोनों बच्चों को बहुत लाड़ किया था और पूछा भी था कि 'क्यों रे, तुम लोग अपनी महतारी को भूल तो नहीं गए थे?'

बच्चों ने शब्दों में कुछ नहीं कहा था, लेकिन उनकी आंखों और चेहरे से इतना एहसास ज़रूर होता था कि बसंतलाल बच्चों से अकसर उसका ज़िक्र करता रहा होगा।

श्यामकली को यह चौथा वर्ष लगा है। रामकली ने निश्चिय किया कि शाम को बसंतलाल से कहेगी कि अभी इस छोरी को स्कूल दौड़ाने की कोई ज़रूरत नहीं। जूं देखने के बहाने, श्यामकली के माथे को उसने अपने स्तनों के बीच टिका लिया, तो एकाएक ही उसे फूलो ताई की कही बात भी याद आ गई और यह भी कि दूसरा महीना लग चुका है।

बस, निबटने को अब यही एक समस्या रह गई है। आज सुबह बच्चों के स्कूल चले जाने के बाद जब वह बसंते के साथ बातें कर रही थी तब भी यह चिंता उसके भीतर मंडरा रही थी।

रामकली को बहुत बाद तक इस बात को सोच-सोचकर हंसी आती रही थी, कि अपने एकांत में भी, बसंतलाल उससे बच्चों की कसम खाने को कहने लगा था कि अब वह दोबारा छोड़कर नहीं जाएगी। उम्र में बीस साल बड़े बसंतलाल का बच्चों की सी दीनता

के साथ वैसा आग्रह करना और वह भी उस वक्त सचमुच कितना रोमांचक लगा था उसे!

न श्यामो और न रतना, दसवें से पहले तो कोई हुआ नहीं। आज सुबह के बाद के आठ महीने भी गुज़ार जाएं तो नवें में हो जाने का बहाना बन जाएगा।

अपने फालतू वक्त में रामकली को भूरे की भाभी का प्रसंग भी याद आता रहा हालांकि अंदाज़ा तो उसने तभी लगा लिया था जब अमोलकचंद के साथ जाने से पहले एक बार यहां ले आया था बसंता। उसने तय किया कि इस प्रसंग को लेकर, वह किसी भी तरह की चिढ़ नहीं दिखाएगी, सिर्फ ट्ठा करेगी। पिछले दो वर्षों की उसकी अनुपस्थिति में हरप्यारी से बसंतलाल का संबंध रहा है, इस बात से वह खुद अपने लिए एक नैतिक सहारा भी अनुभव कर रही थी। इस वापसी से पहले के दिनों में अमोलकचंद के साथ रहने का और तपन संग-संग चला आया है। अपने पहले पति के घर लौटने पर वह सब कितना असुविधाजनक हो गया है!

बाहर से किसी ने पुकारा तो वह बाहर निकल आई। देखा, भूरे है। भूरे रिक्शा के लिए खड़ा था। रामकली समझ गई कि एक वक्त की पारी करके लौटा होगा।

भूरे कुछ क्षण तो असमंजस में खड़ा रहा। फिर पूछा, "बसंता भैया घर में नहीं, भाभी?"

"नहीं न।" उसने धीमे से कहा और रिक्शे को ठीक से एक किनारे लगाने लगी। वह समझ रही थी कि भूरे अंदाजा लगाने की कोशिश कर रहा है। उसने अपनी धोती के छोर से ही रिक्शे की गद्दी को साफ करना शुरू कर दिया। वह चाहती थी कि उसके यहां उपस्थित होने के ढंग से ही भूरे यह समझ ले कि रामकली हमेशा के लिए यहां लौट आई है।

भूरे कुछ देर यों ही खड़ा माथे तथा गले पर का पसीना पोंछता रहा और फिर हाथ आगे बढ़ाता हुआ बोला, “ये पैसे ले लो, भाभी! आज ज़्यादा मजूरी नहीं हुई है। घर में गुड़ पड़ा हो तो तनिक एक लोटा पानी पिला दो।”

रामकली ने एक कागज़ के टुकड़े में लपेटकर, दो जलेबियों के साथ लोटे में पानी दिया और पूछा, “आजकल रिक्शा तुम्हीं चलाते हो क्या, भूरे? बसंता ने तो छोड़ दिया लगता है!”

भूरे ने पानी पीते हुए ही ‘हां’ की मुद्रा में सिर हिलाया। कल दोनों पारी भूरे ही रिक्शा चलाता रहा था, पहले रूपवानी से यहां और फिर यहां से कल्याणी तक, लेकिन कल तो वह कुछ ऐसी रौ में थी कि ध्यान ही नहीं दिया।

भूरे पानी पीकर चला गया तो रामो ने पैसों को ठीक से गिना। कुल पांच रुपये आठ पैसे, लगभग दो वर्षों के अंतराल के बाद! बसंतलाल की कमाई के इन थोड़े-से पैसों को अपने हाथों में लेते हुए एक क्षण को उसे ठीक वैसा ही रोमांच हुआ था, जैसा अंधेरे में दो-तीन सीढ़ियां एकसाथ फलांग जाने पर भी पांव सही-सही टिक जाने पर होता है।

कल रात कुछ तो वह खुद ही अधर में थी, कुछ बसंतलाल ने नशे में और आसमान में कर दिया था। घर छोड़कर जा चुकी औरत की बातों को वह जैसे हथेली लगाकर थाम लेता रहा है और रामकली का दर्प फर्श पर गिरे कांच के बरतन की तरह और कहीं भले ही बिखरता हो, बसंतलाल यह नौबत आने नहीं देता। कल भी यही हुआ था। अपने पतित हो चुकने के अवसाद में होने की जगह, वह सुंदर, तारुण्य से लैस और दर्पिणी औरत के से तेवर में आती चली गई थी। कदाचित् बसंतलाल के पास बड़े घर की बहुओं जैसी वापसी लेकर डेरे पर न लौटीः होती तो शायद अमोलकचंद ठेकेदार के साथ बिताए समय को लेकर रामकली के भीतर उतना

बड़ा हाहाकार उत्पन्न न हुआ होता। हो सकता है, थोड़ी देर बिफरने के बाद, अंत: वह घुटने तक टेक देती।

अचानक ही, इस वक्त, रामकली को कमला पहलवान के यहां आनेवाली औरत की स्मृति हो आई। कमला पहलवान को त्याग देने का दो टूक निर्णय उसने तभी तो लिया था जब कहीं भीतर से यह आवाज़ आने लगी थी कि 'रामो, इस आदमी के लिए तुम दोनों में कोई फर्क नहीं।'

अब कहीं राम कली की समझ में आ रहा है कि अपने औरत होने के दर्प को जिस तरह वह बचाना चाहती थी, उसे। लिए ज़रा दूसरी तरह की पारखी आंख चाहिए थी और धैर्य से कमला पहलवान और अमोलकचंद ठेकेदार को ज़रा दूर-दूर तक देख लेना था। अपनी उतावली में औरत का किसी आदमी को बाढ़ में बहते हुए की तरह का सिर्फ संयोग को पकड़ लेना ही तो हो सकता है। अपने अपवाद रूप से सुंदर तथा जवान होने और बसंते को अपात्रता का दर्प वश में रह गया होता, तो अपने लिए दूसरा संसार चुन लेने की उतावली इतनी गले-गले न आ जाती कि बच्चों का मोह भी जाता रहता। बच्चों का ध्यान आते ही वह अपने-आपमें चौंक-सी उठी, जैसे तैश में दो साल पहले बसंता का घर छोड़कर जाती रामकली को अब इस वक्त वह खुद अपनी आंखों से देख रही हो।

कल रात को बच्चे कहां सो गए या कि उन्होंमे खाना खाया या नहीं, इस तरह की बातें स्मृति में पानी के बुलबुलों की तरह बुदबुदाकर बैठ गई हैं। बच्चे कहां हैं, उन्हें बुलाकर अपने हाथों से खिला दे—यह बात सिर्फ मन में ही घुमड़कर रह गई। होंठों तक सिर्फ उतनी ही बातें आईं, जिनसे वह बसंता को दिखा देना चाहती थी कि अकरणीय जैसा उसने कुछ नहीं किया था, इसलिए कोई बहुत बड़े पछतावे का भी सवाल नहीं। जैसी जिंदगी रामकली चाहती थी, उसकी कीमत तो चुकानी ही थी।

वह बच्चों तथा बसंता के लौट आने की प्रतीक्षा ऐसे करने लगी जैसे अपने चारों तरफ चहलकदमी करती जा रही हो।

गोश्त को एक बार ठीक से चलाने के बाद, रामकली ने पानी डाल दिया और चावल बीनने बैठ गई।

"रामो...कहां हो...भीतर बैठी हो क्या, बहू?"

यह जब तक अनुमान लगाती, फूलो ताई खुले किवाड़ के साथ आ लगी। कल जिस तरह की झड़प हो चुकी थी और जिस दर्प के साथ उसने जिक्र किया था अपनी वापसी का, एकाएक याद आ गया। लगा कि जितने नामालूम ढंग से बुढ़िया किवाड़ से आ लगी है, उतने ही आकस्मिक ढंग से कहीं यों न पूछने लगे कि अमोलक चंद ठेकेदार के वापस जाएगी या अब यहीं रहने का इरादा है?

एक क्षण को लगा कि अपने छोटेपन के एहसास में वह सूप में के चावलों में जा गिरी है, लेकिन उतनी ही तेज़ी से उसने यह भी तय कर लिया कि दबना नहीं है। छोड़ के गई थी रामकली तो अपना घर—और लौट आई है वापस तो अपने घर में।

"बालक तेरे अभी वहीं खेलते हैं, बहू! भतेरा मैंने कहा कि चलो रे हरामज़ादो, बरसों के बाद अम्मां का साया नसीब हुआ है, संतोषी मैया की किरपा से अब काहे दिन-भर अवारागर्दी करते हो?... मगर बच्चों की दुनिया ही दूसरी होती है। उनका मन तो अपने जैसों में ही रमता है, हमारी रज्जो के पिल्लों के संग खेल रहे हैं।"

रामकली ने यों ही आंखे उठाकर देखा, फूलो ताई का चेहरा खिड़की से झांकती पालतू बिल्ली का सा लग रहा था। तमाशबीनों की सी चमक उसके चेहरे पर नहीं थी। थोड़ी देर यों ही देखते रहने के बाद रामकली ने अपने-आपको समेटा और बोली, आओ ताई, भीतर बैठो।"

बुढ़िया ने भीतर पहुंचकर बैठने तक सारे कमरे को जैसे एक ही नज़र में टोह लिया। रामकली के माथे पर हाथ फिराकर बोली, "रामो, तू वापस आ गई है, तो ससुर बसंता के कुएं में पानी लौट आया है।"

इस बुढ़िया से क्या बच्चों ने कहा होगा कि हमारी मां अब हमेशा के लिए घर आ गई है?

"बसंता कहता हुआ निकल गया था कि ताई, हमारी रामो अब हमेशा को लौट आई है। कल की तेरी बातों से तो लगता नहीं था, मगर जो तूने अब किया है, समझ कि तेरा भी दूसरा जनम हो गया और बच्चों का भी। सब मिल जाता है इस दुनिया में भाई, माई की छांह कहां मिलती है! वो तो बहू, धनभाग हैं, जो बसंतवा बाप का बाप, माई का माई है। तेल-मालिश भी ऐसी करता है, जनानियां क्या खाक करेंगी! नहीं तो भैया, इस उमिर के बिना महतारी के बच्चे! तेरे बच्चे तो स्कूल से आवें, तो 'बाबू कहां हैं?' और सोते से जागें तो 'बाबू, कहां हो?' कहते हैं। हम तो खैर दूर के हैं, ये तो तू ज़्यादा जानेगी कि बसंता खरा सोना है।"

रामकली को कुछ नहीं सूझा कि वह इन सब बातों के जवाब आखिर में कहे क्या! चुपके से उठकर, सुबह की बची जलेबियों में से एक पत्ते में ले आई, "चा पीती जाना, अभी बनाती हूं।"

"सिगड़ी में तो कुछ और चढ़ा दिखता है बहू! मसालों की गंध आ रही है। मीट-वीट बना रही हो क्या? कोई कलेजी-गुर्दे का मुलायम टुकड़ा पक गया हो तो ज़रा चखा दे। मौत जब नज़दीक का डेरा कर लेती है, तो जीभ से 'ला-ला कहती है। जलेबी देखते ही लार छूट गई।"

फूलो ताई हसी, तो रामकली को भी हंसी आ गई। बोली, "कलेजी-गुर्दा तो नहीं ना, ताई! सीना-चांप लाए हैं, मगर जहां तक हम सोचते हैं, खाने लायक हो गया होगा।"

बुढ़िया को थोड़ा-सा गोश्त तथा पीने को पानी देने के बाद, जैसे ही वह एक तरह की मानसिक निश्चिंतता में हुई थी कि बुढ़िया गोश्त खाते-खाते ही बोली, "गनीमत हुई कि कमला पहलवान या ठेकेदार से तेरे कोई बच्चा ना हुआ। उन हरामियों को तो भतेरी लुगाइयां मिल जाएंगी, बसंतवा की गिरस्थी चौपट की चौपट रह जाती। बच्चों को भी संभालना, मेहनत-मजूरी भी करना—बहुत तेज़ी से बुढ़ाने लगा था तेरा बसंता! मैं तो अक्सर यों सोच-सोच के कांप उठती थी, बहू, कि कहीं इस ससुरे को कुछ गलत-सलत हो गया, तो इन अभागों का क्या होगा? भीख मांगते सड़कों पर, तो आखिर बदी तेरे ही मत्थे आती। पुन्न किए होंगे तेरे बाप किसना ने, जो बसंता जैसा धीरजवाला मिल गया!"

रामकली हमेशा ही यह अनुभव करती है कि उम्रदार औरतें हर चीज़ को ऐसे देखती हैं, जैसे चारों तरफ से उलट-पुलटकर टोह रही हों। उसने धोती का पल्लू काफी ढीला कर लिया और निश्चय किया कि जान-पहचानवालियों के बीच लंबी अरज की कुरती पहनकर बैठना चाहिए उसे। हालांकि फूलो ताई और भी बहुत-सी बातें कह गई थी, लेकिन रामकली के कानों में सिर्फ यही बात मच्छर की तरह भिनभिना रही थी कि कदाचित्, वक्त ज़्यादा बीत चुका होता तो?

"कल जाने किसने बनाया था, जहां तक है भूरे ने बनाया होगा! गोश्त तो तूने बनाया है। अभी बूढों के लायक गला नहीं, दांतों में फंसा जा रहा है, मगर मसाला बढ़िया पिसा है। तू तो कल कुछ नाराज़ हो गई सी लगती थी, बहू!...लेकिन हमारी नन्हे की माई है ना, खिलंडरी किस्म ज़रूर है, उलटा-सीधा बोल जाती है, मगर कहती यही है कि 'रामो दीदी तो मांगुर मछरी है। कांटेदार, मगर मक्खन की लोई।' खैर, ये तो हकीकत है कि इतनी उमिर हमारी भी हुई इस बस्ती में, आंखों के सामने के निकले, बाल-बच्चों वाले

होते देख लिए। तेरे जोड़े की किस्मवाली बहू हम लोगों में से किसीके घर देखी ना गई। कल रात ही तो नन्हे की महतारी मज़ाक कर रही थी, 'रामो दीदी कहीं मुरगी होती तो रोज सबेरा दर्जन-भर अंडे देती। ये तो तू विश्वास रखे रहना, बहू, तेरी बदी सोचनेवाला कोई नहीं ना। भली-बुरी बात कभी ज़ाबान से निकल जाया करे, बुरा ले बैठने की नहीं ना। खुद बसंता एक दिन कहता था, यों तो हम यहां तक सोचती हूं, साल-भर बीतने को आया होगा, खुद तेरा खसम कहता था, "फूलो ताई, वह मेरे हक की थी. ही नहीं। ना वो किसना जैसे गरीब लावारिस बाप की बेटी होती और ना मेरे हत्थे लगती। दुख हमें बहुत है और खास तौर पर तो इस बात से कि नादान बच्चों को संभालना खेल नहीं—गुस्सा कोई नहीं ना। भगवान उसे सुखी रखें।'...शक्ल से तो उठाईगीरों-सा लगता है, मगर दिल का हीरा-मोती है तेरा मालिक।"

रामकली सिर्फ सुनती और प्रतीक्षा करती रही कि या तो बसंतलाल आ जाए और या गोश्त खाना निबटाकर, बुढ़िया चली जाए। वह डर रही थी कि कहीं बुढ़िया की खोज में रज्जो भी इधर ही न चली आए। इस इतमीनान के बावजूद कि उसकी वापसी को लेकर चिढ़ाने का इरादा लोग नहीं ही दिखाएंगे, कम से कम मुंह सामने—वह लगातार यह महसूस कर रही थी कि लोगों के देखने का बोझ उसे निरंतर असुविधा में डाले रहेगा। हालांकि भीतर से तो वह भी यही मानती है कि बसंतलाल की सहिष्णुता और सदाशयता में कोई खोट नहीं, लेकिन कुल मिलाकर इस तरह की सारी चर्चाओं का बोझ उसपर यही पड़ता है कि बुरी तो रामकली तू थी!

पहले का वक्त होता, तो वह आहत सर्पिणी का सा रुख अख्तियार करती, पर इस तरह की वापसी में आक्रामकता का रुख बनाए रखना लगातार एक तनाव की स्थिति में डाले रहेगा।

किंचित् विषाद और निरुपायता की सी मुद्रा में, वह अपने-आपको चावल बीनने में केन्द्रित किए रही। फूलो ताई को बातों के जवाब में चुप रह जाते हुए ऐसा लगा जैसे कोई बिल्ली अपने नाखूनों को समेटे बैठी हो। उसने अपने समूचे अस्तित्व को एक तरह के चौकन्नेपन की स्थिति में घिरा पाया और यह वास्तविकता उसके सामने साफ-साफ उभर आई कि ज़िंदगी-भर इस तरह के झूठ को संभाले रखना भी कितना बोझ-सा होगा कि होनेवाले बच्चे का पिता कोई और नहीं!

रामकली ने चोर आंखों से फूलो ताई को देखा। वह गोश्त की बोटियां निबटाकर, अंगुली से कटोरे में लगी तरी चाट रही थी। रामकली को एक हलकी-सी कंपकंपी छूट गई। वक्त पूरा होने पर, एहतियात के तौर पर चाहे वह कमला नेहरू अस्पताल में ही भर्ती क्यों न हो जाए, इन्हीं लोगों का सामना करना होगा। नई-नई आने वाली बहू की मुंह-दिखाई हो या नये-नये आनेवाले बच्चों की, औरतों को देखना भीतर तक भेदता है।

फूलो ताई ने कटोरा धोने को उठाया, तो रामकली ने रोक दिया।

थोड़ी देर मधुमक्खी की तरह मंडराकर, फूलो ताई आखिर वापस चली गई तो वह दूर तक उसे जाते देखती रही।

दोपहर बाद का समय भी अब बीतता महसूस होने लगा था। सामने के नाले के आसपास चरते सुअरों के झुंडों में, इस वक्त, एक खास तरह की निश्चिंतता दिखाई दे रही थी। उनके इधर-उधर चलने-फिरने में मंथरता आ चुकी थी, सुबह के वक्त का सा आवेग नहीं था। कौवे कतार बांधकर निकलते थे तो अपनी ही जगह पर खड़े होकर देख लेते थे।

रामकली को अचानक ही इस बात का ध्यान आया कि हो सकता है, बसंतलाल शाम होने के बाद ही लौटे। उसने तय किया, जैसे भी हो, जान-पहचान के लोगों में अपने उठने-बैठने की स्थिति

को जल्दी ही सहज बना लेना है। लोगों से कटे रहने पर वक्त सिर पर सवार हो जाता है।

उसने एक बार फिर दूर तक, फूलो ताई के घर की तरफ देखा, बाहर बच्चे खेलते-कूदते दिखाई दे रहे थे, लेकिन उनके चेहरों को बच्चों की भीड़ में अलग से पहचान पाना संभव नहीं था।

13

बसंतलाल जब वापस लौटा, चारपाई के साथ चिमनी वाला लैंप लेता आया था। छोटी बत्ती की तुलना में, लैंप की रोशनी को सिर्फ अपेक्षाकृत अधिक ही कहा जा सकता था, लेकिन एक तरह की ताजगी का सा अहसास काफी देर तक कमरे में भरा रहा।

भूरे रिक्शा ले जाने आया, तब तक बसंतलाल भी आ चुका था। रामकली ने जानना चाहा था कि रात की वापसी में भूरे खाना यहीं खाएगा। बसंतलाल ने भूरे को एक गिलास में गोश्त और कागज़ की पुड़िया में सलाद देते हुए कह दिया था कि 'रोटियां अपनी भाभी से सिंकवा लेना। सब्ज़ी बनाने के बवाल से बच जाएगी। रात को लौटे, तो सीधे अपने घर चले जाना, हमको जगाने की ज़रूरत नहीं। रिक्शा अपने ही डेरे में खड़ा कर लेना। ताला देना न भूलना।'

बसंतलाल के इस वक्त के व्यवहार में उतावली कहीं नहीं दिखती थी और न किसी तरह की वाचालता या उत्साह की अति। सुबह ऐसा लगता था, जैसे रामकली की वापसी को संभाल न पा रहा हो। भूरे को विदा कर देने के बाद, वह बच्चों को खिलाने में जुट

गया था और फिर सुलाने में। हालांकि यह कोई अलग से ध्यान देने की बात नहीं कि बसंतलाल सोने की व्यवस्था क्या करता है, लेकिन रामकली जैसे अपने शरीर पर की त्वचा से यह देखती रही कि बच्चों को बसंतलाल ने पुरानी वाली चारपाई पर सुला दिया। जिस तरह से उन दोनों को अलग-अलग करवट बसंतलाल ने सुलाया और चादर ओढ़ने के बाद काफी देर तक थपथपाता रहा...रामकली ने अनुभव किया, आज वह अपने लिए संपूर्ण एकांत जुटाना चाहता है। पहले की गृहस्थी में बसंतलाल में कभी-कभी हविश चाहे जितनी दीख जाती रही हो, इस तरह सन्नद्धता नहीं दिखती थी।

बसंतलाल ने बच्चों के पास से हटकर अपनी चारपाई पर भी दरी-चादर डालना शुरू कर दिया, तो रामकली उठ खड़ी हुई और खुद बिछाने लगी। धीमे से बोली, “अब बहुत सुहागरात का सा बिछौना फैलाने में क्या लगे हो! लाओ, मैं बिछा लूंगी। तुम खाना खा लो अब। बच्चों को तो तुम बिलकुल जनानियों की तरह सुलाते हो।”

चाहे धीमे हो या खिलखिलाकर, रामकली का हंसना सच-मुच अद्‌भुत लगता है बसंतलाल को—खास तौर पर जब वह अपनी निर्बाध प्राकृतिकता में से हंसती है। खाने को तो वह पहले भी कह चुकी थी कि बच्चों को मैं खिला लूंगी, तुम भी खा लो। बसंतलाल ने सिर्फ आंखें उठाकर देख लिया और छुटकी को गोश्त खिलाने में व्यस्त हो गया था।

“इंसान जब हमारी पहुंच से दूर चला जाता है, रामकली, उसके सारे गुन-अवगुन तभी सामने आते हैं। अपने भी। जब तुम यह घर छोड़कर जा चुकीं ना, बाद में अरसा गुज़रा होगा, रात को अचानक नींद टूट जावे, तो ससुरी बड़ी देर-देर तक आवे ना। तुम्हारी याद आवे तो हमको पहली बात यही लगै कि—नहीं ना, जितना हम चाहते थे, वैसा व्यौहार बन नहीं पाया। आदमी के जी में जितना

रहता है, रामकली...”

रामकली बीच में बात काटकर बोल गई कि ‘अरे, नहीं, तुम्हारे व्यौहार में कभी कोई खोट नहीं रहा, बसंता!’ लेकिन इस बीच जब बसंतलाल ने आकाश को सुनाने की सी मुद्रा में कह डाला कि ‘जितना हमारे भीतर रहा, वो सब तुम्हारे सामने आ लिया रहता, तो तुम जाती नहीं। फूलों पर पांव रखके चलना पत्थरों पर पांव रखके चलने से ज़्यादा मुश्किल होता है, ये सबक हमें पूरा अब तक आया नहीं था।’ तो रामकली समझ गई कि बात के पूरे प्रसंग को वह पहले समझ नहीं पाई थी।

कहने को हुई कि ‘बसंता, तुम्हारे चेहरे और बानी में बहुत अंतर है।’ लेकिन असमंजस में इतना ही कह पाई, “अब तो खाना खा लो। रोटी सूखी पड़ जावेगी।”

बसंतलाल उठा और छोटी वाली कोठरी में रखी पुरानी साइकल की कोठरी में से देशी शराब का अद्धा निकाल लाया। रामकली ने घूरकर देखा, तो बोला, “हम लती नहीं हुए हैं, भैया, कहो कि करीब-करीब छूट गई।...मगर आज तुम टोकना नहीं।”

रामकली चुप लगा गई। पीछे घूमकर, जस्ते के छोटे देग में से प्याज़, मूली, टमाटर, और धनिया, हरी मिर्च मिलाकर बनाया हुआ सलाद एक प्लेट में निकाला। बोली, “थोड़ी बोटियां भी कर दूं...बहुत हैं अभी। एक किलो से कम तो तुम लाए नहीं दिखते?”

“कमखर्ची और तंगदस्ती का तो ज़िंदगी-भर का साथ है, रामकली! हम गरीबों के घर में ढ़ंग का खाना बन जावे, इसी पर हैरत है। ऐसा कर, गोश्त की सिर्फ बोटियां एक बड़े कटोरे में कर ले।”

रामकली ने जब तक गोश्त कटोरे में डाला, बसंतलाल दो

गिलासों में डाल चुका था। दो चारपाइयां पड़ जाने के बाद, कमरे में बहुत थोड़ी जगह बच गई थी। दोनों की चारपाइयों से लगकर बैठना पड़ रहा था।

"हम नहीं लेंगे, औरतों के लिए ये अच्छी चीज़ नहीं। तुम जल्दी-जल्दी ले लो तो साथ-साथ खा लें।" कहते हुए, रामकली बसंतलाल की ओर मुंह करके बैठी ही थी कि बसंतलाल ने गिलास उसकी ओर बढ़ा दिया, "आगे जिद नहीं करूंगा, रामकली, मगर आज की रात खराब मत कर। देखने को तू हमें बहुत खुश देख रही होगी—हैं भी—मगर तेरे लौट आने की बहुत बड़ी उदासी भी है। एक खयाल जाखा है, हज़ार आते हैं। हमें अपने बचपने का एक वाकया याद आ रहा है। मैनपुरी वाया इटावा होके यहां प्रियाग पहुंचना था। कोई तीस-बत्तीस साल बीते होंगे। गांव से कोई आसरा नहीं, यहां सुलेमसराय में कोई रिश्ते के मामा रहते थे। जिस साल तुम्हारा बाबू किसना मरे हैं, वो भी फौत हुए। दमे के मरीज थे। उनके साथ साल-डेढ़ साल रहे हैं। गुस्साते थे, तो लात मारते थे। खैर, हम तो कुछ दूसरी चीज़ कहने जा रहे थे ना? हां तो, हुआ क्या, कि गांव से पांवों-पांवों पहुंचे मैनपुरी और वहां से एक ट्रिक में बैठके इटावा और इटावे से प्रियाग का टिकट खरीद के—समझो कि टिकट भी और बाकी बचे आठ-दस आने भी, एक पुराना-सा रूमाल रहा, उसी में बांधे और जब भीतर जाने लगे टेशन, का तो पता चलता है कि रूमाल या तो किसीने मार लिया, या गिर गया कहीं। बड़ी देर तक टिकट घर के फाटक के बीच चक्कर काटते रहे। बदहवासी हो गई। रोवें और जो ऐसा हो गया कि लगे पाजामे में ही पेशाब छूट जावेगी। उम्र तब क्या रही होगी, यही चौदह-पंद्रह की। हमारी समझ में न आवे कि अब हम चैला को लौटे तो कैसे—प्रियाग को जावे तो कैसे! तू समझ रही होगी, हम क्या उल्लू के पट्ठों की तरह

बेमतलब बोले ही चले जा रहे हैं।"

देर तक बोलते रहने के बाद भी अपनी अनुभूति को ठीक से व्यक्त न कर पाने की खिसियाहट उसके चेहरे पर साफ झलक आई थी। एक ही सांस में वह लगभग आधा गिलास पी गया। गिलास ज़मीन पर रखते हुए, उसने गोश्त का एक बड़ा-सा टुकड़ा मुंह में भरा। थोड़ा-सा चबाने के बाद ही सलाद भी मुंह में भर लिया, जैसे डर रहा हो कि भीतर की दारू बाहर न निकल आए। इस सबके बीच उसकी नज़र एकटक रामकली पर लगी रही।

प्रतिवाद की कोई गुंजाइश न देखकर रामकली ने धीरे से गिलास उठाया और एक छोटा-सा घूंट भरके, नीचे रख दिया। तब तक कटोरे में से गोश्त की बोटी बसंतलाल ने टोह-टोह के ढूंढ़ निकाली, "ले, ये सीने का टुकड़ा ले ले, संजोग से आज अच्छा गोश्त मिल गया, ज़्यादातर तो हबीबा ससुर छांट-छांट के बूढ़े बकरे कहां से लाता है जाने..."

"खुद तुम्हीं अब कौन से जवान बकरे रह गए हो?" जब तक रामकली बात के अप्रासंगिक या कि कटु हो जाने के बारे में सोच पाती, मज़ाक बसंतलाल के चेहरे पर मच्छर की तरह भिनभिनाता बैठ चुका था। रामकली के मन में कहीं भी नहीं था कि बसंतलाल से इस तरह की कोई बात कहनी है, इसलिए और ज़्यादा हतप्रभ हो गई। यह भी अहसास हो गया कि अपनी खिसियासट में जितनी देर वह चुप रह जाएगी, बसंतलाल की खिन्नता ज़्यादा गहरी होगी। गोश्त का टुकड़ा उस के हाथ से लेते हुए, रामकली ने अपनी आंखों को गहरी आत्मीयता में कर लिया और भरपूर शरारत की मुद्रा में बोली, "मेरी गैरहाजिरी में, शायद है, तुम भूरे की भौजाई को भी इसी तरह सामने बिठा लेते होगे और यों ही गोश्त के टुकड़े बीन-बीन के देते होगे, जैसे बच्चों को टोह-टोह के दी जाती है? कितना पीती थी...?"

रामकली का पूछना जितना आकस्मिक था, उतना ही उसके स्त्रीत्व की कौंध से भरा हुआ—अन्यथा, शायद, बसंतलाल कुछ हड़बड़ा जाता और ठीक से उत्तर न दे पाता। हालांकि रामकली ने अपना पूछना समाप्त करते ही, उस तरह से ठहाका नहीं लगाया था, जैसा वह इस तरह की शरारत में होने पर आदतन करती है, लेकिन फिर भी बसंतलाल को सारे कमरे में रामकली के हंसने की गंध अनुभव हुई और कुछ क्षणों तक वह मुग्धभाव से रामकली को देखता रहा।

बसंतलाल के एकटक घूरने से बचने की कोशिश में दिखने के लिए अपना सिर थोड़ा-सा झुका लिया और गिलास को अपनी अंगुलियों में घुमाने लगी, तो उसके शीशे में बसंतलाल के साथ इसी कमरे में बिताया हुआ सारा समय स्मृति में उभरता चला गया।

रामकली कुछ क्षणों को अपने-आपको एकांत में आईने पर प्रतिबिंबित देखने की सी तन्मयता में डूबी ही रह गई। इसी आत्मविस्मृति में उसने गिलास घुमाते में बाहर हाथों पर छलक आई शराब की गंध को अनुभव किया और अपनी आवाज़ को गंभीर तथा विश्वसनीय बनाती हुई बोली, "सुनो, कभी हम मज़ाक में गलत-सलत बात कह भी जावें, तो बुरा न मानना। औरत का पूछना तो गिरस्थी में रहती हुई का भी किसी मतलब का होता नहीं, हम तो खुद अपने हाथों का हक हथेली पर के आटे की तरह झाड़ गई थीं। यों ही मज़ाक में पूछ लिया था। आती-जाती रहती थी, भूरे की भौजाई, तो बच्चों की देखभाल भी कुछ करती थी—या, बस अकेले तुमको ही बनाने के काम पर बस थी?"

इस बार रामकली ने खुलकर ठहाका लगाया और जब तक में बसंतलाल अपनी खिसियाहट में ही डूबता-उतराता रहा, रामकली इतमीनान से गोश्त खाती रही और फिर धीमे से एक घूंट भरकर

बोली, "तुम अपना गिलास खाली क्यों रखे हो, बसंता? हम और नहीं लेंगे।"

थोड़ी देर चुपचाप पीते और गोश्त तथा सलाद के टुकड़े टूंगते हुए, बसंतलाल सोचता ही रहा। अंत में सफाई देता हुआ सा बोला, "सच बात तो यह है, रामकली—कोढ़ी ही कोढ़ी के नज़दीक आता है। भूरे के भैया को मरे भी तो कितने बरस हो। गए? तुझे भी कुछ याददाश्त तो होगी, क्योंकि शायद है, उसी साल हमारा रतना हुआ था?"

"यानी बरसों की एक रांड वह और दूसरे रहती जोरू के रंडुवे तुम?"

"अब जो तुम कहो..."

"मुझे कुछ कहना-सुनना नहीं। गिरस्थी करनी हो, तो बीते में से इंसान को उतना ही उठाना चाहिए, जितने से बू न आती हो।"

रामकली कह चुकी, तो इस बात का ध्यान आया कि ऐसा कहकर तो वह अपने ही पक्ष में बचत निकाल रही है।

धीमे से बोली, "हमें तो दुर से ही दिखी थी कल भी, मगर मर-गिल्ली लगने लगी अब तो। बदनसीबी औरत को ज़्यादा खाती है।"

रामकली के स्वर में जो संवेदना थी, वह दिखावटी कतई नहीं लगती थी। बसंतलाल ने आंखें उठाकर, रामकली की ओर देखा। उसके चेहरे पर एक तरह का आलोक दीख रहा था। रामकली अपने जिस तरह के तारुण्य में अब हो आई है, बसंतलाल के लिए अप्रत्याशित ही घटित हुआ है। जिस साल उसने रामकली को अपनी घरवाली करके जाना था—उस दुबली-पतली, सपाट-सी लगती लड़की में यह आज वाली रामकली कहां थी।

"एकाध दिन तो बैठी ही होगी यहां, लेकिन अक्सर ना तो

उसने मांगी और ना ही मैंने उसे खुद पिलाई। पीने पर वह तुम्हारी तरह खिलती नहीं रामकली, और ज़्यादा मरी-सी हो जाती है। उसके भीतर की नाउम्मीदी बाहर आती है और सूरत डरावनी-सी। कभी-कभी तो हमें अपने पर झल्ल उठती थी कि यार, इस बदनसीबी में रामकली को कहां ढूंढ़ता है तू। हकीकत तो, खैर, ना तुमसे छिपी है और ना आखिर-आखिर मैं खुद तुमसे छिपाता, मगर, कसम जो तुम कहो, सो है—याद हमें औरत के नाम पर सिर्फ तेरा ही चेहरा रहा। अब तो नसीबों वालों के घरों की बहुओं-सी निकल आई है, रामकली, मगर तू यों जान कि मेरा देखता तो तब से आज तक का है, जब तेरे औरत होने की पहचान सिर्फ धोती पेटीकोट और सिर के लम्बे बालों से ही ज़्यादा की जा सकती थी। तू सोचती होगी, बसंता आज फिर कुछ तरंग में हो आया है, मगर कभी खुद पूछ देखना फूलो ताई से कि तेरे जाने के बाद भी तुझे तोहमत देने से अपने-आपको बचाता आया हूं और यही कहा कि, 'ताई, सच पूछो तो, रामो हमारे हक की नहीं।' तू विश्वास जान..."

"जानती हूं, बसंता! जताने की ज़रूरत नहीं ना। फूलो ताई आज दुपहर को आई थी। बातों में ऊंच-नीच का ध्यान इस तरह की बूढ़ी औरतों को कम ही रह जाता है—फिर भी, हमने तो जलेबी भी दी, गोश्त भी खिला दिया। चलो कुछ भी हैं, सयानी हैं। कुछ ये भी मन में हुआ कि रामकली, दो साल बाद भी क्या वही लौटी है तू? क्या कहते हैं कि जिसे गारा ढोना हो, वो अपना चांदना सही रखे। बर्दाश्त करने से ही गिरस्थी चलती है, ये हकीकत अब आके खुली है, तो कानों का सुना, आंखों का देखा पचा के ही चलना पड़ेगा। नहीं तो, कहने को तो हम भी कह ही सकते थे कि 'ताई, तुम कौन सती-सरोसती हो। जगना पंडित का नाम हम भी बहुत सुनते आए हैं।...मगर फिर जी यही कर लिया

कि रामकली, बच्चों के छूके, बड़ों के टोके को बचाकर निकल जाना ठीक। सच पूछो, बसंता, तो मन का खेल बड़ा बिचित्तर होता है। ज्यों-ज्यों हम सयानी होती गईं, मन में तुम्हारा उम्रदार होना कांटा लगे पांव का चलना होता गया। कुछ उलटी-सीधी तो कहां की जनानियां नहीं कहतीं, मगर खद हमारे जी में भी ये गुरूर तीर की तरह बैठता ही गया कि 'रामकली, गले पड़े दोनों की निबाहन हो गई है।'...यों ये भी हकीकत है, बसंता, कि जब तक में हमने अपने औरत होने का शऊर संभाला, तुम हमको एक बच्चे की महतारी बना चुके थे।"

अपना वाक्य समाप्त करके, रामकली ने आत्मीयतापूर्वक मुस्कराने की कोशिश की, तो लगा, जैसे काफी बड़ा अंतराल पार करके समीप आ पहुंची है। इतने सधे और अनवरत ढंग से बोल जाने की प्रतीति पहले से भीतर थी नहीं। अब कहीं जाकर, अपना गिलास खाली करके ज़मीन पर रखने लगी रामकली, तो सिर्फ हाथ में ही नहीं, समूचे अस्तित्व में मद्धिम-सी कंपकंपी अनुभव हुई। बड़े जतन से रामकली ने अपने होंठों को पोंछा। इस तरह के धीमे और ऊष्मा-भरे सुरूर का हो आना उसे सुखद लगा और बसंतलाल के उसके गिलास में थोड़ी-सी शराब ढाल देने के वक्त को रामकली ने चुपचाप बीत जाने दिया। जैसे हवा मौजूद रहती है, यह सतर्कता इस वक्त भी उसके भीतर अंधेरे में उड़ती चिड़िया की सी अदृश्यता में मौजूद थी कि बात बसंतलाल के दिमाग में आज ही डाल देनी है। पास-पड़ोस की औरतों से इस बारे में तभी बोलना ठीक रहेगा, जब वो खुद पूछने लगेंगी।

इस समस्या का ध्यान आते ही, रामकली का अपना चेहरा थोड़ा नीचे उतर आया-सा महसूस हुआ और उसने गिलास को किंचित् त्वरा में ऊपर उठा लिया और एक अपेक्षाकृत लंबा घूंट भर गई।

14

बसंतलाल, इस वक्त, तालाब में उतरी हुई भैंस की सी निर्द्वंद्वता और तृप्ति में दीख रहा था। रात के सन्नाटे के कुछ ज़्यादा गहरा हो जाने के साथ ही, छोटे से, कम ऊंचाई वाले उनके कमरे में लैंप की रोशनी अपेक्षाकृत ज़्यादा चटख हो आई लगती थी।

रामकली गौर से देखती रही। दाढ़ी दोपहर बाद ही बनाई होगी बसंतलाल ने और चेहरे पर की त्वचा ज़्यादा उजागर भी दीख रही थी, लेकिन कुछ इस तरह कि बसंतलाल की उम्र इस वक्त सारे कपड़े उतारकर नहाने बैठ गई औरत की तरह बेपर्दा हो आई लगती थी। इससे तो बढ़ी हुई दाढ़ी में कल रात कम उम्र लगता था बसंतलाल। नाक का किंचित् भोंथरा सिरा गौर से देखने पर अपेक्षाकृत ज़्यादा भद्दा महसूस होने लगता है। भूरे की भाभी में जिस तरह की नाउम्मीदी की बात अभी-अभी वह कह रहा था, वैसा कुछ कम से कम इस समय—बसंतलाल में तो नहीं, लेकिन एक बीत चुके होने का सा खालीपन अक्सर आंखों में ही नहीं, चेहरे पर की त्वचा पर उतर आता है। खास तौर पर तब, जब बसंतलाल चुप साधे रहता है। बोलते में तो—जब कभी भी वह अपने भीतर से बोलता है—निरंतर अपनी छाया में बिठाता हुआ सा लगता है और सिर्फ उम्र में ही नहीं, सदाशयता में भी बड़ा अनुभव होने लगता है।...लेकिन जब चुप हो जाता है, तो उम्र बसंतलाल के चेहरे पर दरवाज़े के बाहर आकर बैठ गई बुढ़िया की तरह साफ-साफ झलकने लगती है।

"अपने ठीक से खाने-पीने की चिंता कभी तुमने की नहीं बसंता! अच्छा किया, रिक्शा खींचना छूट गया। ऐसी तो कोई ज़्यादा तुम्हारी उम्र भी नहीं। आदमी खाता-पीता और बेफिक्रा हो, तो साठ का भी पानीदार दिखता है। तुमको तो पचास भी ना हुए होंगे।"

"तुम्हारी-मेरी उमिर में यही कोई उन्नीस-बीस सालों की घटी-बढी होगी, रामकली! अमीरों में उम्र छिप जाती है, गरीब की तो जोरू उम्र में थोड़ा-सा ज़्यादा हो, तो अपने खाबिंदों की महतारी दिखाई देने लगती है। मर्द उम्र में बड़ा हो, तो चाचा-ताऊ का सा चेहरा निकल आता है। उम्र और हैसियत का देखना तो इसी हकीकत पर ले जाएगा, रामकली, हम तेरी औकात के नहीं। मगर उसूल और दयानतदारी को, अंदरूनी मुहब्बत को भी कोई दर्जा हासिल हो तो तेरा यह बसंता भी गुनेगार नहीं। यों समझ कि जिस्म का तेरे गुनेगार हो सकता हूं, मगर बात यों भी है कि जज़बातों का हरामपना हमारी नीयत में नहीं। अब तू यों जान कि जान-पहचान वालों ने तो लाख उलटी-सीधी बातें भी ज़रूर कही होंगी, मगर हमने यों करके सुने का नासुना कर दिया कि जोरू ना हुई होती, बेटी के हक में आई होती, तो सारी दुनिया में जगह ना बचे ससुरी, बाप के दिल में की जगह कौन छीन सकता है। सुबह अचानक तू वापस आई है, तो यों यकीन कर रामकली कि दिल एक तरह से बाप का सा भी हो आया कि बसंता रे, तेरी दुआओं का सिला मिल गया।...होने को तो जब तू छाती से आ लगी है, तो अपनी उम्र और बदसूरती का खयाल भी जाता रहा और अगरचे तू इसे बेशरमी ना समझे, तो जैसे तू आज मेरी औरत हुई है, दो बच्चे पैदा करके ना हुई थी।"

बसंतलाल की आंखों में एक गहरी आर्द्रता छा गई थी और बुझते हुए से चेहरे में जिजीविषा की अंतहीन लगती हुई सी कौंध।

रामकली ने दिखाने-भर को, सिर का कपड़ा थोड़ा नीचे कर लिया। कहीं बिलकुल तल में से यह कल्पना उभरी कि काश, उसकी गृहस्थी में उम्र और स्वास्थ्य का इतना बड़ा फासला नहीं हुआ होता! अनुभवी और उदार होने की प्रतीति ने बसंतलाल की आत्मा के

सौंदर्य को उजागर करना शुरू कर दिया है, लेकिन उम्र में सिर्फ छाया दे सकने वाले पेड़ की सी गरिमा बाकी रह गई है।

रामकली ने मूली का एक टुकड़ा मुंह में भर लिया और बोली, "कुदरत भी कुछ कम खेल नहीं खेलती, बसंता! इंसानियत देखने को उसने हमें तुम्हारे जिम्मे किया, हविश दिखाने को ठोकरें दिखलाईं। दोष तो ज़रूर देते होंगे देने वाले—हम खुद भी देती ही हैं—मगर ये भी हकीकत है कि उम्र और अक्ल में भेंट होते बड़ा वक्त लगता है। जब तक में हम अपने जोश में रही हैं, यही फितूर सिर पर सवार रहा कि रामकली, तू ब्याही नहीं गई, कब्ज़े में की गई है। तेरी लावारिसी का फायदा उठाया गया है। बेवक्त की मौत तेरे बाप को ना आई होती, तो तेरे जज़बातों को सुनवाई भी ज़रूर होती। जानने-सुनने वालियां और आग को आंचरा दें, तो यही मलाल सिरहाने रखके सोया करूं कि अब तो जब सोना है, अपनी यतीमी की कीमत चुका के सोना है।...ये होश बहुत बाद में आना शुरू हुआ कि रामकली, बच्चों वाली औरत को सिर्फ जोरू ही नहीं होना होता, महतारी भी होना होता है।...तुम क्या ये सोचते थे कि रामकली, जो जानवरों से भी बदतर जी बनाने के लिए निकल गई, तो बच्चों का खयाल कभी आया ही नहीं? दो बरस लगातार किसी चीज़ को गुनाह की तरह ठेलती रही हूं, अपने भीतर से बाहर, तो बस, इन्हीं नामुरादों का खयाल है, बसंता! वो तो जिद और हविश की मार, ऊपर से तुम्हारा पिंजरे का दरवाज़ा खोलके बैठ जाना कि, 'रामकली, तुझे जाना ही है, तो मैं रोकने वाला कौन?...भले आदमी, तब तुम कौन थे, जब तुमने ठीक से सोलवां भी पूरा न होने दिया? कौन जानता है कि तुम सख्त पड़ गए होते तो शायद है, हम दब गए होते। हां, लड़ती-झगड़ती ज़रूर—कचहरी-मुकद्दमा करने जाने की ताब तो थी नहीं।'

बसंतलाल ने अपनी किंचित् सुर्ख हो आई आंखों को कोशिश करके सामने सीध में किया और हाथ बढ़ाकर, रामकली के घुटने पर रखता हुआ बोला, 'सुन, रामकली! कुछ दिनों हम कारपेंट्री के काम में भी रहे। दारागंज के मौलाना कादिर हुसैन का कहा हुआ इतना हमें आज भी याद है कि 'आदमी खुदा से झूठ बोल जाए, जोरू से न बोले। खुदा और इंसान के बीच ज़मीन-आसमान का फासला रहता है, मगर मर्द-औरत में तो सिर्फ जिस्म की बनावट का रह गया हो फासला, तभी समझो कि हक के जोरू-मर्द हुए।' उन दिनों हमारे जी में एक बेवा से शादी करने की बात चढ़ी हुई थी।...खैर, छोड़ो, उस लंबे किस्से को। तुमसे अपनी हकीकत यह कहनी है मुझे कि लंबे मुफलिसी का मारा हुआ आदमी था मैं, लेकिन ये तय है कि बेईमानी और हरमज़दगी से वास्ता कभी न रखा हमने। लावारिसी की मार को हमेशा पीठ पर डाले रखा और जो रोटी खाई, मेहनत की खाई—हक की समझ के, तब खाई। जब हम किसना के नज़दीक आए हैं, खोट से नहीं। जहां तक है, यों समझो कि किसना ने खुद कहा है, तो कहीं ध्यान में आया है कि वे सयानी होती हुई बेटी का बाप हैं।...बाद में ये ज़रूर है कि ज्यों-ज्यों तुम उमिर में आती गई हो, कोढ़ी का जर होती गईं।... और ये आज भी कहेंगे कि मेल के हम नहीं थे तेरे।...ना यों हातिमताई का सा दिल था कि जैसे किसना ने तुम्हें हमारे हवाले किया था—हम तुम्हें किसी और के हवाले कर देते कि अमानत में खयानत ठीक नहीं।...सो हमसे नहीं हुआ, लेकिन अपनी उम्र का और तुम्हारी बेरुखी का मलाल नहीं रहा, ऐसी बात नहीं।... इसीलिए जब तुम अपनी जिद पर आ गई दिखाई दीं, तो यों जी कर लिया कि 'जाने दे, बसंतलाल, पिंजरे की मैना को जोरू बनाकर किसने रखा? बच्चे थे, मान लिया कि ये तेरी रजामंदी के नहीं थे, बेबसी के थे, तो अब महतारी भी खुद को ही बनना है।...

और पूछ देखना इनसे भी, देखने-सुनने वालों से भी, कि तेरे जाने का सदमा बसंतलाल पर चाहे जितना गिरा हो, इन बच्चों पर नहीं ही गिरने दिया।"

बसंतलाल का स्वर क्रमशः ताप-भरा होता चला गया था। रामकली को खिन्नता की अनुभूति हुई तो सही, लेकिन इतना उसने अपने भीतर से मान लिया कि बसंत लाल को इससे कहीं ज़्यादा कठोर बातें कह जाने का भी पूरा-पूरा अधिकार है।

बसंतलाल को जब तक में यह ध्यान आए कि कहीं रामकली नाराज़ तो नहीं हो रही होगी, रामकली ने धीमे से अपना बायां हाथ अपने घुटने पर रखे बसंता के हाथ पर रख दिया और धीमे से बोली, "लो, इसे भी तुम ले लो।"

बसंतलाल ने रामकली के दायें हाथ में थमे गिलास को कुछ क्षणों तक तो अपनी अंगुलियों से ढांपे रखा और फिर लेकर, एक सांस में गटक गया। गले में खराश-सी आ गई थी, लेकिन रामकली की ठोड़ी पर हाथ लगाकर, बसंतलाल इतना कह गया कि "रामकली, तू मेरी जोरू नहीं, भगवती है।"

रामकली को जाने क्यों अचानक ही हरगुन पंडित की सुनाई संतोषी माता की कहानी याद आ गई। हरगुन पंडित के बारे में जानने की जिज्ञासा गहरी होती चली गई है, ऐसा उसने अनुभव किया, लेकिन बिना प्रसंग निकाले अचानक पूछ बैठना उसे संगत नहीं लगा।

अचानक ही रामकली बोली, "चलो, अब बहुत हरगुन पंडित की तरह देवी मैया से भगत ना बनो। सुबह-सुबह पहुंची हूं, तो सुस्ताने भी न दिया। तुम्हारी इस वक्त की शक्ल देखके कौन कहेगा, तुम कितने जांगड़ हो।"

बसंतलाल बच्चों की तरह कंधे से आ लगा था। उसके चेहरे पर एक तरह की निरीहता उभर आई थी, जो उसकी उम्र और चेहरे के रंग तथा बनावट के अनुपात में असंगत लग रही थी,

शराब की ऊष्मा में होने के बावजूद। रामकली को स्मरण है, कल ऐसा नहीं था। कल बसंतलाल लगातार इस कोशिश में दिखता था, जैसे वह निरंतर रामकली को अपने भीतर जीवित रखे होने और छोटे-छोटे बच्चों को लगभग रामकली की ओर से सौंपी गई ज़िम्मेदारी की तरह निबाहता रहा हो और अपने इस तरह के पुरुषार्थ में कुछ ज़्यादा ही बेहतर हो चुका हो। दाढ़ी बढ़ी हुई होने के बावजूद, वह ज़्यादा जीवंत लगता था, जैसे अस्तित्व का संकट पड़ने पर कोई आदमी अपनी संपूर्ण जिजीविषा से जूझ पड़े। कल रामकली से मुलाकात और उसकी विदाई के बीच के सारे समय को बसंतलाल कुछ ऐसे ही व्यतीत कर रहा था, जैसे कोई दुर्लभ संयोग हो। जैसे लगातार सावधान रहना चाहता हो कि कहीं कोई चूक रह न जाए।

इस वक्त बसंतलाल एक तरह के गहरे इतमीनान और मुक्ति में था—दौड़-दौड़कर अपने शरण में लौट आने की सुरक्षा के अभ्यास से भरे हुए जानबर की तरह। उसने अपना सिर धीमे से खिसकाकर, ठीक छाती पर रख लिया, तो रामकली एक गहरी करुणा में डूबकर रह गई। अपने-आपमें मूर्ति की तरह स्थित रहती हुई, किंचित् उलाहने के से अंदाज में बोली, "आ गई हूं, तो ज़्यादा मदानगी और खर्चनशीनी दिखाने के चक्कर में ही ना पड़े रहना। अब तो हर तरह से सिर्फ गिरस्थी को मज़बूत करने की कोशिश तुम भी करो, बसंता, हम भी करें। बच्चों के मामले में भी इन्हीं दो पर बस तौबा रखनी चाहिए...समझे? हम तो सुबह भी लापरवाह ही रह गईं।"

अपना वाक्य पूरा करते-करते, रामकली ने बसंतलाल का सिर धीमे से अपनी छाती पर से हटा दिया और आत्मीयता से झिड़कती बोली, "चलो, अब रोटी खा लें।"

इतना आसानी से और सीधे ढंग से—इस प्रसंग को उठा ले जाएगी, खुद रामकली को विश्वास नहीं था। हलका-सा नशा उसे

हो आया था और ऐसे में अपने व्यवहार और बोलने की निष्णातता का अहसास उसे ज़्यादा सुखद लगा।...लेकिन इस सुखदाता में वह ज़्यादा रह नहीं पाई। उसके मांसल वक्ष पर से सिर हटा लेने में बसंतलाल ने क्यों नहीं जरा-सा भी प्रतिवाद किया, इसका अहसास रामकली को तब हुआ, जब उसने देखा कि बसंतलाल के चेहरे पर गहरे चौकन्नेपन और विस्मय की छाया है।

कुछ क्षण अपने चुप्पेपन में ही ठहरे रह जाने के बाद, बसंतलाल ने धीमे स्वर में कहा, "हम दो-चार महीना पहले ही नस-बंदी करवा चुके, रामकली?"

अब कहीं जाकर रामकली को इस बात की प्रतीति हुई कि बसंतलाल को अक्सर फीकी-फीकी-सी दिखने वाली आंखों में इस वक्त सिर्फ दारू की ही ऊष्मा प्रतिबिंबित नहीं हो रही है, अनुभवों का पुख्तापन भी कौंध रहा है। उसने महसूस किया कि इस वक्त बसंतलाल की आंखों के आगे वह पारदर्शी हो आई है। एक क्षण में उसने अनुभव किया कि बसंतलाल की बात से अपने हतप्रभ और विचलित हो जाने की स्थिति को वह छिपा नहीं पाई है।

बसंतलाल ऐसे बोलने लगा, जैसे नशे की स्थिति में एकालाप कर रहा हो, "एक दिन फूलो ताई कह रही थी यों कि 'रामो बहू को अगर गैर मर्दों से बच्चे ना हो लिए, तो शायद है, वापस लौट भी आवे।' कहती थी कि पानी और औरत की बाढ़ को उतरते कोई बहुत ज़्यादा लंबा वक्त लगता नहीं।...अब मान लो कि तुझे कमला पहलवान या कि यों मान ले, अमोलकचंद ठेकेदार साले से ही कोई बच्चा हो गया होता, और बाद इसके तू वापस आई होती, रामकली, अरे भई, तो क्या बसंतलाल यों दरवाज़े फेर के बैठ जाता कि जा तेरा-मेरा जोरूखसम का नाता खत्म हो चुका? अब तू यों जान, रामकली, कि उम्र में ससुरी तुझसे बड़ा हूं तो ज़िंदगी

भी बड़ी देखी है। ज़िंदगी जब सही तरीके से इंसान पर पड़ जाती है ना, तो सारी तुनक-मिज़ाजी खींच लेती है। बच्चे कभी बीमार हुए हैं और रात-रात जागरण करता था, तो यों हूक उठती थी कि कहीं किसी दिन तू खुद ही लंबा पड़ गया, तो इन मासूमों को देखने वाला कौन है?...हां, भई, वह ऊपर वाला तो है और हर हालत में है, हर दुखियारे का है।...मगर इंसान के जी में और फकीरों के जी में बड़ा फर्क होता है।...तू यों ना सोच लेना कि हम देसा की रो में बोल रहे हैं और बच्चे की तीमारदारी ठीक से ना की होगी... मगर बच्चों का गू-मूत, भैया, बाप ससुरा भी चाहे लाख पोंछ ले, यों कि महतारी की मुलायमियत से तो नहीं पोंछ सकता ना? अब तू ही बता कि क्यों मैं ये गलत कह रहा हूं कि भूरे की भौजाई से हम उम्मीद ही क्यों करते। जो खून गिरती है, आंसू भी खरे उसीकी आंखों से गिरते हैं। अरे, भई, तुझे सपने में बीमार देखे का जितना दर्द हो जाएगा, भूरे की भौजाई को तो हम लोगों की सचमुच की बीमारी का नहीं हो सकता।...हां तो मैं क्या कह रहा था? यों कि इंसान की गर बर्दाश्त खतम हो चुकी हो, तो समझ लो कि इंसानियत भी न बची।...और इंसान की जिंदगी सिर्फ चमड़े की आंखों के देखने से ही नहीं ना कटती, भैया? ज़रा अक्ल की आंखों से देखते चलना होता है—क्यों, क्या कुछ गलत कह जा रहा हूं मैं नशे में?"

रामकली को लगा, सिर्फ बसंतलाल ही नहीं, आस-पास का सारी वातावरण भी प्रश्नचिह्न बन गया है। अपने विषाद को संभाल और सह ले जाने के लिए वह अपने भीतर शक्ति जुटाने की कोशिश करती रही थी इस बीच, लेकिन अंततः सिर्फ यही अनुभव किया कि अब, इस वक्त, एक संपूर्ण परास्तता में पड़े रह जाने के अलावा और कोई मुक्ति संभव है नहीं।

बसंतलाल कुछ क्षण तो अपने ही मौन में डूबा रहा। फिर

उसका स्वर उपदेश अथवा बड़प्पन के बोझ की जगह, सिर्फ गहरी आत्मीयता से भर आया, "तुझसे लंबी जिंदगी हम देखे हैं, रामकली! कहना सिर्फ यों है कि कदाचित् कोई फिक्र की बात है भी, तो गई ससुरी भाड़ में। एक चिंता तुम कभी न करना। जिसको हमने अपनी आत्मा में से ना त्यागा, उसे लोगों के कहने-सुनने से नहीं ना त्यागेंगे। यों भी अपनी अब तक की जिंदगी में से यही तजुर्बा हम हासिल किए हैं, कि क्या कहते हैं, कीड़े के डर से अनार फेंकना अक्लमंदी ना कहाती।"

रामकली को सिर्फ इतना अनुभव हुआ कि कुछ कहने की गुंजाइश नहीं है। बोतल में थोड़ी बची होती, तो शायद, वह थोड़ी और ले लेती।

रामकली थाली में रोटियां और सलाद लगाने को पलटी, तो बसंतलाल ने अनुभव किया कि अपने बड़प्पन का परिचय देने की कोशिशों में उसने वातावरण को काफी बोझिल बना दिया है। अपने अनुमान के सही निकल आने और उसे सह जाने के इतमीनान में, उसे लगा, वह रोशनी के आगे खड़े-खड़े आदमी के साए की तरह लंबा हो आया है।

"तू उस बौड़म बाम्हन को तो जानती थी ना? क्या नाम था उसका—हरगुन पंडित। जाने ससुर कब घर लौटता, कब शादी करता। यहां धपाय लिया एक दिन पुलिस वालों ने कि 'तू गांव का बाम्हन है, तेरे गांव में छै-सात बच्चे ज़रूर होंगे।...' कहीं उधर राजापुर की तरफ हाथ पड़ गया था। भागता-भागता जो पैदल की बस्ती में लौटा है, तो मार कुत्ते की तरह हांफ चढ़ी थी, बोल नहीं पाता था। दूसरे दिन कब, किस वक्त चला गया, किसीको खबर नहीं लगी। अभी पिछले हफ्ते एटा से चिट्ठी आई थी साहू के पास कि अपनी ताई जी के पास में रहने लगा है, गांव में और मज़े में हैं।

आते माघ महीने में शादी कर लेगा। बिना शादी के ही बधिया बन जाने के डर से भाग गया बाम्हन।"

इस बार बसंतलाल ने ठहाका लगाना चाहा था, लेकिन सिर्फ हंसकर रह गया। लगा कि ठ्हाका लगाने जितना प्रसंग बना नहीं। जैसे कोई भूली-बिसरी चीज़ याद आ गई हो, बसंत लाल ने बीड़ी निकालकर सुलगाई और धीरे-धीरे पीने लगा। धुआं उठा, और कमरे में फैला तो लगा, जैसे बसंतलाल की विचलितता को ढांक रहा है।

रामकली को लगा, छिपकली पीठ पर गिरकर, नीचे फर्श पर दौड़ती गायब हो गई है। हरगुन पंडित को लेकर उसकी जिज्ञासा और स्मृतियों का इतना सामान्य अन्त होगा, इस बात का जैसे उसे विश्वास ही न हो पा रहा हो।

रामकली अब चुप थी, जैसे नहा चुकने पर किनारे खड़ी हो।

बसंतलाल सलाद खाते हुए कहता रहा, "अब तो हल्ला थम गया, उन दिनों तो जैसे शहर में बाढ़ का पानी भर गया हो। छोटे-छोटे बच्चों को देखो, तो...बड़े-बूढ़ों को देखो, तो...जनानियों को देखो, तो...गरीब-अमीर, जिसको देखो, मार नसबंदी के अलावा जैसे कोई बात ही ना रह गई हो।...लोगों को तो बात का बतंगड़ बनाने में मज़ा आता है ना। सरकार भलाई की भी सोचेगी, तो पार्टियों वाले मार हो-हल्ला मचा देते हैं। अब देखो, हो सकता है, किसी सिपाही ने मज़ाक किया हो, बाज पुलिस वाले तो बड़े मज़ाकिए होते हैं—वो डरपोक बाम्हन मार भाग खड़ा हुआ और सारी बस्ती में ये झूठी अफवाह फैला दी कि रंडुवा-कुंवारा कुछ नहीं देखा जा रहा। अब हम तो यों कहते हैं कि भैया रे, हाथी पागल हो गया हो, तो रास्ता छोड़ के बच जाओगे—सरकार पागल हो गई, तो भागने की जगह छोड़ के नहीं होगी। हम तो ये जानते हैं कि या तो सरकार जबरियान बरतेगी नहीं और बरतेगी

यारो, तो फिर छोड़ेगी भी नहीं।"

रामकली बोली, 'खाना शुरू करो।"

बसंतलाल समझ गया, हंसी-मज़ाक का प्रसंग निकालने की कोशिश में भटक गया है। रोटी का टुकड़ा तोड़ते हुए बोला, "बच्चा पैदा करने के लिए तो ज़मीन की ज़रूरत नहीं पड़ती. अन्न उगाने को तो पड़ती है ना?"

ठहाका लगाया, तो लगा, अपने-आपको हवा में उछालने की कोशिश कर रहा है। जब तक रामकली न हंसे, तब तक बात बन जाने का इत्मीनान अनुभव किया नहीं जा सकता।

रोटी खाते-खाते, बसंतलाल बताता रहा कि पिछले मार्च के महीने में रिक्शे का नया लाइसेंस बनवाना था, तो भूरे से भी 'सार्टीफिकेट' मांग रहे थे।

"अब तुम्हीं बताओ, भूरे की उम्र क्या होगी? कोई साल-दो साल तुमसे बड़ा होगा। अभी हाल-हाल तक तो तुमसे दबते हुए कद का था, इधर तंदुरुस्ती अच्छी निकल आई है।...तू यों जान कि रिक्शा म्यूनिसपल्टी के दफ्तर में छोड़ के भाग खडा हुआ। हमसे राय साहब भी बहुत कह चुके थे कि 'बसंतलाल, दूसरी शादी तो तुम्हें करनी नहीं ना? बच्चे भी पहले से ही मौजूद हैं और रिक्शा खींचने का काम भी तुम छोड़ने ही जा रहे हो। तुम तो प्रेस के काम से ही अच्छी रकम काट सकते हो। अगले साल बच्चे को भी तुम अच्छे स्कूल में भरती करा लेना चाहते हो। सरकार से अलग हम भी सौ-पचास दे देंगे।' अब जाने उन्हें कौन-सी गरज पड़ी थी, भैया! रईस आदमी है, सोचते होंगे, देश की सेवा हमहूं थोड़ी-बहुत कर लें। आखिर-आखिर तू क्या जान कि हम सिविल हस्पताल खुद गए और भैया नसबंदी करवा लाए, जमाने-भर की तबाही खत्म हुई। बाम्हन तो यों भाग खड़ा हुआ, भूरे तो तब से रिक्शा चला रहा है, हालांकि लाइसेंस तो

खुद हमें ही लाना पड़ा। कई बार पूछे हैं, तो यही बताता है कि किसीने टोक भी लिया, तो 'शादी सुदा नहीं हैं, इसी साल होने वाली है' पर छोड़ देते हैं। अलबत्ता, देहातों में सुनने में आया है कि खदेड़ा लगता है।

रामकली चुप ही रही, तो बसंतलाल बोला, "कहो तेरे ध्यान में भी कोई सयानी लड़की आ जाए, तो देखना। लड़का बड़ा नेक और ईमानदार है। तंगदस्तों में ऐसी साफ नीयत का आदमी मुश्किल से मिलता है। कभी बच्चे बीमार पड़ गए, मेरी ही तबीयत ठीक ना रही—मजाल है कभी पाज़ीपन दिखाया हो। हरप्यारी के बच्चे तो अब सयाने हो ही रहे हैं। मजूर की औलाद है, कुछ न कुछ मजूरी कर ही लेंगे। वो खुद तो हमें अब ज़्यादा वक्त काटती दिखती नहीं। मार अभी से सारे दांत गिरने शुरू हो गए।"

"कुछ दांत, हो सकता है, तुमने ही गिरा दिए हों?" इस बार मज़ाक में थोड़ा-सा सिर ऊपर उठाया तो सही रामकली ने, लेकिन जी खोलकर नहीं हंसी।

बसंतलाल कुछ झेंप गया। रामकली को थोड़ा अपने में लौटते देखकर, उसे संतोष भी हुआ। गोश्त की एक बोटी टोहकर, अपने हाथ से रामकली को खिलाने के बाद बोला, "इस साली शराब में चाहे और कुछ ना हो—गोश्त का मजा बढ़ा देती है। आदमी बात करना चाहे तो ढंग से कर सकता है। अपना दुख-सुख जी खोल के दिखा सकता है। गांठ हो, तो आईने के सामने खोलने की सी तसल्ली रहती है। जल तो एक जात का होता है, जीव उसमें हज़ारों जात के देख लो। लोगों के कहने-सुनने से तो भैया, राजा रामचन्द्रजी को बचत नहीं मिली।...और फिर ज़िंदगी तो 'कुत्ते' तुम भुंकते रहो—हाथी, तू चलता रह' से ही काटी जाती है। डेरा-बस्ती बदलना अब आसान ना रहा। बरसों से कब्ज़े की जगह है, सस्ते में

दिन कट जाते हैं। तुम्हें ज़्यादा दिन तो ना हो गए?"

कब और कैसे, अनायास ही रामकली की आंखें भर आईं, वह स्वयं नहीं समझ पाई। जब तक में वह पोंछती, गालों पर बह आए आंसू बसंतलाल ने जूठे हाथ से ही पोंछ दिए। बोला, "रोने को तू क्या पागल हुई है रे? हम तो, भैया, औरत की और ज़मीन की जात को एक करके जानते आए हैं।...और सुन, ये तो तू इसी वक्त कसम ले ले कि अब जान छोड़ देनी है। तुझे, इस घर मिट्टी को नहीं छोड़ना है। इन मासूम बच्चों को अगर अब तू छोड़े, तुझे खुदा ने भी माफ नहीं करना है।...मेरी जोरू की हैसियत से रहने का सिला जाता रहे, तो इन बच्चों की महतारी की हैसियत से तुझे रहना है। मेरा क्या है, रामकली, कुछ कट गई, कुछ कट जावेगी। बच्चों के साथ-साथ तो तुझे सयाना होना है।"

बसंतलाल की आवाज़ा भारी हो चली थी। वह समझ नहीं पा रहा था कि उसपर शराब का नशा हावी हो रहा है, या अपनी सदाशयता का। उसने अपना घुटना आगे बढ़ाकर, रामकली के घुटने पर रख दिया और चुपचाप, पहले की अपेक्षा तेज़ गति से रोटी खाने में जुट गया।

रामकली ने अपने मुंह का निवाला ठीक से निगला, पानी पिया और अब तक के अपने सारे अवसाद को पलट डालने की सी मुद्रा में बोली, "जहां तक है, हमारे में कोई ऐब अब पाओगे नहीं। पाओगे भी, तो जोरू की जगह पर ही रखके चलना, पहुवाइन के नहीं।...सवाल भीतर से मानने, न मानने का होता है, बसंता! अब हम इस हकीकत को समझ चुकी हैं कि इस घर में अगर हमें बच्चों की अम्मां की हैसियत से रहना है, तो तुम्हारी जोरू की हैसियत से पहले रहना होगा।"

बड़ी देर के बाद रामकली के चेहरे पर चमक दिखाई दी बसंतलाल को! अपनी स्थिति को पूरी तरह से स्वीकार लेने के बाद

की ताज़ागी में रामकली बहुत आत्मीय हो आई थी। बसंतलाल ने जूठे ही हाथ से सहला दिया, तो रामकली ने धीमे से झिड़क लिया, "तुम तो नशे में बच्चों से भी गए-गीते हो आते हो।"

रामकली कुल्ला करके, हाथ-मुंह धोकर लौट आई, तो बसंतलाल ने पायजाने के जेब में से पान निकाले, "तेरी पान खाने की आदत कम हो गई लगती है। कल से सादे लेता आऊंगा। पान-मसाले का डिब्बा रख लेंगे, एक रत्ना की डिब्बा ले लेंगे। तुम तो जर्दा लेती नहीं होगी। गोश्त खाने के बाद तो खास कर पान की तलब लगती है।...हमको तो, रामकली, कुछ नींद-सी आने लगी। सिर भी कुछ भारी मालूम पड़ता है। आंखों में भी कुछ जलन-सी मालूम पड़ने लगी..."

अपने मुंह को जमुहाई लेने की सी मुद्रा में थपथपाते हुए बसंतलाल ने रामकली को अपनी ओर खींच लिया।

"ओ हो, तुमको तो सभी चीज़ों का दौरा-सा पड़ता है।" कहते हुए रामकली चारपाई पर थोड़ा-सा संभलकर बैठती हुई बोली, "तुम आंखें ठंडे पानी से धो क्यों नहीं लेते, बसंता? जलन कम हो जाएगी। अब तो तुम चश्मा भी लगाने लगे।"

"कम्पोज़िंग के काम में दिक़्क़त होती है, रामकली! रिक्शा चलाने का जी ना रहा। प्रेस के काम में आंखों पर जोर पड़ता है। शुक्ला मनीजर की नज़र भी दुखती है। लूकोला की अंग्रेज़ी शीशी साथ रखते हैं। कभी-कभार हम भी डाल लेते हैं। डालो। तो कुछ जलन-सी ज़रूर होती है, मगर बड़ा आराम मिलता है।"

"इतना-इतना फालतू खर्च करते हो, एक शीशी तुम भी ले आए होते!" राम कली बोली, "अच्छा, ठहरो। ठंडे पानी से भिगोकर तौलिया ले आती हूं। आंखें लाल-सी तो हो आई हैं तुम्हारी।"

बसंतलाल ने रोक लिया। शरारती बच्चों की तरह बोला, "दूध आना बंद ना हो गया हो, तो दो-चार बूंदें डाल दे, रामकली! जो ठंडक छाती के दूध से पड़ती है, ससुरी उस अंग्रेजी दवा से भी ना पड़ती।"

रामकली को बिजली की सी चमक के साथ याद आया कि एक बार बसंतलाल को तेज़ बुखार था, तब शायद, सिर्फ इतना ही हुआ था। फूलो ताई के कहने पर, उसने बसंतलाल के तलुवे पर दूध चुवाया और आंखों में। इसके अलावा, बच्चों की आंख आ जाती थी, तो।

"हाय, शरम नाम की चीज़ को तुम शायद, दारू के साथ ही चढा गए, बसंता!" एक बारगी ही रामकली आत्मीयता और औरतपन में डूब गई। जैसे बसंतलाल के कानों में कह रही हो— धीमे से, लेकिन अपनी सम्पूर्ण शरारत के साथ बोल उठी रामकली, "तुम क्या सोचते हो, लगातार वर्षों तक दूध ही देती रहूंगी?"

रामकली की उन्मुक्त खिलखिलाहट को बसंतलाल सिर्फ सुनता ही रह गया।

बड़ी देर तक रामकली की हंसी कमरे में भूल से आ बैठे पक्षी की सी उड़ानें भरती रही और वह छोटा-सा कमरा ऐसा लगता रहा, जैसे आकाश हो गया हो।

हत्यारे

लगभग सारी तैयारियां पूरी हो चुकी थीं। अब सिर्फ भूतपूर्व एम० एल० ए० बाबू संकटमोचनसिंह की प्रतीक्षा शेष रह गई थी।

शहर काफी बड़ा था। हरिजनों की आवादी भी काफी थी। शहर के इस छोर पर, जहां जमुना नदी का विशाल पुल है और अधिकांश घाट हैं, कई हरिजन बस्तियां सिलसिलेवार बसी हुई हैं। हालांकि इस आमसभा का आयोजन नाववालों की बस्ती 'केवटपुरा हरिजन समाज' की ओर से किया गया था, मगर अड़ोस-पड़ोस की अन्य हरिजन-बस्तियों का समर्थन भी बड़े पैमाने पर उनके पक्ष में था। निश्चित ही, इसका अधिकांश श्रेय बाबू संकटमोचनसिंह, भूतपूर्व विधायक, को है।

जैसाकि स्वाभाविक था, आम सभा के संचालन का सारा भार जननेता साथी रामचरन केवट के कंधों पर ही था और उसका उत्साह देखते ही बनता था। केवटपुरा के ज्ञात-अज्ञात सारे इतिहास में हाई स्कूल की वैतरणी के पार पहुंचने में पहली-पहली बार उसीके लड़के शिवचरण ने सफलता प्राप्त की थी और इस वक्त वह मंच पर बैठा 'केवटपुरा हरिजन समाज' की ओर से प्रादेशिक सरकार के मंत्रियों के पास भेजे जाने वाले प्रस्ताव को अपने हाथों में लिए

बैठा था। 'माइक' की जांच करने के बहाने, थोड़ी-थोड़ी देर बाद वह 'हैलो, हैलो, सब ठीक है' कहता रहता था और उसकी आंखें चारों ओर उपस्थित जन समुदाय में प्रतिक्रिया खोजती हुई, घूमती थीं।

यों मंच पर केवटपुरा तथा पड़ोसी हरिजन बस्तियों के कुछ अन्य जाने-माने नेता भी थे और उन सभी के चेहरों पर नेतागीरी करते हुए तैरने वाली गरिमा की चमक साफ-साफ दीख जाती थी।

आम सभा का समय दोपहर बाद तीन बजे का घोषिता किया गया था, मगर जिस वक्त शिवचरण ने अपनी कलाई पलटी, लगभग पौने चार बजने को थे। प्रस्ताव को बार-बार पढ़ने की कोशिशों में बिखर आए अपने बालों पर कंघी करते हुए, काफी गंभीर मुद्रा में उसने कहा, "जनरल मीटिंग का वक्त आउट आफ मेनीफेस्टो एण्ड मेमोरैण्डम होता जा रहा है। कहीं पब्लिक घरों को वापस लौटना शुरू ना कर दे! आप बुज़ुर्ग लोग बुरा न मानें, तो अपनी जाति-बिरादरी के लोगों के इस पिछड़ेपन पर थोड़ी-सी रोशनी डालने की कोशिश करूं? दरअसल पौलीटिकल कैरियर में सेन्स अफ ह्यू मेनिट की खासियत बहुत बड़ी होती है।"

उसकी परिमार्जित और किताबी किस्म की भाषा का सभी पर प्रभाव पड़ा और उनकी प्रशंसा से भरी हुई आंखें उसके पिता साथी रामचरण केवट की ओर घूम गईं। चौधरी हरफूलचंद ने तो दो-चार वाक्य बोल भी दिए, जिनका निचोड़ था कि यह लड़का जाति-बिरादरी की गुदड़ी का हीरा है।

अपनी प्रशंसाओं से अत्यंत उत्कंठित होकर, वह माइक की ओर सरकने ही लगा था कि मंच के चारों ओर से 'एम० एल० ए० साहब आ रहे हैं' का शोर लावे की तरह उबलता हुआ आकर, सारे

मंच पर फैल गया। चौधरी हरफूलचंद तेजी से माइक की ओर बढ़ और जोरों से जयकार किया, 'बाबू साहेब संकटमोचनसिंह जी की ई-ई...'

'ज्जै-ज्जै' का जयकार सारे वातावरण में आर-पार तक दौड़ गया, जैसे तेज अंधड़ में जमुना की लहरें आर पार जाती हैं। जब तक बाबू संकटमोचन सिंह मंच पर ठीक से आसीन नहीं हो गए, उस सारी उपस्थिति में चारों ओर बुलबुले उठते रहे।

शिवचरण माइक पर आया और अपनी कलफ लगी टोपी को ठीक करते हुए, उसने 'हरिजन समाज केवटपुरा जिन्दाबाद, के उद्घोष के साथ, कार्यक्रम सामने रखना शुरू किया, 'सज्जनो तथा देवियो, सबसे पहले, जैसाकि 'शिड्यूल्ड' है, साथी सीताराम बाल्मीकि एण्ड पार्टी की वह शानदार और क्रान्तिकारी कव्वाली होगी, जिसे उन्होंने खास तौर पर आज की इस हमारी जनरल मीटिंग के लिए तैयार किया है। इसके बाद, ताऊ श्री हरफूलचंदजी चौधरी हमारे आज के शानदार मेहमान भूतपूर्व ऐमेले ठाकुर संकटमोचनसिंह जी का अभिनंदन करेंगे। उसके बाद आज की मुख्य कार्यवाही के रूप में मैं जनरल मीटिंग में पास किए जाने को तैयार किए गए प्रस्ताव को खुद पढ़ूंगा। जैसाकि आप लोग जानते ही होंगे कि हमारे बाबूजी ने भैंरोजी वाली गली की नुक्कड़ पर जो तिमंज़िला बिल्डिंग खड़ी कर ली है। और आप लोगों की सहूलियतों के लिए जिसमें हमारी देशी शराब की दुकान चौबारे वाली गली से उठाकर लाई जा रही है..."

पीछे से चौधरी हरफूलचंद ने खंखारना शुरू किया, तो शिवचरण कुछ गड़बड़ा गया। भाषण का 'मूड' एकाएक उखाड़ दिए जाने से उसे गुस्सा आ गया और वह माइक पर से पीछे हटता हुआ, अपने पिता के करीब अकर बैठ गया, "ये ताऊ ससुर आधे निगले हुए को अंगुली से बाहिर निकलते हैंगे।"

उसके पिता का कहा हुआ हारमोनियम और ढोलकी की आवाजों में खो गया। काफी इतमीनान और गरिमा के साथ 'सीताराम बाल्मीकि एण्ड पार्टी' की कव्वाली शुरू हुई, जिसके प्रारंभिक बोल थे:

दुनिया की हवा हम भी पहचान गए हैं।

अपना है कौन, गैर कौन, जान गए हैं। दुनिया की हवा...

कव्वाली के खत्म होने-होने तक उपस्थित भीड़ में से भी 'जान गए हैं, पैचान गए हैं' की सम्मिलित लयकारियां ऊपर उठने लग गई थीं। तभी अपने भारी-भरकम डील-डौल को संभालते हुए, चौधरी हरफूलचंद 'माइक' पर आ खड़े हुए और थोड़ी देर खांसने-खंखारने के बाद, उन्होंने अपनी बुलंद आवाज़ में जयकारा लगाया, 'बोलो भई...माननी नेता बाबू संकटमोचन ठाकुर साईब की-ई-ई...अपने वक्त की आवाज पर अंगड़ाइयां लेते हुए हरिजन समाज की ई-ई-ई...जैसाकि आप सब भाई लोग जानते ही हैं, यह हम लोगों की कितनी बड़ी खुशनशीबी है, जो कि हम जैसे नाचीजों के बीच में हिन्दुस्तान का एक जाना-माना हुआ नेता बिराजमान है। बोलो ठाकुर साहेब की-ई-ई..."

श्रोताओं में से किसी ने इस बार उनके वाक्य को खालिस हिन्दुस्तानी गाली 'मां की...' से पूरा किया, तो हंसी का फव्वारा काफी दूर और ऊंचाई तक फैलता चला गया, जिससे चौधनी हरफूलचंद को फिर काफी जोर से खंखारना पड़ा, "तो मैं कह रहा था कि आज मैं पहली बार भाषण बखानने को खड़ा नहीं हुआ हूं। आप लोगों को इस बात का पता होना चाहिए कि रैगड़पुरा और मोहल्ला चमरियान की जनरल मीटिंगों में दिए गए मेरे ब्यान अखबारों और असेम्बली तक में हड़कंप मचा चुके हैं। मौजूद ठाकुर संकटमोचन साहेब मेरी इस खुदमुख्तारी

की गुस्ताखी को माफ करेंगे। मैं फिर उनकी तारीफ में आऊंगा, ये बताने के बाद कि आज की इस जनरल मीटिंग में हम सब हरिजन भाइयों के इकट्ठे होने का आखिरी मकसद क्या है।... मकसद जो है, सो आप लोगों से पहले ही अच्छी तरह से जानते हैं कि हमारे इस शानदार शहर के नाशुक्रा और नादिरशाही अफसर सूरजचंद भट्ट ने अपनी जिस नवाबशाही की तहत आम लोगों के सरताज साथी रामचरण केवटजी की भैरों वाली गली में तैयारशुदा शानदार तिमंजला हवेली को गिरा दिए जाने की धमकी इस तरह से दी है, गोया कि हमारे हरिजन मर्दों के हाथों में कांच की चूड़ियों के अलावा और कुछ उठा सकने का हौसला नहीं रहा..."

तालियों का शोर इतना बढ़ चुका था कि चौधरी हरफूलचंद को थोड़ा ठहर जाना पड़ा। इतने में पीछे से, धीमे से ठाकुर संकटमोचनसिंहजी बोले, "चौधरी साहब, थोड़ा संक्षिप्त करें। आज दिल्ली से हमारी पार्टी के महामंत्रीजी भी आने वाले हैं। और उनकी कल की मीटिंग की तैयारी में हमको भी हाथ बंटाना है। मैं भी, बस, दस-पांच मिनट बोलकर विदा ले लूंगा।"

"बस, अभी एक मिनिट में खतम करता हूं, अपने इस संक्षिप्त वाक्य को भी उतनी ही जोर से 'माइक' पर बोलते हुए, चौधरी हरफूलचंद ने अपना भाषण जारी रखा, "तो मैं आप लोगों से क्या कह रहा था? तो मैं यही कह रहा था कि हम हरिजन भाइयों पर जोर-जुल्मों की हुकूमत चलाने के वे नादिरशाही जमाने गुजर चुके, जो हमारे बाप-दादों की पीठों पर अपने जालिम निशान छोड़ गए हैं।...अब वक्त आ गया है कि हम हरिजन दुनिया में अपने नामोनिशान छोड़ जाएंगे..."

'चौधरी हरफूल जिंदाबाद' के नारे इस बार और ज़्यादा जोर से गूंजते गए 'तो ठाकुर संकटमोचन फिर कुछ असुविधा-सी

महसूस करने लगे। 'एक गिलास ठंडा पानी' कहते हुए, उन्होंने मसनद पर पहलू बदला, तो हरफूल चौधरी उनकी ओर पलटते हुए बोले, "बस, अभी खतम करता हूं।...तो सज्जनो, मैं फिर से आपको हमारे माननी नेता ऐमेले ठाकुर साहब की तरफ मुखातिब करता हूं कि यह हम सभी हरिजन भाइयों के लिए कितनी बड़ी खुशनशीबी का दिन है कि जिसके लिए किसी मशहूर शायर ने भी क्या खूब कहा है कि 'वो आते हैं हमारे दर पे, खुदा की कुद्रत है।'...नाम क्या होता है और उसकी तासीर क्या होती है, ये मैं मुख्तसर में बताता हूं। मां-बाप की गलती कहिए सज्जनो कि पंडा-पुरोहित महाराज की, कि एक शख्स के नाम के आगे राहू-केतू की जगह सूरजचंद्र जैसे नक्षत्र लगा दिए।...और अब इधर देखिए कि यथा नाम तथा गुणकारी जो शास्तरों में बताया गया है—हमारे माननी नेता बाबू साहेब ठाकुर संकटमोचनसिंह की-ई-ई-ई...."

उधर श्रोता जयकार करते रहे और इधर चौधरी हरफूलचंद अपनी इस वाक्-चातुरी की दाद खोजती आंखों से ठाकुर साहब को देखते रहे।

"यह हमारे समाज हमारी जाति-बिरादरी और हमारे हिन्दोस्तान जैसे मुल्क की बदनसीबी है कि पिछले इलेक्शन में ठाकुर साहब जैसा जनता के संकटों का रखवाला नेता चुनाव में हार गया। गुस्ताखी माफ हो, तो मेरी इसी जगह, इसी सभा के मंच पर से ये गुजारिश है कि इस बार का इलेक्शन ठाकुर साहेब हमारी कौंसीटैंसी से लड़ जाएं। फिर देखता हूं मजाल जमाने वालों की! अगर होते हुए हम हजारों हरिजन भाइयों की जबरदस्त वोटों के—अगर क्या कहते हैं कि फिर भी ठाकुर साहब की 'बोट' जमुना मैया के पार नहीं उतरी, तो फिर धिक्कार है, चौधरी हरफूलचंद पर..."

इस बार मंच पर सारे लोगों के साथ, ठाकुर संकटमोचनसिंह के चेहरे पर हंसी फैल गई और उन्होंने प्रशंसा-भरी आंखों से चौधरी हरफूलचंद की ओर देखते हुए कहा, "बहुत खूब चौधरी साहब, बहुत खूब!"

'शुक्रिया' की मुद्रा में अपने सिर को काफी नीचे तक झुकाते हुए, चौधरी हरफूलचंद ने फिर भाषण आगे बढ़ाया, "तो मैं कह रहा था, सज्जनो, ठाकुर साहेब संकटमोचन जैसे विश्वविख्यात नेताओं के हाथ जब हम लोगों के सिर पर हैं, इस सूरजचंद्र भट्ट मार्का अफसरों से घबराने का कोई काम नहीं है।...और हमारा नाम नहीं अगर हमारे सही-सलामत रहते साथी रामचरण केवट की शानदार बिल्डिंग म्यूनीसिपैल्टी के भाड़े के टट्टुओं के जरिये नेस्त-नाबूद कर दी जाए!...मैं अब फिर से हमारे हरदिल अजीज नेता ठाकुर संकटमोचनसिंह की ओर मुखातिब होता हूं कि वो अपनी कीमती तकरीर यहां पर दें और जैसा कि अभी आपने फरमाया था कि सिर्फ दस-पांच मिनट का वक्त आपके पास है, मुझे फिर किसी मशहूर शायर का शेर याद आ रहा है कि अभी आए 'अभी बैठे, अभी दामन संभाला है...तो सज्जनो..."

'तुम्हारी जाऊं-जाऊं ने हमें तो मार डाला है!' के लयकारे में चौधरी हरफूलचंद का वाक्य भरकर कुएं के भीतर ही फूट जाने वाले घड़े की तरह डूब गया, तो उन्होंने फिर ज़ोर से खंखारना शुरू किया।

तभी मंच के बिलकुल पास से किसी शरारती लौंडे की आवाज़ आई, "अजी भाषण झाड़ने से पहले यह 'ग्लाइकोडीन' की शीशी तो लेते आओ!"

"आजकल के लौंडे सिनेमा देखने के बहुत शौकीन हो गए हैं। ये आज़ हमारे हरिजन समाज के शायराबानू-राजेश खन्ना के चूतड़ों के पीछे दीवानावार चक्कर काटते हुए नये जमाने के लौंडों

को यह बताना जरूरी हो गया है कि अपनी ही दुम के चक्कर काटते हुए कुत्तों को अपनी मंजिल हासिल नहीं होती है।" चौधरी हरफूलचंद अब काफी जोश में आ गए थे, "मैं नसीहत देता हूं, अपनी इस भटकती हुई औलादों को कि इधर देखें, देखें कि यह जो शख्स हमारी नजरों के सामने बैठे हुए हैं, हमारे हर दिल अजीज नेता ठाकुर संकटमोचन साहेब... इनकी बुलंद जिंदगी से आप सबको सबक लेना है। जैसाकि आप सभी लोगों को मालूम ही है, ठाकुर साहेब आज यहां पर तशरीफ लाए हैं इस सबब से कि साथी रामचरण केवट की जो भैरों गली वाली बिल्डिग गिराई जाने वाली है, उसे खड़ी रखने के लिए, हम सबके हौंसले बुलंद करने के लिए, इन्साफ की आवाज को असेम्बली और पार्लियामेण्ट तक पहुंचाने के लिए।...इनका वो इतिहास मैं आप लोगों को याद दिलाऊं, वैसे अखबार पढ़ने वाले हरिजन भाई जानते ही होंगे कि सन् बासठ से लेके वो सड़सठ तक के अपनी ऐमेलेशिप के उस दौर में हर बार ठाकुर साहेब ने असेम्बली की मीटिंगों में संकट में फंसी हुई गरीब जनता की आवाज बुलंद की और हर बार सरकारी पुलिस ने इन्हें असेम्बली के मेनगेट से बाहर धकेल दिया..."

चारों तरफ हंसी का शोर उमड़ पड़ा और ठाकुर संकटमोचन सिंह के माथे पर तेवर चढ़ गए। उनका चेहरा सख्त हो गया और वह थूकने की सी मुद्रा में इधर-उधर मुंह घुमाने लगे। पीछे से शिवचरण ने 'ई ताऊ ससुर से कोई' वाक्य शुरू करना चाहा ही था कि चौधरी हरफूलचंद यह कहते हुए अपनी जगह पर वापस आकर बैठ गए, 'मैं गुजारिश करता हूं कि आप लोग आजमाकर देखें इस हकीकत को कि जब गुलामी के जमाने में अंग्रेजी हुकूमत की पुलिस महात्मा गांधी और जवाहरलाल जैसे नेताओं को धक्के मारकर बाहर निकाल दिया करती थी...और आज गांधी और ज़वाहर की पुलिस बाबू

संकटमोचनसिंहजी को!...तो बोलो, भई, माननी नेता बाबू संकटमोचनसिंहजी की-ई-ई-ई.

"मेरे हरिजन भाइयों और बहनो!"—खड़े होकर, चारों ओर अपनी दृष्टि डालने के लिए अपनी लम्बी कद-काठी का भरपूर उपयोग करते हुए, तालियों की गड़गड़ाहट के बीच में से ठाकुर साहब ने अपनी रोबीली आवाज को मेले में खोए हुए बच्चे की तरह बाहर निकाला, जैसाकि अभी हमारे बंधु और आपके हरिजन समाज के अनुभवी और तपे हुए नेता चौधरी हरफूलचंदजी ने भी आप लोगों को बताया कि जिन्हें इंकलाब को तलाश थी, उन्होंने हमेशा धक्के खाए और जिन्हें इंकलाब को कुचलना था, उन्होंने हमेशा धक्के दिए!...तो मैं बिल्कुल शुरूआत में ही यह चीज आप लोगों के सामने आईने की तरह साफसाफ कर देना चाहता हूं कि अगर इंकबाल आपको लाना है, तो धक्के-मुक्के और लाठी-गोली खाने को भी तैयार रहना होगा।"

"तैयार हैं, हम तैयार हैं!" की सम्मिलित आवाजों के फूटते ही, भीड़ में इधर-उधर डूबे हुए पी० ए० सी० के लाठीधारी जवान दलदल में से बाहर आ निकलने की सी मुद्राओं में चौकन्ने होने लगे। अब कहीं जाकर उन्हें यह साफ-साफ अनुभव हुआ कि जब तक भीड़ में उत्तेजना नहीं फैले, उनका कोई अस्तित्व नहीं है।

'मैं आप लोगों को ज़्यादा वक्त नहीं लूंगा, मेरे पास है भी नहीं।" कहते हुए, ठाकुर साहब ने अपनी कलाई को 'माइक' से काफीऊपर उठा लिया और फिर अत्यंत गंभीर मुद्रा में बोले "ये जो पाथी रामचरण केवट बैठे हुए हैं, ये आपके हरिजन समाज के बब्बर शेर हैं। मैं यहां पर सिर्फ इन्हें जगाने के लिए आया हूँ। और आप लोगों से यह कहने को आया हूं कि ज़ुल्म और अन्याय के आगे अपने घुटने टेक देना परम पिता परमात्मा की प्रार्थना में झुकना

नहीं, बल्कि एक तानाशाही हुकूमत को सिजदे करना है। आज मुझे याद आ रही है, यहां पर आप लोगों के बीच अपनी महान् संस्कृति की वह अनमोल घड़ी कि जब संत तुलसीदास जी साक्षात् भगवान मर्यादा पुरुषोत्तम रामचंद्रजी की नैया को एक निर्धन निषाद से पार लगवाते हैं...और मैं पूछता हूं, रामराज्य के इन ठेकेदारों से कि कहां गया गांधी बाबा का वह रामराज्य का सलोना सपना? मैं फिर इस बात को कहता हूं और जोर देकर कहता हूं कि जिस रामराज में के बटों की ही पुकार को, उनकी इंसाफ की आवाज को एक मामूली से अफसर के पांव के नीचे रौंद दिया जाता है, ऐसे रामराज को धिक्कार है!...ठहरिए...ठहरिए...मेरे दोस्तो! तालियों की बेपनाह गडगड़ाहटों के बीच आप मेरी भावनाओं को दबा देने की कोशिश न करें। मैं तालियों का मंतजिर नहीं, इंकलाब का हूं। लानत है। अगर हम लोगों की हथेलियों का खून सिर्फ पटापट-पटापट की नाकारा आवाजें पैदा करके रह जाए। मुझे इस वक्त उर्दू के मशहूर शायर बहादुरशाह जफर का वह शेर याद आ रहा है कि 'रगों में दौड़ने फिरने के हम कायल नहीं हैं, गालिब! जो आंखों से टपका है, ये लहू क्या है!' तो मैं कह रहा था..."

ठाकुर साहब बहुत अच्छी तरह जानते थे कि श्रोताओं के ऊपर होती हुई प्रतिक्रियाओं को तौलने के लिए, अपने भाषण के बीच-बीच में 'तो मैं कह रहा था' कहते हुए रुक जाने से ज़्यादा कोई और कारगर उपाय नहीं होता।

"कायदे और कानून...तो लीजिए, अब मैं कायदे और कानूनों पर भी आता हूं। और मैं आप लोगों को बताना चाहता हूं कि जनता कायदे और कानून के लिए नहीं बनाई गई है बल्कि तमाम-तमाम कायदे और कानून जनता के लिए बनाए जाते हैं। लगामों के लिए घोड़े किसी मुल्क में पैदा नहीं किए गए। मगर इस अंग्रेजों के गोद लिए हुए बेटों की हुकूमत में कानूनों को लगामों की तरह ही

इस्तेमाल किया जा रहा है। उन्नीस सौ सैतालीस से सड़सठ तक का बीस साल का फासला हम तय कर चके। अब वक्त आ गया है कि जनता इस महान् देश की जनता अपने-अपने मुंह से इन गुलामों की लगामों को निकाल फेंके।"

'ज्जै...ठाकुर संकटमोचनसिंह की ई-ई-ज्जै...केवटपुरा हरिजन समाज की-ई-ई-ज्जै...'

"तो दोस्तो, इतिहास साक्षी हैं मेरी इस बात का कि जबजब जनता की एक होती हुई आवाजों को दबाने और कुचलने की कोशिशें की गई हैं, एक मामूली म्यूनिसिपल अफसर की औकात क्या होती है!...सुनिए हमारे पी० ए० सी० के भाई साहिबान अपनी लाठियों को दिखाने की कोशिर्शे कर रहे हैं, उन्हें यह नहीं भूल जाना चाहिए कि वो भी हम गरीबों में से ही एक हैं। और यह तानाशाही मिनिस्टरों और नादिरशाही अफसरों की सरकार लकड़ी की बेट वाली कुल्हाड़ी से ही लकड़ी को काटने की वही पुरानी अग्रेजी चालबाजी बरत रही है। यह जनता को जनता के खिलाफ इस्तेमाल करने की साजिश है।...तो मैं कह रहा था कि आज निषाद साथी रामचरण की तीन ईंट ऊंची बिल्डिंग के लिए जो म्यूनिसिपल ऐक्ट सरकारी तश्तरियों—माफ कीजिएगा, मेरे लिए सरकारी फाइलों और पान-सुपारी की तश्तरियों में कोई फर्क नहीं। और आप लोग भी जानते ही होंगे कि इस लालफीतेशाही की मरीज सरकार की फाइलें 'पान-सुपारी' से कहां की कहां पहुंच जाती है!...तो मैं कह रहा था कि ये सारे ऐक्ट, ये सारे कानून, ये सारे कांस्टट्यूशन और ये सारे संविधान...हाथी के ये सारे लम्बे-लम्बे दांत उस वक्त कहां गायब हो जाते हैं, जब हम गरीबों की खून-पसीने की। कमाई से सात-सात, आठ-आठ मंजिल ऊंची शानदार हवेलियां हमारी ही छाती पर खड़ी की जाती हैं?"

'इंकबाल...जिन्दाबाद!'

इंकबाल...जिन्दाबाद!

इंकबाल...जिन्दबाद!

शोर थमने तक ठाकुर साहब 'माइक' हाथों में पकड़े हुए, अत्यंत गरिमामय और ओजस्वी मुद्रा में चुपचाप खड़े रहे। उनका रुख मंच के सामने की ओर था, मगर पीठ के पीछे मंच पर होती हुई खुसुर-फुसुर पर भी उनके कान अत्यंत सावधानीपूर्वक लगे हुए थे।

शिवचरण को यह कहते हुए एक क्षण भी नहीं बीतने पाया कि 'ठाकुर साहेब सूरजचन्द्र भट्ट के कारनामों पर कोई रोशनी नहीं डाल रहे हैं।'

ठाकुर साहेब ने अपनी आवाज को और भी ज़्यादा बुलंद करते हुए, अपनी कोहनी को माइक पर टिका दिया "अब मैं चंद बातें आपके नवाबी रोब-दाब वाले एडमिनिस्ट्रेटिव अफसर साहिबान के बारे में भी बयान करना चाहूंगा, जो सुलतान मुहम्मद तुगलक की जैसी खब्तुलहजासी में जनता के नुमाइंदों की ताकत को भूल बैठे हैं। याद रखें दोस्तो! जो लोग इतिहास को याद नहीं रखते, इतिहास उन्हें समय के कूड़ेदान में पहुंचा देता है। यह बात दूसरी है कि चंद बेवकूफ लोग अपनी खुदमुख्तारी के जोश में कूड़ेदानों को ही गुलदस्तों की तरह इस्तेमाल करते चले जाते हैं! आपके नगर की म्यूनिसिपिल्टी के कूड़ेदानों पर आज जिन लोगों का कब्जा है, उन्हें मैं यह नेक सलाह देना चाहता हूं कि हन जनता के नुमाइंदों और हरिजन भाइयों के क्रान्तिकारी जज्बातों के साथ खेलने की कोशिशें न करें! यह नादानी उन्हें बहुत महंगी पड़ेगी! हम वो शख्सियत रखते हैं कि इतिहास को आने ही नहीं बढ़ाते, पीछे भी खींच सकते हैं। इस मौजूदा सन् सड़ सठ को सन् बयालीस बना सकते हैं।"

उपस्थित भीड़ पर ठाकुर साहब के भाषण का रंग चढ़ चुका था और अपने तईं वह मीटिंग जमा देने के वादे को पूरा कर चुके

थे। साथी रामचरण केवट के चेहरे पर किसी समर पर जाते योद्धा की-सी सन्नद्धता फैली हुई थी और वह तेजी से अपने घुटनों को हिला रहा था।

"बहुत खूब! जनाब, जैसाकि आप सब लोग भी जानते होंगे, हमारे ये आलिम अफसर काले कम्बल में लिपटे हुए दिल्ली शहर का मुआयना करने वाले शहंशाह अकबर से भी चार कदम आगे हैं। मुंह अंधेरे दिशा निबटती हुई माताओं और बहनों के पानी के लोटे उठवा देने के इनके किस्से मशहूर हैं! यह जनता के लिए शौचघर नहीं बनवा सकते, मगर सफाई-पसंद इतने हैं। कि ग्यारा लाख की आबादी के इस शहर को अपने सरकारी डाइंगरूम की तरह साफ रखना चाहते हैं। जनाब भट्ट साहब, यह सरकार के लाल-फीताशाही अफसर का शानदार बंगला नहीं, लाखों-लाख गरीबों और मजदूरों के खून-पसीने की नींव पर खड़ा हुआ शहर है। यहां गरीब लोगों के चाय-समोसों के खोमचे उखड़वाकर 'चिकी चिकी बूम' या 'डिम-डिम-डिगाडिगा' जैसे फैशनेबुल काफी-हाउस और रेस्त्रां खुलवाकर, इस प्राचीन भारतीय संस्कृति के सनातन केन्द्र को पेरिस बनाने की कोशिशें मत कीजिए!... और मैं आगाह कर देना चाहता हूं आपको कि जिस दिखावटी ईमानदारी और 'मारल वैल्यूज' के चक्कर में आप पड़े हुए हैं, ये चोंचले बहुत महंगे पड़ेंगे आपको! पहले भी बहुत-से तीरंदाज यहां धूल फांककर जा चुके हैं, मगर हम जनता के नुमाइंदे यहीं हैं, यही रहेंगे। यह गंगा-जमुना मैया की तरह लहराती हुई जनता यहां है और यहीं रहेगी!" अपने धाराप्रवाह भाषण को खम देते हुए, ठाकुर साहब ऐसे दहाड़े, जैसे नगराधिकारी सूरजचंद्र भट्ट के किसी प्रेत को हवा में हांक रहे हैं।

चौधरी हरफूलचंद भावावेग में मंच पर खड़े हो गए और चिल्ला उठे, "धन्य हो! धन्य हो, ठाकुर साहब, जिस जननी और जन्मभूमि

ने आपको जन्म दिया, वह धन्य हो!"

भीड़ में फिर काफी देर तक 'ज़िन्दाबाद-ज़िन्दाबाद' के नारे गूंजते रहे। इस बीच ठाकुर साहब मंच पर बैठे हरिजन नेताओं से धीमी आवाज में बतियाते रहे और फिर 'माइक' पर हथेली फैलाते हुए गंभीर आवाज़ में बोले, "अभी-अभी मुझे कुछ हरिजन बंधुओं ने बताया है कि गोकुलपुरा मार्केट वाले आंदोलन में हमारे आलिम, बल्कि जालिम कहना ठीक होगा, इस दिल्ली सल्तनत के घरजमाई साहब ने सुना है कि वहां के दुकानदारों के आंदोलन को कुचलने के लिए घुड़सवार पुलिस के दस्ते और आंसू-बम इस्तेमाल किए थे। इतना ही नहीं, पागलों की तरह हवाई गोलियां चलवाईं, जिसमें सुना गया है कि एक गाभिन गोमाता मारी गई! धिक्कार है। धिक्कार है, ऐसी सरकार पर और ऐसे जुल्मखोर अफसरों पर! माताएं और बहनें और गऊमाता—हमारी भारतीय संस्कृति हमेशा मातृसत्ता प्रधान रही है। कहा भी गया है कि 'जननी जन्मभूमिश्च स्वर्गादपि गरीयसी।' तो मैं आप लोगों से यह कह रहा था..."

इस बार ठाकुर साहब 'क्या कह रहा था' की सी प्रश्नवाचक मुद्रा में रुक गए तो भीड़ में फिर शोर बढ़ने लगा।

"तो मैं कह रहा था कि माताओं और बहनों की इज्जतों से खेलना ठीक नहीं है!" कहकर ठाकुर साहब फिर अटक गए, तो शोर-शराबा और ज़्यादा बढ़ता चला गया।

ठाकुर साहब को लगा कि भीड़ हाथों से बाहर निकल जाएगी। उन्होंने तुरंत नारा लगाया, "सूरजचंद्र भट्ट..."

"मुर्दाबाद! मुर्दाबाद! मुर्दाबाद!" चिल्लाती हुई जनता फिर यथास्थान बैठ गई।

"मैं अब आप लोगों का ज़्यादा वक्त नहीं लूंगा।" एक गिलास ठंडा पानी पीने के बाद, ठाकुर साहब ने फिर कहना शुरू किया,

"सिर्फ एक अहम् मसले की तरफ आप लोगों का ध्यान दिलाना चाहता हूं। इस पतितपावन गंगा-जमुना के किनारे जो बसी हुई है, आप सब हरिजन भाइयों की बस्तियां...कितनी बिल्डिगें आप लोगों के पास ऐसी हैं, जो तीन मंजिल ऊंची हैं?"

"साथी रामचरण केवट की मौजूदा बिल्डिग ही पहली तीन मंजिला बिल्डिग है, ठाकुर साहब!" चौधरी हरफूलचंद ने मंच पर बैठे-बैठे ही जवाब दिया।

"और देखिए, कहीं यही आखिरी बिल्डिग भी साबित है कर दी जाए!" कहते हुए, एक चुनौती-भरे अंदाज में, ठाकुर साहब ने प्रश्न करने की मुद्रा में मंच की ओर घुमा हुआ अपना सिर फिर श्रोताओं की ओर कर लिया, "तो अब मैं आप लोगों से विदा लूंगा। कहना सिर्फ अब इतना है कि कायदे और कानूनों से घबराने की कोई ज़रूरत नहीं है। जनता की इंसाफ की आवाज़ों को जो बर्दाश्त न कर सके, ऐसे कायदे-कानूनों का टूट जाना ही बेहतर है!...और, जनाब भट्ट साहब कहीं मौजूद हों, भीड़ में छिपे-छिपे हमारे 'इस क्रांतिकारी समारोह को देखने के लिए, तो उन्हें बता देना चाहता हूं कि जलियांवाला बाग और चौरी-चौरा के जमाने लद गए, जब तानाशाहों की बंदूकों में गोलियां होती थीं और जनता के गले में सिर्फ आवाज़ें...हमारे इस महान देश की क्रांतिकारी जनता, वक्त आने पर दिखा देगी कि उसके हाथ भी खाली नहीं हैं!..."

'इन्क्लाब-जिंदाबाद! इन्क्लाब-जिंदाबाद!' भीड़ के असंख्य हाथ बंदूकों की तरह आगे को फैल गए।

"और, दोस्तो, आज जो तानाशाह सरकार दिल्ली सल्तनत का तख्त गले में लटकाए हुए बैठी है, वह भी इस हकीकत को जानती है कि वह वहां आप हरिजनों और मुसलमान भाइयों की कीमती वोटों की बदौलत ही बैठी हुई है!...और आप लोग जब चाहें उसकी 'बोट' को अपनी वोटों की मार से जमुना मैया में डुबो सकते हैं!...और अब

अंत में आप सब हरिजन भाइयों से साथी रामचरण केवट का साथ देने की प्रार्थना करते हुए, मैं अपने भाषण को समाप्त करता हूं। क्योंकि जैसाकि मैं शायद पहले भी बता चुका हूं, कल पटेल चौक के विशाल मैदान में, जो कि हमारे शहर की क्रांतिकारी मीटिंगों का केन्द्र रहता आया है, हमारी जनता पार्टी के महामंत्रीजी का ओजस्वी भाषण होगा, जिसमें आप लोग ज़्यादा से ज़्यादा संख्या में उपस्थित होवें।...और चूंकि प्रसंगवश मुझे याद आ गया है, तो यह बात आप लोगों से कहता जाऊं कि बहुत-सी अवसरवादी पार्टियां ऐसी हैं, जो हमेशा मौके की तलाश में रहती हैं और जनता के संकटों को अपनी पालिटिकल चालबाजियों के लिए इस्तेमाल करने की कोशिशें करती हैं।...तो मैं अब आप लोगों से विदा लेना चाहता हूं और आपके जाने-माने कव्वाल साथी सीताराम एण्ड पार्टी के इन अनमोल वचनों को दोहरा देना चाहता हूं कि अपने और गैरों की पहचान मत भूलिए!...तो एक स्वर में बोलिए, जय जनता जनार्दन और जय जनता पार्टी!"

'जनता पार्टी जिन्दाबाद' का शोर उठा ही था कि ठाकुर साहब फिर माइक पर आ गए, "अभी-अभी मुझे साथी रामचरण केवट ने बताया कि म्यूनिसिपल कमेटी की तरफ से परसों यानी १६ दिसम्बर,' ६७ को जबर्दस्ती बिल्डिंग गिरा दिए जाने की धमकी दी गई है।... मैं, अगर कहीं पार्टी के काम से बाहर न चला गया, उस वक्त खुद यहां मौके पर मौजूद रहूंगा और अगर इस तानाशाही सरकार की पुलिस ने गोली भी चलाई, तो गोली साथी रामचरण केवट के या किसी अन्य हरिजन भाई के नहीं, बल्कि मेरी छाती पर चलेगी!"

ठाकुर साहब मंच से नीचे उतरने लगे तो शिवचरण हड़बड़ाता हुआ आगे बढ़ा कि "साहब, प्रस्ताव को पेश किया जाना और पास होना तो रह ही गया?"

ठाकुर साहब ने मुस्कराते हुए, उसकी पीठ थपथपाई और बोले, "बेटे, प्रस्ताव पेश करने की ज़रूरत तो वहां होती है, जहां उसका विरोध करने वाले हों। यह तो घर का प्रस्ताव है। उसे तो पास ही समझो और इनकी कापियां सब जगह भेज दो। खास तौर से अखबारों में।"

'ठाकुर संकटमोचन...जिंदाबाद!

जनता पार्टी...जिंदाबाद!

ठाकुर संकटमोचन...जिंदाबाद!

हरिजन सेवक समाज...जिंदाबाद!'

नारे लगाती और भगदड़ मचाती हुई भीड़ में शिवचरण बदहवास-सा खड़ा ही रह गया। प्रस्ताव पेश करने तथा भाषण देने का अवसर न मिलने से वह काफी खिन्न था।

घर लौटते हुए उसने अपने पिता से शिकायत के स्वर में फिर कहा, "ई ससुर ताऊ हरफूलचंद सब जगह लाउडस्पीकर की तरह सबसे आगे रहने की कोशिश करते हैं। हम केवटों की बिरादरी में ई ससुर लोग काहे घुसते होंगे?"

मगर रामचरण केवट चुपचाप चलता रहा। आम सभा में बुलंद किए गए सारे हौसले और जोश-खरोश के बावजूद, उसका मन कहीं भीतर-भीतर उलझा ही हुआ था। बिल्डिग नगरपालिका के अधिकार-क्षेत्र की भूमि में ही बनी है, इस वास्तविकता को झुठलाना संभव नहीं था। भूमि-संबंधी कानूनों के जाने-माने एडवोकेट श्रीवास्तव साहब भी इस पक्ष में कतई नहीं थे कि कोई असंवैधानिक उपाय काम में लाया जाए। हालांकि सूरजचंद्र भट्ट के विरुद्ध इससे पहले भी कई आम-सभाएं हो चुकी थीं और काले झंडे दिखाए जा चुके थे, मगर उनके प्रशासन के ढंग में कोई अंतर नहीं आया था।

श्रीवास्तव साहब ने स्पष्ट कह दिया था कि "देखो भई रामचरण, इस आदमी पर आंदोलन जैसी चीजों का कोई असर नहीं होगा।

न किसी मुख्यमंत्री या प्रधानमंत्री का दबाव ही कोई काम करेगा। ऐसे सिरफिरे अफसरों का सरकार भी कुछ नहीं कर सकती, जो कोयलरी में बैठकर भी बेदाग हों और रैजिग्नेशन को हर समय कलम की नोक पर रखते हों! अरे भई, जो अफसर चपरासी से सब्जियां मंगवा लेने पर अपनी पत्नी को सार्वजनिक रूप से डांट सकता है और जुर्माना कर सकता है, उसको सिर्फ एक ही हस्ती रोक सकती है और वह है मौत!...और एक सरकारी अफसर की हत्या कर डालना इतना आसान नहीं, काफी जोखिम-भरा काम है!"

नहीं। हत्या कर डालने वाली बात रामचरण के मस्तिष्क में भी नहीं है। उसे तो सिर्फ चिंता यह है कि अगर कहीं सचमुच गोली चलने की नौबत आ गई तो?

"क्यों रे शिवचरनवा, अपनी दुनाल बन्दूक तो ठीक-ठाक हैगी?" अपने इस आकस्मिक प्रश्न से रामचरण खुद ही चौंक गया और शिवचरण के उत्तर देने से पहले ही तेज कदमों से आगे बढ़ गया।

रामप्रसाद बिस्मिल मार्केट तक पहुंचते ही उसने देखा कि ठाकुर साहब पान की दुकान पर खड़े हैं। रामचरण को देखते ही बोले, "आओ भई राम, पान खाओ। अहा, हमारे राष्ट्रकवी मैथलीशरण जी भी कैसा क्रांतिकारी कवित्त कह गए कि 'राम तुम्हारा नाम स्वयं बलिदानी है!' कहो, हमारा आज का व्याख्यान-कैसा रहा? जरा वक्त की कमी थी..."

"अरे, नहीं ठाकुर साहेब! आपने अपना घंटों तक का मूल्यवान समय देकर हमारा जनम सफल कर दिया। सारे लोग यही कहते हैं, ऐसा ओजस्वी भाषण कभी नहीं सुना।"

"ओज और शोज," रामप्रसाद बिस्मिल की प्रस्तरमूर्ति की ओर संकेत करते हुए, ठाकुर साहेब बोले, "ये दोनों चीजें तो, भई

रामचरण, बलिदान की भावना में से पैदा होती हैं। अब ये देखो शहीद रामप्रसाद बिस्मिल की मूर्ति! भीड़ सामने हो तो कई चीजें दिमाग से उतर जाती हैं। जब वहां भाषण देते समय मैं जमुना जी के किनारे जलती अर्थियों को देख रहा था, तो मुझे बार-बार यही याद आ रहा था कि एक मौत ये है और एक मौत वो है—शहीद रामप्रसाद बिस्मिल की! वाह, क्या शेर कहा था उन्होंने फांसी के तख्ते पर से कि 'सरफरोशी की तमन्ना हमारे दिल में है। देखते हैं, जोर कितना बाजुए-कातिल में है!'...हम तो भई, इधर की तरफ महीनों बाद ही आए हैं। एम० एल० ए० जनता जनार्दन की कृपा से नहीं रहे, मगर असेम्बली कहां छूटती है। ये बिस्मिल मार्केट तो नई-नई बनी है, शायद? वह महापुरुष भी धन्य है, जिसने मोतीलाल नेहरूजवाहरलाल नेहरू, और कमला नेहरू और इंदिरा गांधीफिरोज गांधी की महामारी से बाहर निकाल कर, एक वतन पर शहीद हो जाने वाले दीवाने के नाम पर इस मार्केट का नाम रख कर, इसे अमर बना दिया!...नहीं तो, इस देश का तो किसी दिन राजा भरत के नाम वाला भारतवर्ष गारत होकर, 'जवाहरलालिस्तान' नाम पड़ जाए, तो कुछ अजूबा नहीं।"

"ये मार्केट तो सरकार, उसी सूरजचंद भट्ट की बनवाई हुई मार्केट है।"

"हैं," कहते हुए ठाकुर साहब ऐसे चिहुंके, जैसे सांप छूता हुआ निकल गया हो। अपने-आपको संभालने में उन्हें काफी वक्त लग गया। इस बीच तेजी से पान चबाते रहे। एक किनारे हट कर, थूक आने के बाद काफी व्यंग्यभरी मुस्कराहट के साथ बोले, "हरामखोरों की हनुमान भक्ति इसीको कहते हैं, भई!... अच्छा तो, रामचरण, हम चलें अब?"

"बस, बाबू साहेब, हमें तो आप ही जैसे समरथ लोगों का सहारा है। पी० ए० सी० वाले और पुलिस वाले कैसे-कैसे जुल्म

ढाते हैं, सरकार, कोई आपसे छिपी बात है नहीं। कई गोली-वोली चल गई..."

"अरे यार रामचरण, बब्बर शेर के गुर्दे रख कर के, खरगोशों के से कान क्यों खड़े करते हो? देखो, दिल्ली सल्तनत सब कुछ कर सकती है, आप हरिजनों और मुसलमान भाइयों को नहीं छेड़ सकती! एक शिड्यूलकास्ट मायनारिटी और दूसरी मोहम्मडन! दिल्ली का ताजोतख्त तो, भई, आप ही लोगों के कंधों पर टिका हुआ है। मैं आज ही रात को दिल्ली को अर्जेण्ट टेलीग्राम करता हूं। कल-परसों तक पार्लियामेंट में कवैश्चन उठा दिया जाएगा। दिल्ली में तो भई हरिजन भाइयों ने मीलोंमील लम्बी जमीन पर झुग्गियां बना लीं और सरकार उनका एक बाल भी नहीं उखाड़ सकी। हमारी जनता पार्टी वहां हरिजन भाइयों के कंधे से कंधा भिड़ा कर, मुकाबले में आ गई थी। मगर यहां इस शहर में तो आप लोगों ने जनता पार्टी को आगे आने ही नहीं दिया। अभी तक तो तुम्हारे भट्ट साहब का तबादला लैंसडाउन-गढ़वाल की तरफ करवा दिया गया होता कि जाओ बेटा, जहां पैदा हुए थे, वहीं अफसरी करो!"

"अब इस बार आप हम लोगों की कौंसीटेंसी से खड़े होकर देखें, सरकार! चौधरी हरफूलचंद वाली बात खाली नहीं जाएगी!"

दूसरे दिन रामचरण जनता पार्टी की जनरल मीटिंग में भी हो आया। चौधरी हरफूलचंद भी थे। उनका भी भाषण हुआ। ठाकुर साहब ने भी अप्रत्यक्ष रूप से उसी बिल्डिंग वाले मसले को इस रूप में उठाया कि 'आज फिर से गरीब जनता के जानोमाल खतरे में हैं!"

रामचरण चाहता था कि अपने आश्वासन के अनुसार अगर ठाकुर साहब कल उसके घर पर उपस्थित रहें, जबकि नगरपालिका

का दस्ता बिल्डिंग गिराने आए, तो अच्छा हो। भूतपूर्व ही सही, मगर एक विधायक की मौजूदगी में गोलियां चलाना आसान नहीं होगा।...और इससे नीचे तक की लड़ाई तो लड़ ली जाएगी।

दरअसल गोकुलपुरा के अत्यंत योजनाबद्ध और संगठित प्रतिरोधात्मक आंदोलन को जिस सख्ती से कुचल दिया था, उससे सारे शहर में भट्ट के नाम की एक दहशत सी बैठ गई थी। गोकुलपुरा की जिस मंडी से दो रिक्शों का साथ-साथ निकलना मुश्किल होता था, वहां तीन-तीन ट्रकों के साथ-साथ निकलने भर को सड़क खुल आई थी।

गोकुलपुरा वालों ने भी यही हवा फैला रखी थी कि वहां की दुकानों को पीछे हटाने या तोड़-फोड़ करने वालों को वहीं नेस्तनाबूद कर दिया जाएगा। मगर भट्ट साहब वहां खुद सबसे आगे रहकर आदेश देते रहे थे और सिटी मजिस्ट्रेट को भी साथ लेते गए थे, ताकि मौके पर गोली चलाने का आदेश दिया जा सके।

वह भी तो सारी बिरादरी में कह चुका है कि अगर उसकी बिल्डिंग की एक ईंट पर भी हाथ डाला गया, तो गोली से उड़ा देगा। सारी जात-बिरादरी में वह दबंग माना जाता है। देशी शराब का ठेका भी लिए हुए है भागीदारी में। दस-पांच गुण्डे भी पाले हुए है। डरने की कोई ऐसी बात नहीं है।

पटेल चौक से घर लौटते हुए, रामचरण अपने-आपको कल के लिए तैयार करता रहा। हल्की-सी निराशा इस बात से उसे जरूर हो रही थी कि ठाकुर संकटमोचन आज रात की गाड़ी से। ही, पार्टी के जरूरी काम से, यह शहर छोड़कर, इलाहाबाद को चले जाने वाले थे और उतनी दूर से जल्दी लौट आना संभव नहीं था।

अन्यमनस्कता की स्थिति में रामचरण अपनी गणेशपुरवा की

चौबारे वाली हौली की तरफ बढ़ गया। शिवचरण भी साथ था। लगभग आधी रात गए दोनों बाप-बेटे घर वापस लौटे, तो दोनों के पांव लड़खड़ा रहे थे।

नई बिल्डिंग में अभी सफाई नहीं हुई थी। ईंट-गारा जगह-जगह यों ही फैला हुआ था। खिड़कियों के पल्ले या दरवाजे भी नहीं लगे थे। पहली नोटिस मिलने के पन्द्रह दिनों के अंदर ही रात-दिन काम करवाकर दो-दो कमरों की दो मंजिलें चुनवा दी गई थीं। उस पट्टी पर हालांकि और लोगों की झुग्गियां भी बनी हुई थीं, मगर पक्की बिल्डिग सिर्फ रामचरण ने ही खड़ी की थी। रामचरण यह भी जानता था कि सभा-मीटिंगों में भले ही जाति-बिरादरी के लोग एकमत दिखाई दे जाएं, घरेलू ईर्ष्या-झगड़ों से बचा कोई नहीं है।

जिन पक्की झुग्गियों में फिलहाल परिवार रह रहा था, इस नई बिल्डिग से थोड़ी-सी दूर थीं। रात बड़ी देर तक इंतज़ार करने के बाद, शिवचरण की मां यों ही नये मकान की तरफ निकल आई तो साथ आया हुआ कुत्ता भूंकता हुआ अंदर चला गया। रामरती के हाथ में छोटा-सा टार्च था। अंदर जाकर देखा, तो दोनों बाप-बेटों को नशे में धुत्त, दूसरी मंजिल की फर्श पर लेटे हुए पाया।

रामरती ने रामचरण का हाथ पकड़कर झकझोरा और घर चलने को कहा, तो वह अधबैठा होकर, पहले तो कटी-फटी-सी आंखों से उसे घूरता रहा और फिर दायें हाथ को उसके कंधे पर रखते हुए, रहस्य खोलने की सी मुद्रा में फुसफुसाया, "रामरती, ये जो ससुरे कहते होंगे कि रामचरण ठेकेदार की बिल्डिग गिरा दी जाएगी, इनकी तो...तू यकीन रख, मेरी इस बिल्डिग की एक ईंट भी कोई उखाड़ के दिखाए, तो उसका बेटा बन जाऊंगा! अब तू जा और मजे से सो जा..."

रामरती ने घर पर चलकर खाना खा लेने को कहा, तो रामचरण

इसी जिद पर अड़ गया कि पीने से भूख तो काफी लग आई है, मगर रोटियां वह यहीं दे जाए। रामरती ने फिर घर चलने का आग्रह किया, तो रामचरण चिल्लाकर बोला, "रामरती, इस बिल्डिंग से सिर्फ मेरी लाश ही बाहर निकाली जा सकती है। मेरे जीते-जी इसे कोई छू नहीं सकता..."

रामरती को रोना आ गया और वह शिवचरण को भी वहीं छोड़, घर वापस आ गई। दोनों बाप-बेटों के लिए रोटियां पहुंचा, उन्हें खिला-पिलाकर; उनके लिए दरी-चादर बिछा कर, रामरती घर वापस लौटी, तो पाया, उजाला होने को आ गया है!

दोपहर होने-होने तक वहां भीड़ जमा हो चुकी थी और पुलिसवाले बार-बार चेतावनी दे रहे थे कि रामचरण छत पर से नीचे उतर आए और कानून तोड़ने की कोशिश न करे।

रामचरण दुनाल बंदूक हाथों में लिए छत पर खड़ा था और उसे अपने आर-पार सिर्फ भीड़ ही भीड़ दिखाई दे रही थी। रात, शायद, ज़्यादा पी गया था। आंखों में तकलीफ-सी महसूस हो रही थी।

चौधरी हरफूलचंद अब इस वक्त दिखाई नहीं पड़ रहे थे। सवेरे आए थे और 'हरिजन समाज की नाक नीची न होने पावे' का आदर्श कानों में लटका कर, वापस चले गए थे कि 'खा-पीकर मैं भी वहीं डेरा जमाता हूँ!'

आसपास की काफी झुग्गियां उखाड़ी जा चुकी थीं और अब नगरपालिका के औजारों से लैस दस्ते के लोग रामचरण के मकान के सामने एकत्र हो चुके थे। पुलिस और पी० ए० सी० के जवान मुस्तैदी से तैनात थे और वायरलेस की गाड़ी में से बार-बार चेतावनी बाहर आ रही थी, 'जो कोई कानून को अपने हाथों में लेने की कोशिश करेगा...'

रामरती बीच आंगन में खड़ी थी। शिवचरण भी उसकी बगल

में खड़ा था, "बाबू, बंदूक छोड़कर नीचे चले आओ! ई ससुर ठाकुर संकटमोचन और ताऊ हरफूल चौधरी, दोनों नदारद हैं। दोनों धोखेबाज हैं..."

रामरती अपना पल्ला फैला-फैलाकर करुण स्वर में रो रही थी, "लल्ला के बाबू, हमपर जुलुम मत करो! लल्ला के बाबू, हमपर रहम खाओ!"

मगर छत पर दुनाल हाथों में लिए रामचरण सारे शोर-शराबे और हंगामे के बीच अपने को एक विचित्र किस्म की मनःस्थिति में पा रहा था। अपनी पूरी ताकत से कई बार यह कह चुकने के बाद कि 'अगर बिल्डिग को हाथ लगाने वाले को गोली से उड़ा न दिया, तो बाप का नहीं, हरामी का बेटा समझ लेना!' अब अपने को चुपचाप पीछे हटा लेना, उसे कठिन लग रहा था।

चारों तरफ एकत्र भीड़ उसे गिद्धों के झुंडों-जैसी लगने लगी थी और उसे लग रहा था, सबकी आंखें सिर्फ उसी पर टिकी हुई हैं। उसे अपनी हथेलियां और आंखें कांपती हुई सी महसूस होने लगीं। ठाकुर संकटमोचन और हरफूल चौधरी, दोनों वहां नहीं थे, मगर उनकी अनुपस्थिति रामचरण को भीड़ से भी ज़्यादा अनुभव हो रही थी।

काफी देर तक चेतावनी देने के बाद, आखिर दस्ते को बिल्डिग गिराने का आदेश दे दिया गया और दो पी० ए० सी० के जवान मकान के अंदर घुस गए, तो शिवचरण भागता हुआ बाप के पास पहुंचा। मगर जब तक वह रामचरण के हाथ से बंदूक छीन पाता, रामचरण ने घोडा दाब दिया था और गोली भट्ट साहब की बगल में खड़े पुलिस वाले की बांह को चीरती हुई पार निकल गई थी।

धांय-धांय-धांय...

न जाने कितनी गोलियां एकसाथ चल गईं और जब तक

गोलियों की आवाज और दहशत थमी, तब तक लगभग सारी भीड़ गायब हो चुकी थी और छत पर से नीचे उतार कर रखवा लिए गए दोनों बाप-बेटे दम तोड़ चुके थे।

रामरती धाड़ मारती और सिर पटकती लगभग अधमरी हो चुकी थी। रोते-रोते उसकी एक आंख से खून बहना शुरू हो गया था। उसकी धोती पूरी तरह बाप-बेटे के खून में लिथड़ चुकी थी। दोनों के ही मुंह अत्यंत कारुणिक मुद्रा में उधड़े हुए थे।

चारों तरफ से औरतें उमड़ चुकी थीं और पुलिस वाले उन्हें हटा नहीं पा रहे थे। उनके चीत्कारों से अत्यंत भयावह वातावरण बन चुका था।

चौधरी हरफूलचंद की घरवाली भी आ चुकी थी। माथा पटकती रामरती को संभालते हुए, उसने घृणा और आक्रोश के साथ कहा, "रामरती, ई ससुर पुलिस लोगन का सत्यानाश होवे। ये हत्यारे तेरी गिरस्थी उजाड़ दिए हैं।"

रामरती मशीन-आरे में चिरते हुए तख्त की तरह उसकी छाती से चिपक गई और अत्यंत करुण स्वर में बिलखती हुई बोली, "काकी, नीचे से जब हम चिल्ला रहे थे, तो सिर्फ एक बार को लल्ला के बाबू ने हमारी तरफ को देखा था...और काकी, उनकी आंखें डबडबाई हुई थीं...वो हर्गिज-हर्गिज गोली नहीं चलाते, काकी। पुलिस वाले तो शिवचरण के बाप के गोली चला बैठने के बाद गोली चलाए हैं। हमारे इनको तो सरकार नहीं मारी है, बाकि ई राक्षस ससुर ठाकुर संकटमोचन और तुम्हारे बुढ़ऊ हरफूल चौधरी मरवाय दिए हैं..."

अपनी बात पूरी करते न करते रामरती बेहोश हो गई और औरतों ने उसे पीछे हटाना शुरू कर दिया, बाकि पुलिस वाले आगे बढ़ सकें।

भविष्य

उसके साथ-साथ तीन कैदी और छूटे थे।

अब वह इस वक्त नैनी सेण्ट्रल जेल की हद से बाहर, एक चाय की गुमटी में बैठा था। चीजें किस तरह आदमी के अस्तित्व के साथ जुड़ जाती हैं। यह चौथी बार है और उसे लग रहा है कि अगली बार फिर कहीं इसी जेल में आना पड़ा, तो फिर यही होगा। नैनी सेण्ट्रल जेल के बड़े फाटक से बाहर निकलकर एक बार किसी लावारिस पशु की सी आंखों से वह जेल की ऊंची हदबंदी को देखेगा। हाजी लाल मोहम्मद छाप बीड़ी सुलगाएगा और एक लम्बे-चौड़े रेगिस्तान को पार करता हुआ सा, सिर्फ फलंग-भर की दूरी पर की इसी गुमटी में चाय-पकौड़ियों की प्रतीक्षा में बैठेगा और जेल के भीतर बिताए हुए दिनों को अपनी स्मृति में दोहराएगा।

अब इस वक्त उसकी स्मृति में सिर्फ एक दृश्य घूम रहा था। एक कैदी के पत्नी और बच्चे सब आए थे और उसके फाटक से बाहर निकलते की उसकी पत्नी उसके गले से चिपट गई थी। उसके लिए जैसे सारा संसार समाप्त हो चुका था और वह हिचकियां भरती हुई, उसे लगातार चूमती जा रही थी। बच्चों की आंखों में भी आंसू भरे हुए थे, और उनके साथ आया हुआ कुत्ता पूंछ हिलाते हुए

उनसे लिपट रहा था। उसे लगा था, आज अगर मुहम्मद इस्लाम भी उनके साथ ही जेल से छूटता, तो शायद, शाहिदा बेगम भी अपने बच्चों को साथ लेकर...लेकिन नहीं। इससे पहले दो बार वे दोनों साथ-साथ जेल से छूटे हैं, लेकिन शाहिदा बेगम कभी नहीं आई।

आज मोहम्मद इस्लाम जीवित होता, तो राधे काछी कहता कि 'मोहम्मद भाई, तुम्हारी बीवी इसलिए नहीं आती है कि वह तुम्हें तुम्हारे बच्चों की नज़रों में गिरा हुआ बर्दाश्त नहीं कर सकती।'

हे परमात्मा, अपराधग्रस्तता और आत्मदया में डूबे हुए लोगों के लिए यह संसार कितना रोमांचक हो जाता है! जेल की हद पार करते हुए राधे काछी को अपने अलावा सब कुछ अपरिचित-सा लगता रहा है।

बेडौलपन की हद तक मोटी टांगों वाली यह पंडिताइन जो सामने बैठी है, इसकी उम्र अब पचास से ऊपर होगी, लेकिन आवाज किसी तारुण्य से लैस युवती की सी खनकदार है। राजापुर के देशी शराब के ठेके के पास जो शांती अहीरन बैठती है, हालांकि उम्र में इस पंडिताइन से काफी छोटी और दिखने में भी बेहतर और कसे हुए बदन की है, लेकिन आवाज उसकी एक अजीब किस्म का मर्दानापन लिए हुए है। उसके घर वाले किसना अहीर की आवाज उसकी अपेक्षा ज़्यादा पतली है और दारू के नशे में वह कजली गाता है, तो ऐसा लगता है, जैसे मिर्जापुर की कोई पेशेवाली गा रही हो।

मिर्जापुर में भी वह अपनी जिंदगी का अच्छा-खासा हिस्सा बिता चुका है, लेकिन अब उसके लिए वहां कुछ रहा नहीं। जोड़ीदारों में जिन्दगी-भर का बैर हो चुका। जौनपुर की जमुना तवायफ के प्रेम

और महुआ की बोतल में डूबकर, उसने न जाने क्या-क्या बक डाला था। दूसरे दिन तड़के ही पुलिस आई थी और थाने में ले जाकर वह मार लगाई थी कि याद आने पर अब भी दहशत होती है। वैसी मार फिर कभी नहीं खाई। बाद में पता चला था कि जमुगा बाई पुलिस को सुराग देती रहती है। उस बार वहां के मशहूर रामा गैंग के कई खूनी पुलिस की गिरफ्त में आ गए थे और उसे अपनी कुशल इसीमें दिखी थी कि मुखबिर बन जाने के बावजूद, एक चोरी की सजा में डेढ़ साल की सजा काटने के बाद, जेल से छूटते ही मिर्जापुर शहर भी छोड़ दिया जाए।

खुल्दाबाद वाले मुहम्मद इस्लाम से उसकी जान-पहचान लगभग सात साल पहले राह-चलते हुई थी और इस बार की सुलेमसराय वाली डाकाजनी में मुहम्मद इस्लाम पुलिस की गोली से मारा गया। उसको साढ़े तीन साल की काटनी पड़ी है।

उसे आश्चर्य होता है कि यह चाय वाली पंडिताइन, जब भी वह जेल से छूटकर इधर आता है, ठीक इसी मुद्रा में और अपनी टांगों के प्रति भदेसपन की हद तक लापरवाह बैठी मिलती है।

आसमान बादलों से भरा हुआ है और अभी-अभी जेल का साढ़े नौ वाला सायरन बजा है लेकिन धूप की जगह एक मद्धिम अंधेरेपन की पारदर्शी-सी परतें चारों ओर फैली हुई हैं। फिलहाल उसे अच्छा लग रहा है और जेल की उमस से बाहर का यह काफी शांत और शीतल वातावरण उसे राहत दे रहा है।...लेकिन जोरों की बरसात अगर शुरू हो गई और फिर कई दिनों तक मौसम इस शहर पर फव्वारों की तरह फूटता रहा, तो वह परेशानियों में घिर जाएगा।

पिछले सात साल मुहम्मद इस्लाम के साथ की अभ्यस्तता और

जेल में कट गए। जेल में हैं, तो साथ हैं। शहर में हैं, तो साथ हैं। फिर चाहे वह मुहम्मद इस्लाम के बीवी-बच्चों के बीच के कोलाहल में रहना हो या सुलेमसराय अथवा सूबेदारगंज की किसी ग्रामीण वेश्या के कच्चे मकान के सन्नाटे में। आज कोई पूछे राधे काछी से, तो वह अपने अनुभवों से कह सकता है, दोस्ती जो मुसलमान निभाता है, वो हिन्दुओं के बस की नहीं...लेकिन नहीं। शाहिदा बीवी की आंखों के सामने, पड़ने की न वह हिम्मत कर सकता है और न वह बिना मुहम्मद इस्लाम की औरत उसे अपने बच्चों के बीच पनाह देगी।

राधे काछी ने अपने भीतर ही भीतर चौंकते हुए, चायवाली पंडिताइन की ओर देखा। वह पकौड़ियां तल रही थी। पंडिताइन सिर्फ धोती पहनती है। चिंताग्रस्तता की मानसिकता में भी उसका मजाक करने को मन हुआ कि 'चाची, कहीं पकौड़ों की जगह...' तभी उसकी नजर पंडिताइन के पीछे टंगे शीशे पर पड़ गई। अपना विषादग्रस्त और विरूप चेहरा देखकर वह सहम-सा गया। उसके माथे पर लगभग दो इंच लम्बे घाव का गहरा दान है और शिनाख्त के लिए दागे हुए जानवर जितना आसान बना देता है। उसके मुंह से सिर्फ इतना ही निकला—'तरी मिर्चा हो, तो मिर्च की पकौड़ी तल देना...'

पंडिताइन के उत्तर के प्रति उसे कोई जिज्ञासा अनुभव नहीं हुई। उसे याद आया, शाहिदा बीवी उसे खाने के साथ मिर्च की पकौड़ियां या भुनी हुई मिर्च जरूर देती थी। हालांकि मुहम्मद इस्लाम कहा करता कि 'राधेश्याम, मियों के साथ का ठर्रा आगे चलकर बहुत नुकसान पहुंचाता है।'

लेकिन यह आगे चलकर आने वाला भविष्य ही तो है, जो अपने भीतर के अंधेरे में किसी हिंस्र जानवर की आंखों की तरह चमकता-भर रहा है। कभी इसको इससे ज़्यादा अपने अस्तित्व में अनुभव किया ही नहीं। हमेशा पांवों के सामने पड़ा हुआ वक्त ही

उछल-उछलकर, गिद्धों की तरह कंधों पर बैठ जाता रहा है।

आंखें अपने चारों तरफ किसी भयाक्रांत पक्षी की सी उड़ानें भरकर वापस लौटती हैं, तो लगता है कि इतने बड़े संसार में इस तरह की भविष्यहीनता और अकेलेपन को लादे हुए घूमना कितना त्रासदायी है।

शाहिदा बीवी का बोलना कितना मर्मस्पर्शी होता था! कौन कल्पना कर सकता है, उसकी सौम्य आकृति और आत्मीयता से भरी आंखों की गिरफ्त में आ जाने के बाद कि यह किसी रहजन की घरवाली है। मुहम्मद इस्लाम के साथ उसका वह 'जी' लगाकर ऐसे अदब से बोलना, जैसे किसी ऊंचे घराने के शरीफजादे से बातें कर रही हो। कहीं रहजनी की दहशत से लदे हुए चेहरे को लेकर रात के सन्नाटे में लौटते हुए मुहम्मद इस्लाम को देखते ही, उसका छोटे बेटे सलीम को यह कहते हुए जगा देना कि 'देखो तो, तुम्हारे अब्बाजान आए हैं...'

अब, इस वक्त, राधे काछी महसूस कर रहा है कि मुहम्मद इस्लाम ने जो यह हिदायत दे रखी थी कि 'अपनी जान की हिफाजत करते वक्त यह मत भूल जाना, राधेश्याम, कि दूसरों में भी जान होती है।'—यह हिदायत उसने अपनी बीवी शाहिदा बेगम से ही सीखी होगी।

शाहिदा बेगम के बारे में सोचते-सोचते, राधे काछी का मन अत्यन्त कोमल हो आया। उसे याद आया, एक बार उसने मुहम्मद इस्लाम से जानने की कोशिश की थी कि उसके इतने खूंख्वार और खतरनाक पेशे के बावजद, शाहिदा बेगम में इतनी शालीनता और बच्चों के भविष्य के प्रति निश्चिंतता क्यों है। मुहम्मद इस्लाम की आंखें यह कहते हुए भर आई थीं कि 'वह औरत मेरे हश्र को जानती है और घर में मुझसे झगड़ाफसाद मचाकर अपने बच्चों को हादसे में नहीं डालना चाहता।'

अपने आज तक के जीवन में राधे काछी ने किसी औरत के लिए इस तरह की कोमल भावनाएं नहीं रखीं, जैसी शाहिदा बेगम के लिए उसके भीतर के अंधेरे में जुगनुओं की तरह चमकती रहती हैं। लेकिन अब वह वहां नहीं जाएगा। सूबेदार वाली सवित्तरी के यहां रुपयों के हिसाब से ही पनाह मिल सकती है। उसका जीवित मुर्द जैसा पति हमेशा कुत्ते की सी सतर्कता से उस कच्चे मकान के बाहर चक्कर काटता रहता है और जरा-सा भी विलम्ब होते देखता है तो खांसना शुरू कर देता है। हो सकता है, वह इस बीच मर चुका हो।

मृत्यु की कल्पना करते ही; राधे काछी के मस्तिष्क में बमरौल वाली रहजनी के समय की त्रासदी उभर आती है। कल्पना में मुहम्मद इस्लाम के पुलिस की गोली से फट गए सिर की तस्वीर खिंच चुकी हैं। इस तस्वीर से वह मुक्त नहीं हो सकता है। शाहिदा बेगम को जब लाश सौंपी गई होगी, तब उस औरत ने उसे बर्दाश्त किया होगा? अगर कभी कहीं संयोगवश अचानक शाहिदा बेगम से भेंट हो गई, तो क्या वह देख पाएगी राधे काछी के भीतर की उस आतंकग्रस्तता को—जब पुलिस वाले जीप में सवार उन दोनों का पीछा करने लगे थे और अपने चारों तरफ फसल कटे हुए सपाट खेतों को देखकर, उन दोनों को ही मौत अपने-आपसे तेज अंधड़ की तरह लिपटती हुई सी लगी थी?

बदहवासी और निरुपायता में उन्होंने बाघ के आतंक से घिरे हुए जानवरों की तरह दौड़ लगाई और रहजनी में मदद करने वाले देसी तमंचे अपनी निरर्थकता में पड़े रह गए थे। रायफल या पिस्तौल की आवाज के साथ ही एक दारुण चीत्कार में राधे काछी के दोनों हाथ हवा में उठ गए थे और एक क्षण के लिए वह अत्यन्त मायावी किस्म की भयग्रस्तता में चला गया था। पुलिस वाले उसे यमदूतों की तरह अपनी छाती पर चढ़े हुए लगे थे और

होश में आने पर उसने सचमुच यही पाया था कि एक सिपाही उसे बूट से ठोकरें दे रहा था और दूसरा छाती में घुटने मार रहा था। किसी जंगली जानवर का सा शिकार खेलने के बाद, पुलिस वाले उसे जीप में डाल ले गए थे और तब कहीं जाकर अपने भीतर उसने यह फैसला सलाख की तरह धंसता हुआ पाया था कि उसकी मुक्ति भी मुहम्मद इस्लाम की जैसी मृत्यु के अतिरिक्त अन्यत्र कहीं नहीं है।

राधे काछी एकाएक उठ खड़ा हुआ। उसे लगा, जैसे किसीने उसे अंधे कुएं में डाल दिया था और वह एक सांस में वहां से उछलकर, ऊपर आ गया है। उसने अपने कैनवास के झोले में जल्दी-जल्दी हाथ डाला और जेल में चटाइयां बिनने से कमाई हुई रकम में से चाय-पकौड़ियों के पैसे चुकाकर, तांगा स्टैण्ड की तरफ बढ़ गया। वह काफी तेज कदमों से चल रहा था, लेकिन अभी कुछ तय नहीं कर पाया था कि यहां से उसे कहां जाना चाहिए।

तांगे में जुते हुए घोड़े को दाना खाते, हिनहिनाते और पेशाब करते हुए देखकर, उसे लगा कि उसे अब इतनी निश्चिंतता भी उपलब्ध नहीं है। वह आसमान की ओर आंखें उठाकर दूर-दूर उड़ती चीलों को देखता रहा।

आसमान दिन-भर घिरा रहा था, लेकिन अभी तक बारिश नहीं हुई थी। जैसी कि वह जेल में रहते हुए निरंतर कल्पना करता रहता था, नैनी से तांगे में वह पहले सीधे चौक चला आया था और लगभग यांत्रिकता की सी चेतना-शून्य तेजी में वह मीरगंज की सीढ़ियां चढ़ गया था। अपने शरीर के अलावा हर चीज उसके लिए अस्तित्वविहीन हो चुकी थी।

आसपास चारों ओर वेश्याएं खड़ी थीं, लेकिन इस वक्त सारा मोहल्ला उसके लिए सिर्फ एक औरत की तरह हो चुका था।

लौटते वक्त सीढ़ियां उतरते हुए उसे इस बात का साफ-साफ अहसास हुआ था कि वह वेश्याओं के मोहल्ले में है। हालांकि इस पूरे संसार में, सिर्फ शाहिदा बेगम के अलावा और कोई ऐसा नहीं है, जिसके द्वारा देख लिए जाने का भय वह महसूस कर सके, लेकिन फिर भी वह रहजनी के लिए रवाना होने की सी सतर्कता अनुभव करता रहा और गप्पी से रिक्शा करके पुरुषोत्तम पार्क चला आया।

नीम के पेड़ की धनी छाया में उसने अपनी टांगों को बीमार जानवर की तरह ढीला छोड़ दिया। धीरे-धीरे नींद में वह किसी गहरी झील में डाल दी गई लाश की तरह डूबता रहा और जब उसकी आंखें खुलीं, बारिश तेज होने को थी। हवा में उमस की जगह ठंडक आ चुकी थी। सूरज अभी डूबा नहीं होगा, लेकिन शाम के वक्त की बारिश में एक खास किस्म का अंधेरा अस्तित्व में आ चुका था। इस तरह के अंधेरे में भविष्यविहीन आदमी अपने-आपको एक अनंत कारुण्य में डूबा हुआ महसूस करता है।

राजापुर जब वह पहुंचा, बारिश थम चुकी थी। अंधेरा काफी गहरा हो जाने से बत्तियों का उजाला तेज हो गया था। देशी शराब के ठेके के बाहर के बल्ब के चारों ओर असंख्य पतंगे मंडरा रहे थे।

उसने उम्मीद नहीं की थी, लेकिन शांती अहीरन का पकौड़ियों वाला ठेला नीम के नीचे खड़ा था और बेंच पर कोई बच्चा बैठा हुआ था। उसने अंदाजा लगाया, यह वही बच्चा है, जो तब लगभग डेढ़-दो वर्ष का रहा होगा। इसकी तोंद काफी बढ़ी हुई थी और नाभि अखरोट के दाने की तरह बाहर निकली रहती थी। तब यह नंगा रहता था, आज गहरे हरे रंग का कच्छा पहने हुए है।

ठले पर इस वक्त भीड़ नहीं है। ठेले के बंद होने का वक्त

होगा। किसना और शांती, शायद, अपने घर गए होंगे, कुछ सामान लाने। यहीं गंगा के किनारे की बस्ती में उनका कच्चा मकान है। किसना अहीर के साथ वह कई बार वहां जा चुका है और साथ बैठकर शराब पी है, खाना खाया है। हालांकि शांती अहीरन से अश्लील मजाकों के अलावा और कोई संबंध नहीं रहा। सिर्फ कई बार रात के अंधेरे में बेंच पर बैठे पकौड़ियों टूंगते हुए, उसने शराब की खुमारी में होने का नाटक-सा करते हुए शांती अहीरन की कमर पर का हिस्सा जरूर मुट्ठी में भर लिया था। लेकिन यह तय नहीं हो पाया कि क्या वह उसे इस हद से आगे भी छूट देती।

इस बार की जेल की जिंदगी में वह कल्पना में शांती अहीरन को लिए-लिए नितांत अजनबी-सी यात्राएं करता रहा है। एक यात्रा में वह शांती अहीरन को मिर्जापुर के स्पेशल सिंधपंजाब होटल में उठा ले गया था। कमरे काफी सस्ते में वहां मिल जाते हैं। उसकी जेब में लगभग चार सौ रुपये पड़े हुए हैं। कमरे में चारपाई बिछी हुई है। सामने छोटी-सी मेज़ रखी हुई है और उस पर ब्लेकनाइट की पूरी बोतल। थोड़ी ही देर में होटल का नौकर एक गहरी प्लेट में बर्फ के टुकड़े और अंडे की भुजिया रख जाता है। राधे काछी चारपाई की पाटी पर कुछ फासला देकर बैठी हुई शांती अहीरन की कमर में हाथ डालकर अपने पास खींच लेता है और फिर दोनों साथ-साथ पीते हैं और फिर...

लेकिन ऐसा कभी नहीं हो पाया, कल्पना में भी, कि वह शांती अहीरन से पूरी तरह शारीरिक तृप्ति अनुभव कर पाया हो। कभी यह दहशत हावी हो जाती रही है कि इतने में एकाएक दरवाजा भड़ भड़ाया जाता है और शांती अहीरन घबराकर उसकी छाती से चिपक जाती है। उसके हाथ-पांव गुब्बारों की तरह फूलकर निष्क्रिय हो जाते हैं। दरवाजा खुलते ही पुलिस सामने होगी और

एक काला डंडा उसके माथे पर के घाव की तरफ सांप की तरह लपकेगा—'यही है, राधे काछी!' और कभी वह खुद इस चिंता में बहक जाएगा कि कहीं शांती अहीरन से उसके यदि बच्चे हो गए, जैसे शाहिदा बेगम के हैं, तो...?

नहीं, अपनी शिनाख्त की दहशत से वह सिर्फ जेल के अन्दर ही मुक्त रह सकता है, जेल से बाहर की दुनिया में नहीं।

सामान्य किस्म के कपड़ों में आसपास और आमने-सामने से गुजरती हुई औरतों को देखते हुए, उसे शांती अहीरन को देखने का सा भ्रम होता रहा और वह अपने-आपको एक विचित्र किस्म की रोमांचकता से विचलित अनुभव करता रहा।

अपनी अपराधी और भविष्यशून्य जिंदगी के प्रति दहशत और वितृष्णा के क्षणों में न जाने कितनी बार आत्महत्या कर लेने की बात उसकी कल्पना में उभरी है। न जाने जितनी बार उसने यह टटोलने की कोशिश की है कि वह कौन-सी चीज है, जो उसे इस नारकीय और त्रासग्रस्त जिंदगी को ढोने के लिए लाचार कर रही है। यह जानते हुए भी कि इस पेशे में ज़्यादा से ज़्यादा पुलिस की गोली ही लग सकती है, जोकि एक नितांत स्वाभाविक अंत ही होगा—वह इतना डरता क्यों है? जब रजनी भी करता था, तो अपने शिकार को 'खबरदार, आवाज निकालने की कोशिश मत करना!' कहते हुए, उसे तमंचे की आवाज़ में डुबाने की कोशिश करते हुए वह खुद क्यों उतना भयभीत हो जाता था?

मौत, सिर्फ मौत ही उसकी अंतिम नियति हो सकती है।...जिंदगी तो सिर्फ मौत के पहुंचने से पहले के अंतराल की उस रोमांचकता में ही है, जहां कभी वह अपने माता-पिता की आकृतियों को स्मरण करने की कोशिशें करता है, कभी शाहिदा बेगम की स्मृतियों में डूब जाता है और कभी शांती अहीरन की कल्पनाओं में उत्तेजित होता

रहता है।

यह रोमांचकता ही राधे काछी के लिए ईश्वरीय अनुकंपा है। सिर्फ ईश्वर और औरत—इन दोनों के अलावा उसके भीतर के उस चरम कारुण्य को कोई नहीं देख पाएगा, जो उसके विरूप चेहरे और दहशत-भरी आंखों से बहुत फासले पर किसी अहित पंक्षी की तरह चक्कर काटता रहता है।

उम्र अब लगभग पैंतालीस होगी। सारे वर्ष अपने वर्तमान में जीवित रह पाने के संघर्ष में ही बीत गए। कभी किसी भविष्य की शुरुआत नहीं हुई लेकिन कहीं भीतर एक मृगतृष्णा हमेशा बनी रही है कि शायद कभी कुछ संभव हो जाए।

समाज और पुलिस की दहशत, भूख, औरत की हविश, अपने अपराधी होने की सतर्कता और आत्म-घृणा—नहीं, इसके अतिरिक्त जिंदगी में कोई दूसरा प्रारंभ नहीं हुआ है। उसका सम्पूर्ण चेहरा एक घाव की तरह हो चुका है, जिस पर लोगों की नजरें मक्खियों की तरह भिनभिनाती हुई-सी महसूस होती है।

इस अनंत संसार में, शायद, कही कोई नहीं होगा, जो राध काछी की इस आकांक्षा को हविश के नहीं, बल्कि कारुणिकता के रूप में देख सके और क्षमा कर सके कि इस पैंतालीस वर्ष की उम्र तक वह कभी पूरी रात किसी औरत के साथ नहीं सो पाया है। यथार्थ में छोड़, अपनी कल्पनाओं तक में नहीं। कल्पना में भी शिनाख्त की दहशत उस पर हावी हो जाती है। कभी पुलिस की शिनाख्त और कभी खुद अपने भविष्य की।

राधे काछी ने देखा, शांती अहीरन अपना ठेला वापस ले जाने की तैयारी कर रही है। ठेका अब बंद होने को है। थोडी-सी भी देर हो गई, तो एकाध रुपया और बढ़ती देना होगा।

भीड़ चीरकर निकलने की सी बदहवासी में, अपने अकेलेपन

से उबरने की कोशिश करते हुए, वह शांती अहीरन के सामने जा खड़ा हुआ, "क्यों, दुकान बढ़ा रही हो क्या? आज किसन भाई नहीं देखता?"

शांती अहीरन ने माथा ऊपर उठाते हुए, राधे काछी की ओर देखा। पहचान लेने की चमक उसके पूरे चेहरे पर तैर गई "अरे, तुम तो राधेशियाम हो?"

राधे काछी को उसकी मुस्कराहट काफी फीकी-सी किन्तु पहचान भरी लगी। बह थोड़ा-सा आगे बढ़कर, लालटेन की रोशनी के वृत्त में पहुंच गया, "तुम तो इस बार बहुत दुबली लग रही हो...।"

"हमारे लछिमन के बाबू जाते रहे, राधेशियाम!' शांती अहीरन का माथा थोड़ा-सा नीचे को झुक गया, "कहो, तुम कैसे हो। इधर तो बरसों बाद दिखे हो...।"

"हां-आं...दरअसल बाहर मुलुक चले गए रहे। पकौड़ियां खतम कर चुकी हो क्या?" राधे काछी कुछ हताश होता हुआ-सा बोला, हालांकि उसे यह भी लगा कि वह अपनी फिलहाल की मनस्थितियों को पूरी तरह अनुभव नहीं कर पा रहा है।

"लो, पानी फिर गिरने लगा। अच्छा, वो तुम्हारा जोड़ीदार मुंह सलाम तो फौत हो गया था। तुम आजकल कहां टिके हुए हो?"

राधे काही को लगा, उसकी शिनाख्त हो रही है। पुलिस वाले जब उसकी कमर में छिपे तमंचे और छरे को टटोलते थे, तब उसे कैसी दहशत होती थी।

"रहने का ठिकाना नहीं हो तो हमारे साथ चले चलो।"

राधे काछी को यह सब कुछ चमत्कारिक-सा लग रहा है। त्रासग्रस्त जिंदगी में निहायत साधारण-से संयोग भी ईश्वरीय चमत्कार लगने लगते हैं। राधे काछी भी इस तरह के कुछ संयोगों से गुजर चुका है। एक यह भी है। किसना अहीर मर चुका है और

शांती अहीरन अपने बेटे को बेंच पर से उठा चुकी है। पीतल की गहरी थाली में प्याज और हरी मिर्चीं वाला बेसन लगा पड़ा है। बेसन की थाली और तेल का डिब्बा खाली कड़ाही में रखकर, शांती अहीरन ने सिर पर रख लिया है। और लालटेन हाथ में पकड़ ली है, "चलो...।"

उसका बेटा लक्षिमन कच्छे को ठीक से चढ़ाता हुआ, उसके। आगे निकल आया है। राधे काछी पीठ-पीछे छूट गया।

शांती अहीरन धीरे से पीछे मुड़ी है, "अच्छा, हम चलित हैं..."

राधे काछी 'चलो' कहने को होता है, लेकिन आवाज गले में ही फंसकर रह जाती है।

जेल में रहते हुए जिन दो चीजों को उसने लगभग लक्ष्य और संकल्पों के स्तर पर अनुभव किया था, वो थीं—देशी शराब और औरत। लेकिन अब जबकि दिन में ही वह मीरगंज हो आया और इस वक्त देशी की बोतल झोले में है—जेल से बाहर की अंतहीन दुनिया सिर्फ इन दो चीज़ों के बूते पर बर्दास्त कर ले जाना बहुत कठिन लग रहा है। कठिन और भविष्यहीन। आखिर वह कौन-सी चीज हो सकती है, जिसे वह अपनी पीठ पर रेंग रहे कीड़े की तरह अनुभव करता है और निरंतर एक असुविधा में रहता है, लेकिन साफ-साफ पहचान नहीं पाता है।

राजापुर की बाईं ओर, गंगा किनारे वाली बस्ती में बिजली की व्यवस्था आकाश में तारों की तरह है और इस वक्त असंख्य पतंगों ने रोशनी को और धुंधला कर दिया है। गलियारों में रपटन है और राधे काछी को बहुत संभल-संभलकर चलना पड़ रहा है।

किसना अहीर के घर पर वह पहले भी आता-जाता रहा है।

किसना अहीर को गोश्त खाने का बहुत शौक था। हड्डियों को बस कुत्तों की तरह चिंचोड़ा करता था। बीमार और अधमरा-सा तो पहले भी दिखता था, लेकिन इतनी जल्दी बोल जाएगा, यह उम्मीद राधे काछी को कभी नहीं रही।

पांव खटते-खटते बचा, तो राधे काछी जोर से खांस दिया। किंचित रोमांचक लगा। वह अनुमान लगाने की कोशिश करने लगा कि उसे मरे हुए कितना अरसा हो गया होगा। हो सकता है, वह जेल जाने के साल ही मर गया हो। हो सकता है दो-चार महीने ही होते हों। शांती अहीरन का शरीर पहले से काफी झटक गया है। एक बार वह किसना अहीर को खोजते हुए अचानक पहुंच गया था, तब वह घर के बाहर खुले में नहा रही थी। राधे काछी ने उसके बाद जब भी नाइयों की दुकान पर गीले वस्त्र पहने अर्द्धनग्न औरतों की तस्वीरें देखी हैं, शांती अहीरन भी स्मृति में जरूर उभर आई है।

राजापुर बाजार वाली सड़क से शांती अहीरन का कच्चा मकान लगभग दो फर्लांग दूरी पर है। राधे काछी को लग रहा है, जेल से छूटकर आने के बाद से वह लगातार इस अंतराल को पार करने में लगा हुआ है। अपने भीतर उसे यह प्रार्थना आकार लेती हुई-सी लग रही है कि 'हे परमात्मा, जब. किसना अहीर गुजर चुका है तो...'

राधे काछी जब भी अपने लिए किसी भविष्य को पहचानना चाहता है, उसका समूचा अस्तित्व रोमांचित होने लगता है। वह एकाएक काफी तेज चलने लगा था। धुंधली रोशनी से घिरी बस्ती के पार बाढ़ के पानी से समुद्र के से विस्तार में फैली हुई गंगा की तरह दिखने लगी है। इधर-उधर कुत्तों के भूंकने का शोर गूंज रहा है। राधे काछी ने अभी ली नहीं है, लेकिन फिर भी अपने-आपको एक मायावी किस्म के वातावरण में पा रहा है। कहीं शांती अहीरन दरवाजा बंद करके सो तो नहीं चुकी होगी?

गलियारे के खत्म होने से पहले ही शांती अहीरन का घर पड़ता है। राधे काछी ने एक बार सारे परिवेश को अपनी स्मृति से जोड़ने की कोशिश की और गलियारे की दाईं ओर दस कदम आगे बढ़कर खड़ा हो गया। वह चुपचाप खड़ा आधे उढ़के दरवाजे के पार की धीमी रोशनी को देख रहा था, लेकिन उसे लग रहा था, जैसे उसके भीतर से कोई जोर-जोर से पुकार लगा रहा है—शांती अहीरन! शांती अहीरन!

रात के सन्नाटे में अपने भीतर की कारुणिकता उसे किसी पिल्ले की तरह कूंकती हुई-सी लगती है और उसका हाथ अनायास ही कैनवास के झोले में रखी शराब की बोतल से टकरा जाता है, और वह अपनी आत्मसन्नद्धता में और ज़्यादा गहरे तक धंस जाता है।

"चले आओ राधेशियाम!"

शांती अहीरन की आवाज भीतर से लाकर बाहर आंगन में रख दी गई लालटेन की रोशनी की तरह उसके चारों ओर फैल गई है। तो क्या यह औरत जानती होगी कि राधे काछी यहां आएगा जरूर?

"हततेरी..." राधे काछी की अपनी लालसा मुंह के भीतर थूक की तरह इकट्ठा हो आई सी लगी और वह गाली देते-देते रह गया। उसकी स्मृति में वो सारे दृश्य फिर से उभर आए, जब उसने शांती अहीरन की कमर के पास अपनी अंगुलियां फैलाई थीं और मछलियां पकड़ने की सी रोमांचकता में डूबना उसे ईश्वर की कृपा जैसा अलौकिक लगता रहा था।

"हम कमीनों के संसार में एक छोटी-सी नियामत भी कितनी बड़ी चीज बन जाती है।" जैसे किसी वाक्य को उसने अपने भीतर केंचुवे की तरह रेंगते हुए पाया और वह एक सांस में दरवाजे के भीतर हो गया।

शांती अहीरन ने धीमे से दरवाजा बंद कर लिया। उसे टाट

पर बैठ जाने का इशारा किया और खुद्र बरामदे की सिगड़ी पर रखी कड़ाही के पास बैठ गई। राधे काछी ने देखा, पकौड़ियों का बेसन लगा हुआ है और आटा भी गुंधा पड़ा है। कच्चे घर के अंतिम हिस्से में एक मूंज की छोटी चारपाई में दो बच्चे सोए हुए हैं। एक लछिमन होगा। दूसरी कोई साल-सवा साल की लड़की मालूम पड़ती है। दीवार पर गहरे लाल रंग में हनुमान जी का चित्र खिंचा हुआ है और बड़े-बड़े अक्षरों में 'जै बजरंग बली की' लिखा हुआ है। घर में जो कुछ भी दीख रहा है, शांती अहीरन के खाते-पीते होने का अहसास कराता है। किसना की विधवा की जगह, वह दो बच्चों के भविष्य से लैस औरत ज़्यादा लग रही है।

"बोतल तो तुम लाए होगे?" शांती अहीरन की हंसी उसके अजनबीपनको तोड़ती, सारे कमरे में गूंजती हुई-सी लगती है।

"तुम तो कोई जोतसी औरत लगती हो" राधे काछी दबी हुई आवाज में ही कहता है।

"जमाना देखी हुई औरत किसी जोतसी से कम नहीं होती, राधेशियाम! जिस तरह हाथ में झोला लटकाए मेले में खोए हुए-से तुम खड़े थे, हम तभी समझ गए थे, जेल से चाहे तुम जब छूटे होओ, आज तुम्हारे रहने का ठिकाना अभी कोई नहीं है। किसना हमें बता दिए थे कि बमरौली वाले केस में तुम्हें साढ़े चीन साल की लगी है। हमारी मानो, राधेशियाम, तो कुछ मेहनत-मजदूरी का पेशा करो, ये ससुरी खून की कमाई किसी को फलती नहीं।"... शांती अहीरन एकाएक गम्भीर हो गई थी, "ये लो, हम पकौड़ी तले देते हैं। तुम अपनी खुराक ले लो। खाना खाकर, यहीं सो जाना। किसना जब मरने को, तुम्हें याद करते थे कि रजनी राधेशियाम के बूते की नहीं। वह डरपोक किस्म का आदमी है। तुम दोनों का

तो बड़ा साथ रहा...”

अब राधे काछी क्या कहे। कैसे बताए कि अब मेहनत-मजदूरी बस की नहीं रही। दिन-भर पसीना बहाकर चार-पांच रुपये हाथ में थामने से महीने भर जेल में पड़े रह जाना ज़्यादा सुविधाजनक लगता है।

“अहीरन, हम नहीं सोचते थे, तुम हमको इतना याद रखोगी। हमारे ऊपर दयाभाव रखोगी। अभी हम बता नहीं पावेंगे कि साढ़े तीन साल की काटकर के, हम सीधे यहीं क्यों चले आए थे। मुहम्मद भाई के बाद हमें फिलहाल कोई दूसरा आसरा नहीं। हम जैसे लोगों को अपने यहां ठौर देना बहुत खतरनाक होता है ना?”

“होता होगा। हमने भी बड़े-बड़े तीसमारखां देखे हैं, राधेशियाम! मगर उसूल यही रखा है, खुद भला, तो जग भला। अब ये ही ससुर जो किसना के भाई बिरादर लोग हैं ना; सब ससुरे नज़र गड़ाए बैठे हैं, कब शांती अहीरन कब्जे में आए। किसना का सगा तो नहीं, सब ससुर चचाजाद हैं। बड़ा चचेरा तो एक दिन साफ-साफ कहे लगा कि हमारे बैठ जाओ। हमने मीठे में ही कह दिया, अपनी बहनियां को बिठाय लो। कभी तुम देखे हो उसकी शकल? तीन-तीन घरवालियां पिरेत की तरह खा गया ससुर। अरे, हम औरतजात हैं, तो क्या हो गया। न मिलेगा कोई मन के माफिक तो बच्चों के सहारे जिंदगी काट लेंगे। अब कौन-सी जवानी सिर पर है, जो दुनिया जहान की फिकिर करेंगे।...लो, तुम पकौड़ियां तो लो। कांच का गिलास तुम्हारी बगल में ही सुराही पर रखा है...”

“अभी जी नहीं है, अहीरन! ऐसा करो, तलना-पकाना कर लो तो साथ पियेंगे। अब किसना तो रहा नहीं। कितना अरसा हुआ?” राधे काछी देख रहा है। शांती अहीरन ने गुलाबी रंग का ब्लाउज पहना है और हरी धोती।

"यही कोई सालभर हुआ होगा। छोटी तब दो महीने की रही। मरने वाला मर जाता है, राधेशियाम, मुसीबत तो उन्हें रह जाती है, जिन्हें जिंदगी काटनी होती है। अब तो हालत ये है। कि बच्चा कोई बीमार पड़ जाए, तो राजापुर अस्पताल तक ले जाने वाला कोई नहीं ना। लछिमन को पिछले महीने बड़े जोरों का 'टाइफाइड' हो गया रहा, बेहोश हो गया। डाक्टर कहे कि स्वरूपरानी मेडीकल में ले जाओ। गुलूकोज चढ़ेगा। बस, परमात्मा साथ रहा, राधेशियाम, कि उस नरक से जीते जी वापस आ गए। गरीब औरतजात की कोई सुनवाई कहीं थोड़े है।...सुनो, हमें कोई इसकी आदत नहीं ना। तुम निसखातिर खाओ-पिओ। आखिर तो तुम्हारे दोस्त का घर है ना।...और आदमी तो कोई कितना ही खतरनाक हो, जंगली जानवर की तरह ही होता है ना? अब भला, मुझ औरतजात से तुम्हें क्या खतरा हो सकता है, राधेशियाम, जो तुम मेरे लिए खतरा बनोगे? औरतजात के डाकू हो, तो वो आदमी है, शरीफ हो, तो वो आदमी है। सवाल सिर्फ आंखों से पहचानने का है...सो किसनो ठीक ही कहते थे कि तुम डरपोक किस्म के आदमी हो...।"

शांती अहीरन की व्यंग्य और आत्मीयता से भरी मुस्कराहट मद्धिम रोशनी को पार करते हुए उसके अस्तित्व में विलीन हो जाती है। उन दिनों की बात को यह औरत याद रखे हुए है?

राधे काछी थोड़ा और सहज हो जाता है।

"अहीरन, हम बरसों की बियाबान जिंदगी में से वापस आए हैं। ईश्वर तो है और वो सबका दुख-सुख देखता है। हम अभी भी तुम्हारे दया-भाव को बर्दाश्त नहीं कर पा रहे हैं। मुहम्मद भाई की घरवाली शाहिदा बेगम भी बड़ी शानदार और रहमदिल औरत है..."

"तुमसे प्रेम करती थी क्या?" शांती अहीरन का चेहरा शरारत

से लबालब भर गया। राधे काछी ने चुपके से बोतल बाहर निकाल ली। गंभीर होने की कोशिश करता हुआ बोला, “औरत हमारे लिए मां-बहन की जगह पर है...”

“और हम?”

राधे काछी को लगा, जैसे सिर्फ इसी एक प्रश्न से शांती अहीरन उसके भीतर के सारे संकोच को समेट ले गई है। वह धीरे से आगे बढ़ा और शांती अहीरन की कमर में हाथ डालकर उसे चूमने लगा।

“अरे, मैया, तुम तो बड़े बदमाश हो। अच्छा, छोड़ो। तनिक खाना बना लेने दो।” कहते हुए शांती अहीरन ने अपने आपको छुड़ा लिया।

शांती अहीरन ने रोशनी को और मद्धिम कर दिया था। एक ही गिलास में से दोनों घूंट भर रहे थे और राधे काछी को बार-बार यही लग रहा था कि ईश्वर की करुणा का कोई अंत नहीं है। साढ़े तीन वर्षों की जेल की दमघोट जिंदगी के बाद की यह आकस्मिकता उसे निरंतर भावुक बनाती जा रही थी। उसे लग रहा था, अपने भीतर की दहशत को वह अब और ज़्यादा पहचान पा रहा है। अगर कहीं शांती अहीरन उसे हमेशा के लिए रोक ले? सिर्फ यही औरत है, जो उसकी शिनाख्त के बाद भी बर्दाश्त कर रही है।

“तुम्हारी-जैसी दरियादिल औरत हमें जिंदगी में मिली नहीं ना, नहीं तो आज हम ये न होते। अब तुम्हें क्या बतावें शांती अहीरन, जो दुनिया हमने आज़ तक देखी है, नरक के अलावा कुछ नहीं। इस वक्त अब हम तुम्हारे पास हैं, अहीरन, तो जैसे किसी अनाथालय में हैं। तुम ये मत समझना, शराब के नशे में कहता हूं कि तुम जो ये कहती हो कि औरतजात का किसी न किसी मरद को सहारा चाहिए, बिल्कुल सही कहती हो। अब हम अभी से तो क्या कहें, अहीरन!

तुम खुद देख लोगी, किसना के बच्चों को हम अपने ही बच्चों की जगह रखेंगे...” जिस वक्त राधे काछी यह सब कह रहा था, उसका बायां हाथ शांती अहीरन के बायें कंधे पर से नीचे को झुका हुआ था। और वह देख रहा था, शांती अही रन का चेहरा इस वक्त एक चालीस-बयालीस की ढीली पड़ी हुई औरत का जैसा चेहरा नहीं लग रहा है।

“सुनो, ऐसा करेंगे, किसी वकील से बातचीत कर लेंगे। हो सकता है, कल को किसना के भाई-बिरादर कोई बखेड़ा खड़ा करने की कोशिश करें।” अब धीरे-धीरे उसे अपनी जबान लड़खड़ाती हुई सी लग रही थी, “यों तो मैं किसी हरामजादे से डरता नहीं हूं, अहीरन!...मगर कानूनी नुक्ते संभालकर ही रखने चाहिए। तुम वकील को बयान लिखा देना कि ‘माई-बाप, मेरे खाविंद को गुजरे साल-भर का अरसा हुआ और मैं अकेली लावारिस मुसम्मात औरत हूं। मेरे दो छोटे-छोटे बिना आसरे के बच्चे हैं। एक गरीब बेवा औरत के लिए अपनी जिंदगी काटना कितना मुश्किल है, हुजूर जानते ही होंगे...”

राधे काछी ने महसूस किया, उसके आगे झुके हुए हाथ पर शांती अहीरन ने अपनी दोनों हथेलियां रख दी हैं। वह, शायद, ज़्यादा गहरे नशे में हो गई थी और एक मूर्च्छना में डूबी हुई सी लग रही थी। उसने उसका मुंह अपने गले से लगा लिया और उसकी इच्छा पशुओं की तरह बलबलाने की हो आई। उसकी आंखों में जेल में देखा हुआ वह दृश्य उभर आया, जब वह औरत...। वह एकाएक चुप हो गया तो उसने अपना चेहरा हटाकर राधे काछी की ओर घुमाया, “राधेशियाम, मैं तेरे से भी बच्चे पैदा करूंगी...”

“इधर नजदीक में ही एक वकील मेरे पहचान का है। ज़्यादा से ज़्यादा दस-बीस ले लेगा। मेरे पास अभी बहुत नामा पड़ा है,

अहीरन, तुम फिकर मत करना। तू कहेगी, तो सुसरी एक-दो भैसे बांध लेंगे। और सिर्फ तू ये लिखवा देना कि हुजूर, मैं बेवा मुसम्मात हूं। मेरी जिंदगी में कहीं कोई सहारा नहीं है। और इसीलिए अपने होशोहवास में, चार गवाहों की मौजूदगी में राधे काछी बल्द गोविंदा काछी से 'कोर्टमैरिज करने की ख्वाहिशमंद हूं और इसकी किसी तरह की कोई जिम्मेदारी राधे काछी पर नहीं होगी।...मैं इस शख्स को बहुत पहले से जानती हूं और यह आगे चलकर शराफत के साथ जिंदगी बसर करेगा..."

एक-एक शब्द कहते हुए, राधे काछी को लगा, जैसे अपने भीतर की दहशत को पहली बार पूरा-पूरा जी रहा है। लगभग चौथाई बोतल शराब बची थी, उसे राधे काछी एक सांस में चढ़ा गया और जल्दी से एक पकौड़ी मुंह में भर ली। अपनी नशे में मिची हुई-सी आंखों को उसने एक बार भरपूर खोला और शांती अहीरन को गौर से देखा। वह कहना चाहता था, एक बार कचहरी के फारम में शादी हो जाने के बाद किसना के चचाजाद भाई ससुर हमारा कुछ बिगाड़ नहीं सकते। एक वकील साहब मेरी पहचान के हैं, दफा...' लेकिन उसने महसूस किया, शांती अहीरन अपने-आपमें डूब चुकी है। उसका चेहरा काफी गुलाबी हो आया था और वह गहरी सांसें भर रही थी।

उसे लगा, अब इस वक्त शांती अहीरन की मूर्च्छना और उसकी भविष्यविहीनता के बीच में कोई दूसरा नहीं है। उसने अपने-आपको किसी यक्ष की तरह उठता हुआ सा पाया और उसे लगा, एक अंधेरा अरण्य है, जो उसे किसी जंगली पशु की तरह अपने में समेट रहा है।